綿裡繡花針

3

風文創 1030

秋水痕 著

目錄

第四十一章

封后大典一過，顧綿綿加緊辦了個喬遷宴，然後開始了自己的養胎生活。

衛景明現在每天想方設法到袁統領那裡請假，然後偷偷溜回來看媳婦。

大年二十九那天，天還沒黑，衛景明就回來了。

顧綿綿正在正房帶著翠蘭翻箱倒櫃挑布料，她想要給孩子做些剛出生時穿的衣裳。

衛景明興匆匆跑回來，手裡還拿著個包袱，進門就喊：「綿綿，綿綿！」

顧綿綿趕緊伸出頭。「小聲些，師叔睡覺呢。」

衛景明進了屋，獻寶一樣把那包袱打開，一件件拿出裡面的小衣裳。「看，這是我問同僚們要的。有剛出生穿的，有半歲穿的，有兩歲穿的，男孩的、女孩的，冬天的、夏天的，都有。聽說多穿人家的舊衣裳，孩子能長得結結實實。」

顧綿綿仔細看了看，抿嘴笑。「你個傻子，這孩子差不多六月出生，等到冬天就長大了，你這裡頭好多衣裳都沒法穿。」

衛景明撓撓頭。「這樣啊，他們也不提醒我一下。」

顧綿綿把小衣裳一件件收好。「留著吧，不能穿在身上，做尿布也好。」

衛景明又興奮起來。「小娃兒是什麼樣子的啊？」

顧綿綿溫柔地摸摸他的頭臉。「每天吃吃睡睡，哭哭鬧鬧，等長大一些，翻箱倒櫃，還會跟你頂嘴。」

衛景明感覺顧綿綿說這話時，渾身有一股不一般的氣質，那摸在他臉上的一雙手，彷彿充滿了魔力，讓他感覺內心異常溫馨寧靜。他半晌沒說話，忽然又問：「綿綿，生孩子是不是很疼啊？」

顧綿綿語塞，她也沒生過，但她記得阮氏生孩子時滿頭大汗，一盆又一盆的血水端了出來，當時她和薛華善都以為阮氏要死了。

顧綿綿安慰衛景明。「沒事的，疼一疼就過去了。」

衛景明想到自己當日切小明那麼疼，一個孩子兩、三公斤重，生出來豈不是更疼？他皺了皺眉頭。「綿綿，咱們生一個就不生了吧！」

顧綿綿呸了他一口。「除非你又成了太監！」

衛景明咧嘴笑，又摸了摸顧綿綿平坦的肚子。「他今天乖不乖？」

顧綿綿好笑。「他才多大？我一點都感覺不到。」

衛景明把耳朵放在上面聽了聽。「我聽說小娃兒會在裡頭翻跟頭。」

顧綿綿順手把他的帽子摘了下來。「等他大一些，你還能看到他翻跟頭。」

衛景明無比期待，欣喜地搓搓手，彷彿看見自己的娃滿地亂跑。

說了一會兒孩子，顧綿綿問他。「你明日要不要當差？」

衛景明點頭。「我與袁大人商議好了，明日我當差，大年初一到初五我在家裡。」
顧綿綿十分滿意。「那敢情好，過年你能多在家裡歇幾天。」
正說著，鬼手李進門了。「今日回來得這般早？」
衛景明連忙給他搬凳子。「師叔，我還說去給您請安呢，您老怎麼自己過來了？」
鬼手李哼一聲。「你小子哪裡還記得我。」
衛景明笑道：「記得記得，師叔，您不是說想去給師祖上墳。我東西都準備好了，咱們什麼時候一起去？」
鬼手李坐了下來。「清明再去吧，過年就不去了。」
說完，他看向顧綿綿。「初一朝賀，妳要不要進宮？」
顧綿綿點頭。「自然是要去的，非大病也不好向宮裡告假。」
衛景明道：「師叔放心，宮裡有娘娘在，我今日已經把消息傳了進去。」
鬼手李詫異地看著他。「你如今都能往宮裡遞消息了？」
衛景明笑道：「師叔，我們錦衣衛是幹麼的？再說了，如今陛下知道我們，我送消息也不用躲陛下，便利得很。」
等到第二天傍晚，衛景明和薛華善都早早從衙門回來，一家子一起吃了頓年夜飯，又一起圍著火爐守夜，衛景明給大家講故事，鬼手李給孩子們都發了紅包。

那頭，方皇后聽說女兒懷孕，又高興、又擔憂，高興的是她要有外孫了，擔憂的是明日朝賀，女兒進宮會不會對身體不好，故而吃年夜飯的時候她總是心不在焉。

今日諸皇子都攜妻兒們進宮，皇宮裡熱熱鬧鬧，老皇帝看著兒孫滿堂，心裡美得冒泡。看到皇后心不在焉，皇帝問道：「皇后何故滿臉憂愁？」

方皇后趕緊端起笑容。「沒有的事，臣妾高興著呢。」

皇帝輕哼一聲，心道：妳以為誰看不出妳的臉色？

方皇后才不管他，把繼哥兒拉到自己身邊，給他挾菜，繼哥兒也高興地和太祖母說笑。

第二天，朝臣們帶著家眷進宮向帝后朝賀，顧綿綿又穿上了自己的大禮服，混在人堆裡。

方皇后這次不等顧綿綿來，主動叫她上前，顧綿綿還沒來得及行大禮，方皇后趕緊讓人拉她起來。「聽太子妃說，妳有身子了，莫要多禮，孩子要緊。」

顧綿綿仔細看了看方皇后的臉，氣色很好。「多謝娘娘關心，臣婦一切都好。」

方皇后讓她坐在自己身邊。「妳們小孩子家家的不懂，這懷頭一胎，裡頭的門道可多了，千萬不能馬虎。」

說完，她拉著顧綿綿絮絮叨叨說了一堆養孩子的話。見狀很多人神色都變了，皇后娘娘自己沒孩子，怎麼拉著人家小媳婦說養孩子的事情？看來這衛太太確實得寵。

太子妃等方皇后說了一陣子，趕緊打圓場。「要說養孩子，母后確實比我養得好。繼哥兒原來膽子小，自從跟了母后，現在活潑多了。」

袁太太雖然只是個三品淑人，但她丈夫袁統領手握大權，今日也圍在了皇后身邊。「娘娘慈愛，我們衛太太家裡沒有婆母，這乍然有孩子了，我看她表面上鎮定，實則心裡也有些慌呢。」

方皇后想到皇帝之前給的承諾，假裝不經意道：「本宮一直就想養個女兒，可惜一直沒那個福氣。」

太子妃在一邊道：「母后，這親的沒有，認個乾的倒也可行呢。兒臣看這衛太太和您長得倒是有兩分相似，又和您有緣分，不如認個乾親？」

方皇后笑著罵她。「胡說，本宮怎麼沒有親的，難道妳不是本宮的兒媳婦？」雖然她很心動，但也不想這個時候有太多的目光聚集到女兒身上。

太子妃比方皇后還大幾歲，連忙笑著自己罵自己。「兒臣不會說話，母后莫要責怪。既然不能認親，往後母后多叫衛太太進宮說說話也行。母后喜歡誰，只管喜歡就是。」

方皇后開玩笑。「本宮看她小小年紀，倒不怯場，這才多喜歡她兩分，妳莫要吃醋。」

顧綿綿帶著微笑站在一邊，看方皇后和大家說笑。

等說了一陣子，方皇后忽然吩咐道：「哎呀！怎麼還站在這裡？本宮年紀大了，倒讓妳受累。方嬤嬤，去拿些東西給這孩子，可憐見的，站在一邊不敢說話。」

說完，她拉顧綿綿坐在了自己身邊。

大家以為方嬤嬤就拿個一、兩樣東西，誰知她帶著兩個宮女一起，抬了個大箱子出來。

方皇后看向顧綿綿。「本宮從進宮開始，也想養個孩子，一直沒如願，既然咱們有緣分，我就把原來準備的東西都給妳吧，希望妳能養個健康的好孩子。」

那箱子蓋著的，誰也不知道裡頭是什麼東西，但看兩個宮女剛才吃力的樣子，裡面肯定有不少東西。

太子妃心裡犯酸。親的就是親的，繼哥兒每日來問安，從來沒得過這麼多東西。

不過她很快又調整好心態，繼哥兒有親娘和親祖父母，何須計較這些？

顧綿綿吃驚地看著那個大箱子，憑她的耳力，剛才已經聽見了裡面有布料的摩擦聲以及金屬玉器的撞擊聲。

她看向方皇后。「娘娘。」

方皇后拍拍她的手，示意她莫做聲，又吩咐方嬤嬤。「等會兒派兩個人送衛太太回去。」

方嬤嬤應聲而去。

方皇后為了轉移大家的注意力，讓顧綿綿回到自己的座位上，又和旁邊的嬪妃、誥命們繼續說話。

後面，顧綿綿全程沒有再說話，安靜地當鵪鶉。

等回到了家，顧綿綿把箱子一打開，仔細看了裡面的東西，眼底止不住開始泛紅。

那裡頭有一些最上等的布料，給小孩子穿最好，還有幾套小孩子的衣裳，一看就是方皇后親手做的。旁邊有一個小包被，小娃兒的帽子，還有十幾張尿布。

除了這些，還有個小匣子，顧綿綿一打開，裡頭是銀票、地契和房契。除此之外，還有好幾錠明晃晃的金元寶、幾塊沒有打磨的玉石和幾樣內造的首飾。

那地契是京郊的一個三百畝的莊子，房契是城裡的兩間繁華地帶的鋪面。銀票不多，都是小面額的，大概有個千把兩的樣子。

顧綿綿收好匣子，把那床小被子拿進懷裡仔細摩挲，上面的針腳均勻，一個線頭都看不見，只有疼孩子的人才能做出這般仔細的東西。

翠蘭在一邊勸。「太太，您懷著身子呢，可不能難過。」

顧綿綿笑了笑。「我沒有難過，我高興著呢！這是皇后娘娘賞賜的，多體面啊。」

不同於顧綿綿得了賞賜，今日方家什麼賞賜都沒得到。

秦氏因為身上有重孝，也沒進宮給皇后請安。宮裡只按照慣例給方家賞賜兩道菜，別的什麼也沒有了。

方大爺在家裡等了好久，始終沒等來封他為定遠侯的旨意。

方家那些原本已經做鳥獸散的親朋族人，再次聚集了起來，一起眼巴巴地等著皇帝的聖旨。

可一等不來，二等還是不來，方大爺有些坐不住了。有人勸他，侯爺才去，總要過一陣子。可昨日除夕和今年大年初一，方家沒有得到任何特殊的賞賜。

秦氏先醒悟過來，方家的定遠侯爵位，怕是沒了。

方大爺心裡有些不忿，當著秦氏的面道：「難道朝廷的慣例也要不遵了嗎？」

秦氏看著方大爺。「官人，你還不明白嗎？不是陛下不給爵位，是姑媽不想給。」

方大爺呼吸有些粗重。「方家丟臉，難道娘娘就有臉嗎？」

秦氏不給他臉。「官人還不知道吧？今日表妹進宮，得了一堆的賞賜。陛下肯定是知道了表妹的存在，他都不攔著，姑媽還怕什麼呢？姑媽在陛下那裡就算有些臉面，她只想給女兒、女婿爭些好處，已經顧不上我們了。」

方大爺還是不肯相信。「不會的，從來沒有哪個皇后娘家不封爵。」

秦氏抬起頭看著他。「官人，你還在作夢呢。你知不知道，姑媽最煩的就是咱們家要爵位、要官位。你看表妹，什麼都不要，只知道督促夫婿上進，姑媽卻把好東西都捧到他們面前。你是真不懂還是假不懂？咱們家得罪了表妹，姑媽現在就是告訴我們，我們只有去求表妹，才能得個好。你要是想著這頭不搭理表妹，那頭還想要姑媽給好處，我勸你早些收了心，好生替爹娘守孝吧。」

方大爺的私心被秦氏赤裸裸地揭露開來，他臉上有些掛不住。「我怎麼搭理她？難道滿世界嚷嚷，她是我表妹？姑媽在宮裡不要體面？有個私生的孩子難道很好聽？」

秦氏哼一聲。「表妹是私生的？姑媽當年和顧家老爺拜過天地，正經的夫妻卻被拆散，表妹沒找我們算帳就是看在姑媽的面子上了。太子爺都知道打發跟前的侍衛去給表妹夫送禮，你倒是比太子爺的面子還大。」

方大爺心裡十分煩躁。「當年祖父在的時候，太子爺算個屁。」

秦氏驚恐。「你快給我閉嘴！你是什麼東西？這樣胡言亂語。祖父若是像你一樣整天就知道爭榮華富貴，也不會有那麼大的出息！」

說完，秦氏在家裡走來走去，一邊走、一邊罵方大爺。「我看你是瘋了，越來越不知分寸。你自己不想活我不管你，你不要連累孩子們！」

方大爺吼道：「我就是瘋了！那麼多人問我，怎麼定遠侯的爵位還沒下來，我要怎麼回答？我不瘋也早晚被他們逼瘋！」

秦氏咬了咬牙，抄起旁邊的茶盞就摔在他頭上。「既然你瘋了，以後就不要出門了！」

方大爺的頭被砸了條血印子，秦氏砸完他，又立刻拿起旁邊的東西砸到自己頭上。

秦氏使的力氣大，額頭上頓時開始流血，她穩住了自己沒跌倒，用帕子按住額頭，拔腿就往外跑。「救命啊，大爺瘋啦，大爺瘋啦！」

方大爺驚愕地看著秦氏跑了，抬手摸了摸自己頭上的血，一伸腳把桌子踢翻了。

秦氏跑出大門口，天已經黑了，秦氏提著一個燈籠，一口氣跑到了衛家。

今日大年初一，衛家的大門敞開著，秦氏一頭衝了進去。「表妹，表妹，求妳救命！」

喊聲。

顧綿綿才把方皇后給的東西收好，正在和衛景明說今日的事情，忽然就聽到了秦氏的叫喊聲。

衛景明先衝到門口，堵住了秦氏。

秦氏剎住了腳步，用帕子抹了抹淚。「表妹，表妹夫，不好了，我家官人因為思念父母過度，他、他瘋了！」

衛景明皺起眉頭。「他瘋了，妳來我家做啥？」

秦氏頭上的血往下流，聽見衛景明這話，她訥訥道：「是啊，我怎麼到這裡來了。我就是一時著急，才來找表妹。」

顧綿綿走了出來，見秦氏滿頭血，趕緊讓人給她包紮止血，又仔細問了問方大爺的情況。秦氏一口咬定，方大爺瘋了，滿口胡言亂語，辱及尊者。

衛景明漸漸聽出了些門道，他摸了摸下巴，那個方大爺實在討人嫌，在外面看到衛景明，從來都是拿鼻孔對他。他看了看秦氏。「表嫂，既然方大爺瘋了，何不告訴宮裡的娘娘？家裡沒有長輩，娘娘才能做主。」

秦氏有些為難。「因著家裡的事情，讓娘娘丟臉了，我實在是沒臉去。」

衛景明坐了下來。「表嫂只管去，若是讓方大爺闖了大禍，娘娘豈不是更丟臉？」

秦氏捏了捏帕子，看向顧綿綿。

顧綿綿也覺得有些不對勁，按照衛景明的意思點點頭。「表嫂去吧。」

秦氏似乎鼓起了勇氣般點點頭。「多謝表妹和表妹夫，今日大過年的，給你們添麻煩了，實在是對不住。表妹好生照顧身體，我這就去了。」

等秦氏一走，顧綿綿小聲和衛景明道：「方大爺又玩什麼花樣？」

衛景明看了一眼顧綿綿。「娘子，這個方少夫人可不是個簡單的人，看吧，方大爺要被她借娘娘的手關起來了。」

顧綿綿呸了一聲。「關起來就關起來，反正我看他也不是個什麼好人。」

果然，秦氏進宮去求，方皇后立刻叫了她進去。

等秦氏哭哭啼啼把方大爺忤逆的話說出來後，方皇后的臉色也沈了下來。「這個孽障果真這樣說了？」

秦氏止住了哭聲。「姑媽，家裡才犯了事，我們也不敢要什麼爵位，只想安生度日，可總有人來撩撥他，他心不死，難免就有了怨懟，天長日久，要是在外頭說出什麼來，豈不是給姑媽招禍？」

方皇后摸了摸自己的指甲。「妳倒是個聰明人。」

秦氏趕緊磕頭。「姑媽，我有幾個孩子呢，我不想要什麼榮華富貴，我只想把幾個孩子帶大，讓他們長大了不愁吃喝就行。」

方皇后大致能猜出自己那個混帳姪子肯定沒少在背地裡罵皇帝。「既然他瘋了，本宮明日就賜個太醫，好生給他看看，莫要隨便出來胡言亂語。家裡的事情妳都管好，該怎麼做不用本宮教妳吧？」

秦氏又磕了個頭。「多謝姑媽，我定會把家裡看好的。」

秦氏得了雞毛當令箭，回去後就把方大爺關起來，不許他再和那些族人親朋們見面。方大爺大罵，秦氏就說他瘋得厲害。家裡孩子們害怕，秦氏索性讓孩子們每隔五天才去看一次方大爺。方大爺只要鬧，她就讓他看不到孩子。方大爺恨得咬牙切齒，整日咒罵，秦氏全當聽不見。過了公婆的五七後，她時常帶著禮品上門看望顧綿綿，想辦法和衛家搞好關係。

京城裡風言風語又颳了起來，有人說方皇后是個掛牌皇后，不管用，連給娘家撈個爵位都不能，有人說方皇后風光不了多久，等老皇帝一死，她什麼都沒有了。

方皇后才懶得管那麼多，她一邊打理後宮，一邊幫未出世的外孫做了許多小衣裳。在她看來，這什麼爵位，若不是靠著自己本事得來的，就是個害人的東西。定遠侯這爵位，就是亂家的根源。

皇帝原說給方家爵位，方皇后果斷拒絕。秦氏要把方大爺關起來，方皇后也默許，既然是個惹禍精，乾脆別出來了。

方皇后覺得現在的日子挺好的，唯一美中不足的是，不能經常和女兒見面。

日子悠悠地過，很快就到了二月底，顧綿綿的肚子滿了三個月了，雖然還不顯形狀，但她已經能感覺到裡面像小魚吐泡泡一樣咕嚕嚕的動靜。衛景明耳力好，每天都要趴在肚子上聽孩子在裡頭吐泡泡，然後夫妻倆一起笑得像個傻子一樣。

顧綿綿這一胎前三個月沒有一點不適，也不噁心想吐，孫嬤嬤等人都說她有福氣。誰知這孩子禁不起誇，過了三個月，顧綿綿開始變得難過起來。

一是嗜睡，白天黑夜連著睡。她總是覺得睏，一天沒有六、七個時辰都不夠她睡，且睡的時間越來越長。二是胃口不好，她也不噁心，就是不想吃，不管什麼東西到嘴裡，都如同嚼蠟一般，前面養出來的一點肉，又迅速消瘦了下去。三是健忘，拿在手裡的東西她又到處找，今天的事情明天就忘了。若不是非常相熟的人，走到她面前都要想一會兒這是誰。

孫嬤嬤和家裡兩個婆子都稱奇，第一次見到這樣的孕婦。

衛景明擔心不已，卻只能仔細地照看顧綿綿，想盡辦法找一些她喜歡吃的東西，哪怕能多吃兩口，他也不算白忙活。

方皇后聽說後，也顧不得避嫌，賜下了大量的補品和藥材，又命太醫院精通此道的太醫上門給顧綿綿看診。

太醫每次來給顧綿綿診脈，左看右看也說不出個什麼來，只說是婦人有孕，大多胃口都不正常，健忘的也有，等生過了就好了。每次都是開一些太平方子，讓顧綿綿仔細養著。

衛景明眼見著顧綿綿日漸消瘦下去，人也變得有些遲鈍，心裡十分焦急，未和顧綿綿商議，私自給吳遠寫了封信。

信的內容大概就兩件事，內子身體有恙，請吳遠相助，還有太醫院今春擴招，請吳遠上京一搏。

衛景明的信走的是軍方的路子，一路換馬沒停，四天的工夫就到了青城縣。

吳遠正在家裡看診，藥僮在他旁邊幫忙，主僕倆配合十分默契。這默契時常讓吳太太頭疼，自從顧家的親事沒成，她這個兒子彷彿變了一個人，越發沈默寡言。

以前吳遠雖然話也不多，但對爹娘很是孝順，吳太太問什麼，他回答的語氣都非常柔和，讓吳太太覺得自己的兒子十分貼心。現在不一樣了，兒子的語氣仍然很柔和，但吳太太是個敏感的人，她從兒子的語氣中聽出了一絲的疏離。他還和以前一樣孝順聽話，可他不再是他了。

背地裡，吳太太經常責怪自己，當日為什麼要爭那一絲閒氣，為什麼要和那些蠢婦人一樣，想著壓媳婦一頭。這下好了，媳婦成了別人家的，成親還不到一年，就旺得夫婿升了四品官，她兒子還在藥堂裡問診，對姑娘家一點不上心，倒是每天和藥僮形影不離。

第四十二章

要說吳太太為什麼知道衛景明升了四品官，這要歸功於阮氏。當初她為了繼女的親事操心個沒完，結果顧綿綿連婚禮都沒辦，直接跟著衛景明去了京城。青城縣風言風語，有人說顧家女婿做了錦衣衛，到了京城肯定會拋棄顧綿綿；也有說顧綿綿連個正經婚事都沒辦就跟人走了，未免有些輕浮；甚至有人說阮氏不把前房生的女兒當回事，隨隨便便就打發了。

阮氏把這些話聽在心裡，一一記下。剛過了年，衛景明的信就到了，繼女做了四品誥命，得了皇后娘娘青眼，還懷了身子。

阮氏喜不自禁，她自己不好意思出去炫耀，把娘家大嫂孟氏叫了過來，稍微透露了兩句，孟氏立刻嚷嚷得滿青城縣的人都曉得了。

外人不知道底細，顧季昌卻知道得清清楚楚，他的前妻做了皇后。

顧季昌偶爾回想當年的日子，心裡已經很平靜。他感謝她，為他生了個很好的女兒，也讓他接觸到了許多從未聽說的事物。如果他老老實實做個衙役，京城對他來說，就如同天宮一樣遙遠。現在，他的女兒、女婿就在那裡，且生活得很好。

衛景明的信每次都寫得很含糊，但顧季昌都能看懂。衛景明向他解釋過當年的種種，顧季昌知道方氏的為難，還有她肩頭的責任。他讓自己不去想方氏，他心裡的方氏，已經死在郊外那座孤墳中。至於宮裡的皇后，她是母儀天下的國母，是英雄之後，是天下的守護者。

想通之後，他徹底釋然，安安心心做個盡職盡責的縣尉，只有自己穩住了，女兒、女婿才能放心。

顧家的日子安寧從容，吳遠的生活卻被衛景明的一封書信打亂。

那天晌午，他和往常一樣，帶著藥僮剛從鄉下回來。鄉野之間總是能遇到很多疑難雜症，他想幫百姓解除痛苦，每次都十分上心，於醫術之道進步也很快。

剛踏入家門，家裡小廝呈上來一封信，吳遠拆開一看，臉上的表情瞬間凝固住了。

衛景明的信很簡單，但說得很明白，一是太醫院五年一次的大考兩個月之後就要開始了，要從民間招十個大夫，年齡不限。二是顧綿綿有了身孕，但身體越來越虛弱，太醫院的人查不出原因。

吳遠看完信後，什麼都沒說，把信摺好放進懷裡，繼續該幹啥幹啥。但整整一天，吳遠都有些神情恍惚，藥僮知道必定是因為信的原因，但誰也不知道信裡面寫了什麼。

當天晚上吃飯的時候，吳遠忽然告訴吳大夫和吳太太。「爹，娘，兒子想去京城。」

吳大夫吃驚。「你去京城做什麼？」

吳遠實話實說。「衛大人今日來信，太醫院大考，兒子想去試一試。」

吳大夫了然，又問：「你不是說要在鄉間多幹幾年，這樣也能歷練歷練？」

吳遠道：「爹，山外有人，兒子去了，也不一定就能考上。兒子就是想試試，若是成就好，若是不成，就是費些盤纏罷了。」
吳太太心裡十分糾結，她想讓兒子去考試，若是能進太醫院，好歹也能有個品級，但是兒子長這麼大從來沒有離開過她跟前，京城山高水遠，她有些不放心。「遠兒啊，這麼遠的路，你要怎麼去啊？」
吳遠笑得十分溫和。「娘，您別擔心，衛大人寄來的還有一封他自己的名帖，四品鎮撫使，在路上還是好用的。」
吳太太心裡嘆口氣，嘴上卻沒有反對。「娘也不懂，你們父子倆商議著看吧。」
吳大夫只沈默了片刻。「你若是想去，就去吧。」他知道兒子心裡還惦記顧家姑娘，若是去京城，看到人家夫妻和睦，說不定就能想開了。
吳遠給父母挾菜。「多謝爹娘理解兒子，兒子後天就出發，兒子不在家裡，請二老保重身體。兒子考完了試，不管中沒中，都會先回來。」
吳太太眼眶有些發紅，吳大夫立刻笑道：「去，你就當去見識見識。若是一輩子都窩在青城縣這個小地方，到死都不知道外面的風景，要不是我老了不能長途跋涉，我都想去。老婆子，咱們把家守好，等兒子回來。」
吳太太眨了眨眼，然後點頭。「好，多給遠兒帶些錢，窮家富路。」
一家三口立刻開始商議上京城要帶哪些東西，把離別的憂愁趕走了許多。
轉天，吳遠沒有坐診，而是去了顧家。

阮氏正帶著個婆子在家裡，顧季昌做了縣尉後，雇了個婆子到家裡給阮氏幫忙，白天父子倆不在家，阮氏也有個說話的人。

吳遠很客氣地向阮氏行禮。「嬸子。」

阮氏十分客氣地讓他進屋。「小吳大夫來了，快請坐。」

吳遠拱手。「嬸子，昨日衛大人給我來了封信，邀請我進京參加今年太醫院的大考。」

阮氏立刻反應過來。「那敢情好，小吳大夫您醫術好，要是能考進太醫院，也能重振祖上榮光。」

吳遠仔細看了看阮氏的神色，確定她還不知道顧綿綿身體異常，索性沒有告訴她。「因時間緊急，衛大人信也來得急，故而對嬸子這裡並沒有多說明。我明日就要出發了，便來問問嬸子，可有什麼要捎帶過去的？」

阮氏驚詫。「明日就要走了？小吳大夫稍坐，我去叫我家老爺回來。」

顧季昌聞訊而來，對著正在行禮的吳遠揮揮手，示意他坐下。「小吳大夫既然要去京城，還請路上當心。去了之後，告訴壽安和綿綿，好生過日子，家裡不用惦記。」

吳遠點頭。「顧叔放心，我會轉告衛大人的。」

阮氏在一邊道：「老爺，姑奶奶有了身子，咱們離得遠，也沒法照顧。這上京城千里迢迢，小吳大夫也不能帶太多東西，我給孩子做了兩件衣裳，請小吳大夫帶過去可行？」

顧季昌想了想。「莫要太多，有個意思就成。」

阮氏立刻起身，回屋拿了兩件早就準備好的衣裳，包起來交給吳遠。「小吳大夫，煩勞您了。」

吳遠接過那個柔軟的小包袱，微笑著對阮氏道：「嬸子放心，我定會帶去的。」

顧季昌要留吳遠吃飯，吳遠拒絕了。「明日就要上京，家父、家母不捨，姪兒想回去陪一陪父母，還請叔父見諒。」

顧季昌點頭。「應該的，你回去吧。莫要擔心，你爹娘這裡，我幫你照看著。」

吳遠再次鞠躬行禮。「多謝顧叔，還請叔叔、嬸子照顧好身體。」

吳遠辭別顧家人，回家陪伴父母。吳太太給兒子準備了一輛結實又不顯眼的騾車，上面準備了許多路上要用的東西，還給兒子做了一桌子好吃的飯菜。

轉天早上，吳遠帶著藥僮一起往京城而去。一路上，吳遠催藥僮趕車趕快些。主僕二人非常低調，吃穿都很簡單，偶爾沒趕上關城門露宿在外，倒未引起其他人注意，將將二十天的工夫就到了京城。

吳遠向城門衛遞上了衛景明的帖子，城門衛立刻放行。他按照信上的地址，一路找到了衛家。

衛景明不在家裡，顧綿綿正躺在房門口的躺椅上曬太陽，曬著曬著，她就睡著了。

金童在大門口守著，聽見吳遠報上大名，立刻滿臉笑容。「吳大夫好，我們老爺早就交代我們多看著些，可算是等到您了。我們老爺當差去了，太爺和太太在家裡。」

吳遠在心裡思索這些稱號，他還不知道太爺是誰，但知道太太是顧綿綿。

金童把吳遠主僕二人迎接到了外院客房，讓丫鬟倒茶水來，又讓人去衙門通知衛景明。

顧綿綿睡得正香，翠蘭一直看著她，聽說老家來客人，她去通知了鬼手李。

鬼手李正閒著無聊，索性到外面看看。

一進客房，他就見到個風塵僕僕的小夥子。

吳遠見一位四十多歲的長輩進來，趕緊起身。「晚輩吳遠，見過前輩。」

鬼手李擺擺手。「坐，我是壽安的師叔，姓李。」

他仔細看了看吳遠，溫潤如玉，看起來是個實誠的小夥子。「家裡可好？」

吳遠不緊不慢地把青城縣老家的情況都說了一遍，鬼手李聽說他是個大夫，還和他討論了半天的醫術。

鬼手李並不知道吳家曾經向顧家求親，說話也沒避諱吳遠。「既然你是青城縣的人，我也不瞞著你。我家姪媳婦自從有孕之後，每天都昏昏睡睡，胃口不好，記性變差。都說有身子的婦人多少有些異常，但她比常人都嚴重了許多，這種情況，老夫活了七十多年也罕見。」

吳遠驚詫，看了看鬼手李的滿頭烏髮，沒想到他已經七十多了。他想了想道：「可否讓晚輩給太太診脈？」

鬼手李點頭。「既然你們是同鄉，必定也是認識的，你隨我來。」

內院中，顧綿綿已經醒了，是翠蘭叫醒她的。「太太，剛才前院來了個客人，說是老家的什麼吳大夫，太爺正帶著往裡面來呢，說要給您診脈。」翠蘭並不知道吳家父子都是大夫，還分個大小。

顧綿綿想了想，才憶起。哦，是吳遠啊。

她站起身，稍微整理了一下身上的衣裳，也沒有扶翠蘭的手，徑直往廊下走去。

吳遠一進內院，繞過垂花門，就看到一位衣著華麗、通身貴氣的少婦站在面前，仔細一看，顧綿綿似乎有些消瘦，面帶微笑看著他。

吳遠看到她微微凸起的小腹，給了顧綿綿一個溫暖的笑容。

顧綿綿先開口。「小吳大夫來了，真是稀客。」

吳遠想了想才開口。「衛太太別來無恙。」

顧綿綿點頭。「我們都很好，小吳大夫走了這麼遠的路，肯定累了，翠蘭，讓廚房給小吳大夫燒熱水，再做些熱飯菜端上來。」

翠蘭應聲而去，顧綿綿請鬼手李和吳遠進屋。「我家老爺去衙門了，稍後就回來，請小吳大夫稍坐。」

吳遠清楚地感覺到，顧綿綿不再是青城縣那個衙役的女兒，而是一位四品官太太，養移體、居移氣，她整個人變化都很大。再看這宅子和她在家裡的氣派，應該是過得很不錯。

進屋坐下後，吳遠道：「衛太太，聽衛大人說您身體有些不適，可否讓在下給您看看？」

顧綿綿笑著伸出了手腕。「小吳大夫也太客氣了，叫什麼衛大人，叫他壽安就行。我也沒有不適，就是睡得久、吃得少，人少了些精神，等孩子出生就好了。」

吳遠看著那一截皓腕，毫不猶豫伸出兩根手指，精準地按在顧綿綿的腕脈上。

吳遠的眉頭越皺越緊，他一會兒覺得胎兒很穩健，一會兒又覺得這孩子似乎氣若游絲。他感覺到顧綿綿的身子裡有一股綿綿不絕的生氣，又感覺到似乎有另外一股力量在扼殺這股生氣。

吳遠心裡越來越驚詫，他從醫也有七、八年經歷了，遇到的孕婦沒有一百也有八十，第一次遇到這樣奇怪的脈象，這是什麼情況，難道說中毒了？但以綿綿的身分，不至於有人下毒害她。

過了半晌，吳遠收回了手，他低聲問顧綿綿。「太太可有感覺到什麼不舒服的？」

顧綿綿搖頭。「就是不大想吃飯。」

吳遠沈吟片刻，對鬼手李道：「前輩，晚輩覺得衛太太的脈象比較奇特，一時也說不上哪裡不好。」

鬼手李點頭。「老夫多少懂一些醫理，剛開始覺得還好，後來就越來越奇怪。無妨，你剛來，先歇兩天。」

正說著呢，衛景明回來了，他的腳步非常輕。近來顧綿綿總是在睡覺，他怕驚擾到她。一進門，他立刻笑了出來。「小吳大夫來了，稀客稀客。」

吳遠起身行禮。「衛大人好。」

衛景明一拍他的肩膀。「叫什麼衛大人，見外了，叫衛大哥就行。」

說完，他坐在旁邊，先給鬼手李請安，再問顧綿綿。「娘子，今日感覺怎麼樣？」

顧綿綿回道：「我還好，是你讓小吳大夫進京的？」

衛景明點頭。「太醫院要大考，小吳大夫醫術那麼好，我請他來一試。」

顧綿綿也高興起來。「官人想得真周到。」

吳遠等他們兩口子說完了，這才道：「我臨行前，顧家叔父讓我給衛大哥帶幾句話，讓你們好生過日子，莫要惦記家裡。顧家嬸子還讓我給衛太太帶了些東西。」

說完，他把阮氏給的那個小包袱遞給顧綿綿。

顧綿綿打開一看，見到兩件小衣裳，她輕輕摸了摸，很快又包好，看向吳遠。「小吳大夫，我爹和二娘，還有岩嶺，他們都好嗎？」

吳遠微笑著點頭。「衛太太放心，顧家叔父和嬸子都很好。叔父做了縣尉，家裡還雇了個婆子。我聽說令弟讀書很是不錯，阮家在叔父的彈壓下，也很規矩。」

顧綿綿點頭。「多謝小吳大夫。」

吳遠回道：「衛太太客氣了，我來京城無依無靠，還是要叨擾你們。」

說著說著，顧綿綿忽然打了個哈欠，衛景明讓翠蘭扶著她進屋。顧綿綿讓他好生招待吳遠，自己進屋睡覺去了。

吳遠看著顧綿綿的背影，問衛景明。「衛大哥，衛太太可有接觸到什麼異域人？」

衛景明肯定地搖頭。「滿京城也沒幾個外族人，我們接觸不到。」

吳遠說出了自己的疑慮。「剛才我察看太太的脈象，總是起伏不定，一時好、一時不好，感覺像是中了蠱似的。」

衛景明心裡一驚，思索半晌後道：「小吳大夫，中蠱應該不至於。」

吳遠搖頭。「我暫時也看不懂。」

衛景明道：「無妨，你就住在我家裡，明日我讓人帶你去太醫院報名，然後好生備考。」

就這樣，吳遠在衛家住了下來，一邊用心備考，一邊幫顧綿綿調理身子。他心細，比家裡丫鬟、婆子想得還多，顧綿綿總算能多吃些東西，衛景明十分高興。

吳遠住下沒幾天，清明節就到了。

當天早上，鬼手李帶上衛景明，叔姪倆一起去郊外給玄清子上墳。

二人並未坐車，而是步行而去。叔姪倆腳步快，半個時辰的工夫就到了玄清子的墳前。

玄清子作為大魏朝唯一的國師，其葬禮等同國公品級，墳墓的規模也十分大。他的墳墓是他自己設計的，外頭有許多玄機，衛景明一直都沒有完全摸透。上輩子鬼手李告訴他，玄清子把很多東西帶走了，並未傳給他們，老人家不希望弟子們學到他所有的東西，知道得太多，也不是什麼好事。

師徒二人走到墳墓正前方，赫然發現墓碑前面居然有一些貢品，旁邊還有一些未燒完的紙錢，似乎剛剛有人來祭奠過。

鬼手李神色倏地變了，他立刻騰空而起，繞著墳墓大喊：「師兄，師兄，可是你回來了？」

喊了幾聲，沒有回應，鬼手李氣得大罵。「你個縮頭烏龜，回來了也不敢見我，是不是幹了什麼違背師門的事情。師父的墳塋你不管，你自己的徒弟也丟給我，我又不是你爹！」

衛景明心道糟糕，師伯回來了，我要露餡了。

果然，鬼手李的聲音剛落下，旁邊就傳來一個懶懶的聲音。「老子什麼時候收過徒弟了，我要看看，是哪個兔崽子冒充我的徒弟！」

說完，一個人影飄到墓碑正前方。郭鬼影名不虛傳，走路無聲，人過如同鬼影，不留痕跡。

他一身白袍，頭髮用一根簪子挽了個道士髮髻，手裡還拿著個酒葫蘆，本來有些仙風道骨的氣質，卻被這酒葫蘆破壞了。

他看向衛景明。「是你小子冒充我的徒弟？」

衛景明不說話，鬼手李罵郭鬼影。「你是不是年老癡呆，連自己的徒弟都不認識了？」

郭鬼影哼了一聲，把酒葫蘆往腰間一掛，如同鬼影一般撲向了衛景明。他快，衛景明比他還快。二人同出一門，郭鬼影年紀大，學的時間久，但衛景明天賦更高，兩世為人，且當初在宮廷那個地方，警惕性強，輕功這方面，還真不輸給郭鬼影。

郭鬼影心裡大吃一驚。這小子如何會我玄清門的獨門步法，難道是師弟的弟子？但師弟為何說是我的徒弟？

他心下疑惑，腳下更快，出手更狠。

衛景明知道，今日自己必須拿出全部的本事，不然定會被當成偷師的小賊。

好多年了，衛景明沒有這樣全力以赴過。郭鬼影功夫造詣比鬼手李高多了，不論是輕功、掌法還是內力，堪稱當世一絕。衛景明一連接下他三掌，彼此都暗暗稱奇。

郭鬼影心裡更加吃驚，這小子看來是塊硬骨頭。衛景明心裡也佩服，師伯果真是得了師祖的真傳。

二人你來我往，功夫套路都差不多，單看誰悟性更高。頓時，玄清子墳前兩道白影交織在一起，捲起一陣陣旋風，二人都有意保護墳墓，雖然過了幾百招，並未對周圍造成多大的破壞。

衛景明雖然年紀小，竟漸漸占了上風。

郭鬼影心想，這樣打下去不是回事，看這樣子確實是我師門中人，外人要是偷學學不到這麼多。他率先停下手，衛景明旋即停手，二人彼此離了十尺遠的距離，一起平穩地落在地上。

鬼手李皺起眉頭。「你們師徒倆，怎麼一見面就打了起來？」

郭鬼影道：「師弟，我可沒有這麼能打的徒弟。我老頭子自己一個人走路都嫌耳朵重，怎麼會收徒弟。」

鬼手李皺起眉頭。「不是你徒弟，難道是我徒弟？」

郭鬼影又哼哼兩聲。「那就要問這個小子了。」

鬼手李心裡也在打鼓，壽安是個懂禮的孩子，見到他師父為何不行禮，反倒和他師父打得不可開交。

他摸了摸鬍子。「壽安啊，你和你師父之間是不是有什麼誤會？」

衛景明長長出了口氣，忽然，他撩起衣裳跪了下來，先給鬼手李磕了三個頭，然後一字一句道：「師父，徒兒有罪，不該欺瞞您。」

郭鬼影哈哈大笑。「我就說，師弟，肯定是你老糊塗了，自己收的徒弟栽到我頭上。罷了，你既然不想要，給我吧。」

鬼手李大聲道：「胡說八道，去年夏天你來京城，第一句話就喊我師叔，要不是看在師兄的面子上，我怎麼會收留你一個外人？」

衛景明抬起頭看著他。「師父，徒兒知道，您都忘了，但徒兒都記得呢。」

鬼手李心裡有些焦躁，他把衛景明當作玄清門第三代傳人，若是他來歷不明，自己豈不是白費心思。「你老實說，你到底是何人，有何居心！」

衛景明心裡十分複雜，師父不記得前世種種，無論他怎麼解釋都解釋不清楚，說得越多，越顯得自己心懷不軌。

郭鬼影忽然道：「可是師父背著咱們收的小弟子？」

鬼手李搖頭。「這小子年紀不過二十，師父都死了四十多年，難道在陰間收的徒弟？」

衛景明忽然道：「師父，滄海桑田，斗轉星移，您不記得徒弟不要緊，但請您相信我真的是您的弟子，我對師門絕無二心。當年我一個無權無勢的小子，和綿綿一起在深宮備受欺凌，是您把師門絕學都教會給我。徒兒逆天而來，想好好伺候師父。師父，請您相信我！」

鬼手李聽完他的話，想了想之後，忽然臉色大變，額頭上冷汗往下冒。

郭鬼影嚇了一跳。「老二、老二你怎麼啦？我還沒死呢，你可不能死！」

衛景明上前扶住鬼手李，誰知被他一把抓住了雙手。

鬼手李雙眼赤紅，一字一句的問他。「你這個孽障，你可是動了逆天盤？」

第四十三章

鬼手李逆天盤三個字才出口，衛景明和郭鬼影都愣怔住了。

郭鬼影是因為吃驚，逆天盤他當然知道，但他沒見過，師父說那玩意兒是害人的東西，很厲害。衛景明是因為根本就不知道這個東西，一時不知要如何回答。

鬼手李大聲咆哮。「說啊，你是不是動過逆天盤！」

一向天不怕、地不怕的衛大人這會兒有些吃不準，只能實話實說。「師父，徒兒不知何為逆天盤。」

鬼手李瞪著眼睛看著他，仔細分辨衛景明的神色，似乎不像作假。

他慢慢放下手，轉身走向墳墓。「你跟我來。」

衛景明跟在他身後，鬼手李帶著他跪在墳前，上供，磕頭。

等做完這一切，鬼手李起身，看向玄清子的墓碑，低聲問衛景明。「你想知道什麼是逆天盤嗎？」

衛景明點頭。「徒兒想知道。」

鬼手李伸手摸向了墓碑。「你知道我為什麼從來不給你師祖的墳墓除草嗎？」

衛景明回道：「知道，師父說過，師祖的墳上一草一木都有定數，關乎天下氣運。」

鬼手李閉上了眼睛，他能說出這話，看來真的是門內弟子。他用袍子擦了擦墓碑。「你師祖的墳墓，就是逆天盤。」

郭鬼影上前兩步。「師弟，師父的墳墓居然這麼有玄機。」

鬼手李收回手。「師父的墳墓是他自己提前設定好的，我按照他給的圖紙，一樣樣布置。為了防止外人闖入，這外頭我設置了許多機關。師父把自己的一切都鎖在這陣中，若有人闖入，連我都不知道會有什麼結果。」

郭鬼影一拍大腿。「怪不得我每次來都特別麻煩，原來是這個道理，師父居然不告訴我。哼，果然是疼小的。」

鬼手李看了他一眼。「你多少年沒回來了？還有什麼臉爭寵！」

郭鬼影甩甩袖子。「我就是說說，又沒抱怨師父。」

鬼手李看向衛景明。「你既然逆天而來，我就得看一看你的過去了。」

衛景明手心開始冒汗。「師父，您想知道，我告訴您就是。」

鬼手李繼續道：「師兄，師父臨終前曾說，若是百年內天下有異動，讓我啟動逆天盤，讓他老人家重生而來。現在逆天盤啟動，卻未見到師父，可見天下無大亂，只是這個孽障誤打誤撞而來。我要啟動逆天盤察看，師兄幫我護法。」

郭鬼影點頭。「你忙你的，我給你看著外頭。」

鬼手李看向衛景明。「站到這臺階上來！」

衛景明聽話地站到墓碑前的臺階上，鬼手李問他。「入逆天盤，要承受輪迴之苦，如同入地獄，你可能受得了？」

衛景明咬牙。「師父，徒兒願意。」他也想看看，這什麼逆天盤，到底有多大威力，居然能預測未來，連綿綿懷孕都受它干擾。

鬼手李嗯了一聲，忽然騰空而起，升了有半丈高，調頭向下俯衝，雙掌發力，將玄清子的墓碑狠狠壓下。

衛景明看得清清楚楚，墳墓底下似乎有個匣子一般，正好能容納下墓碑。墓碑進入匣子後，彷彿鑰匙打開了大門，逆天盤陣眼開啟，衛景明立刻感覺到了一陣天旋地轉。

他想穩住自己，但雙手和雙腳一點支撐都沒有。衛景明感覺自己處於虛空之中，沒有任何著力點。很快，他似乎感覺到烈火在周圍燃燒，他的肌膚被灼燒，越來越痛。他努力靜下心，開始快速運氣，雙手撐開，用內氣把周圍的烈焰驅開。

然而，沒過多久，烈火退去，他似乎又置身冰天雪地之中，那冷意直竄他的心肺。衛景明調換內功心法，護住心脈不受損。

等寒意消退，他又感覺自己被無形的力量拉扯，全身幾乎要被撕裂了一般。繼而又是一陣擠壓……

衛景明在陣裡全力保命，鬼手李和郭鬼影看到的卻是另一番景象。

陣眼開啟後，衛景明就消失不見了。整個墳墓連同周邊的花草樹木，瞬間被激活了一般。地上騰升起玄清子打坐時的八卦陣，上面顯示出一幅幅景象。

時空轉換，山河重現。鬼手李先看到了玄清子，師兄弟倆頓時激動得熱淚盈眶。陣中的玄清子，彷彿活了一般，老人家面帶微笑，正在看天上的星宿。很快，玄清子就消失了，整個畫面流動得很快，玄清子死去，所有曾經發生過的事情都在快速重演。

須臾，他們又看到年少的衛景明，他進宮、拜師、成名、退出官場、死在顧綿綿墳頭，連二人魂魄一起飛向青城山頂都顯示了出來。

青城山升起第一縷陽光之時，衛景明和顧綿綿同時消失不見。再次出現的是年少的衛景明，再後面發生的事情，鬼手李之前都知道了。

玄清子是布陣者，衛景明是入陣人。這陣彷彿有記憶一般，把玄清子的後半輩子和衛景明所有的大事都記錄了下來。

畫面終止在今天早上出門前。

陣中的畫面忽然消失，八卦陣上面如同泛起了波紋，漸漸消失不見。整個墳墓和周圍的樹木都恢復了原樣，衛景明也再次出現。

然而，衛景明現在感覺很不好。他在陣中備受蹂躪，為了保護自己，他努力將內力發揮到極致，然而，還是不抵陣中的力量。就在他剛才以為自己要被壓成肉餅之時，體內忽然多出一股力量，那股力量又強大、又猛烈，迅速灌滿他的全身。有了這股力量，他強力撐開那股擠壓的力量，一直撐到陣法消失。

衛景明恢復了自由，見到鬼手李之後，擦了擦額頭的汗。「師父，您怎麼不早些告訴我，這陣法這麼厲害，徒兒差點就死在裡頭了。」

鬼手李剛才在陣法啟動之時，和陣中的自己彷彿取得了某種聯繫，他的腦海裡瞬間多出了許多記憶，他想起了上輩子和徒弟在一起的點點滴滴。

聽見衛景明這樣說，他疾步上前，拉起他的手就把脈，緊皺眉頭。「為何你的內力忽然變得這般凶猛？」

衛景明再次擦了擦額頭的汗水，把剛才自己的經歷大致說了一遍。

郭鬼影大叫。「師弟，這小子肯定在陣中得到了師父的力量！逆天盤是師父拿自己的命數做出來的，這小子上輩子開了盤，這輩子又入了陣，師父肯定把自己的力量都給他了！」

鬼手李點頭。「應當是如此，師父的力量太大，這小子一時半刻可能受不了，才看起來脈象凶猛。師兄，且助我一臂之力，幫這小子捋順內氣。」

郭鬼影哼哼。「果真是自己的徒弟，現在知道疼愛了？」

雖然嘴上這麼說，他也沒偷懶，捉住衛景明的一條胳膊就開始幫他一起運氣。衛景明在二人的幫助下，打坐了近四個時辰，終於把身體裡灌入的那一股磅礡之氣全部平息下來。

等忙完後，天都黑透了。

衛景明終於恢復了正常。「多謝師父、師伯。」

鬼手李見他面色正常，又問：「你是如何啟動逆天盤的？」

衛景明撓撓頭。「師父，徒兒真的沒有像您這樣把師祖的墓碑按下去。徒兒就是時常來看師祖，偶爾也會研究研究師祖的墳墓有什麼玄機。那個時候，徒兒都五、六十歲了，綿綿不在了，徒兒心如死灰，哪裡還管這家國天下？要說異常，就是綿綿說她死後總是能聽見徒兒說話。」

鬼手李嘆了口氣。「冥冥之中自有定數，也許是你們的執念太深，也許是你不小心碰了逆天盤，故而能夠再世為人。你師祖這個逆天盤，我也不肯定是不是只有這一個啟動陣眼。若是你是在別的地方啟動了它，說不定就感知到了你的執念，重新送你回來。」

郭鬼影嘖嘖。「師弟，你剛才啟動陣眼，這陣法到底有多少威力你也不曉得吧？」

鬼手李搖頭。「師父也沒細說，只說讓我這樣啟動，就能召喚他老人家。我以前從來未啟動過，因壽安是事情的起因，我才讓他站在了陣眼之中。只要將來無異動，想來是無法召喚師父的。」

郭鬼影也摸了摸鬍子。「罷了，說不定師父早就升天做神仙去了，你這樣喊他肯定是喊不來的。」

鬼手李忽然想到顧綿綿，額頭又開始冒汗。「你這個孽障，你媳婦要被你害死了。」

衛景明大驚。「師父，怎麼了？發生了何事？」

鬼手李沈聲道：「我近來觀天象，紫微星本來已經暗了，因著旁邊忽然出現兩顆異星，紫微星又變亮起來。」

衛景明想到一種可能。「師父，徒兒和綿綿，不至於影響紫微星的命數吧？」

鬼手李嘆口氣。「不好說，但我知道，誰啟動逆天盤，若是天下大勢發生變化，必將遭受反噬。」

衛景明的額頭也開始冒汗。「師父，若真是徒兒以前不小心啟動逆天盤，那也不該反噬到綿綿身上啊！」

鬼手李雙手背在身後。「你是因她而來，她是因，你是果。逆天盤開啟，會出現種種結果。就是因為這種不確定性，我才從來不去碰它。」

衛景明反問道：「師父，綿綿近來的情況，是因為反噬嗎？」

鬼手李搖頭。「不好說。」

衛景明咬牙問道：「師父，若是反噬，最後結果會怎麼樣？」

鬼手李看著他，一字一句道：「慢慢消亡。」

衛景明感覺自己的心彷彿受到了一下重擊，讓他有些喘不過氣來。「師父，我要怎麼做？」

鬼手李抬頭看夜空。「先讓紫微星暗下去。」

衛景明驚愕地抬頭。「師父！」

鬼手李繼續看天。「紫微星該暗的時候不暗，後面的一切都會亂起來。你們的到來，讓娘娘做了皇后，這也就罷了，陛下現在本該病入膏肓，卻活蹦亂跳。太子的長孫本不受寵愛，現在卻獨占鰲頭。」

衛景明抓住了問題的關鍵。「師父，只要保證帝王更迭不變，我和綿綿就能無虞嗎？既然重回之人禁錮這麼多，師祖為何要做這個陣？」

鬼手李怒罵。「你師祖是為天下做這個陣，他從來沒考慮過自己入了陣會有什麼結果！就算我召喚回了你師祖，他也不會在意什麼反噬不反噬。」

衛景明立刻低頭道：「師父，是徒兒的錯。徒兒借師祖的陣法誤打誤撞得了好處，往後定不遺餘力保這天下平安。」

鬼手李點頭。「這樣才是我玄清門的傳人，你師祖把力量都傳給了你，你應該接下他的衣缽，守護這天下。不是說一定要保誰做皇帝，但要讓天下穩定。太子的長孫得寵之後，你媳婦開始遭受反噬，可見此子若是上位，必定會給天下帶來災難。這不是仁義的時候，你必須要阻止他，哪怕破壞娘娘和東宮的聯盟，也不能讓此子上位！」

郭鬼影在一邊插嘴。「你小子為了娶個媳婦，真是不容易啊！」

說完，他把衛景明從上到下看了一眼。嘖嘖，居然自宮，真是有勇氣！

衛景明對此倒是坦坦蕩蕩。「就像師伯喜歡雲遊天下，姪兒就想跟媳婦好好過日子。」

郭鬼影拍了拍酒葫蘆。「我老頭子自由自在，給個皇帝我也不做。」

鬼手李看了郭鬼影一眼。「師兄，你既然回來了，就去我那裡住一陣子吧。」

郭鬼影嘟囔。「我不耐煩見外人，那些狗屁的皇親國戚，要是聽說我回來了，說不定又讓我收徒弟。」

鬼手李道：「師兄，若是處理不好太子長孫的事情，師父也不得安寧，你要留下來跟我一起想辦法！」

郭鬼影瞪圓了眼睛。「你徒弟闖禍，憑什麼讓我給你們擦屁股？」

鬼手李面不改色。「誰讓你連個徒弟都不收，你要是有個更好的徒弟，我現在就不管這個孽障了。咱倆還能活多久？萬一都死了，玄清門連個傳人都沒有。現在壽安和他媳婦有難，你不幫忙，你對得起師父？」

郭鬼影彷彿被掐住了脖子，半晌後洩氣。「說好了，把那個什麼小崽子弄下位，我就走。」

鬼手李點頭。「可以。」

郭鬼影見衛景明臉色凝重，拍拍他的肩膀。「愁什麼，你媳婦不還好好的？放心吧，逆天盤都能感應到你們的執念，送你們回來，肯定不會讓你們灰飛湮滅的。」

衛景明勉強給了個笑臉。「多謝師伯。」

鬼手李道：「時辰不早了，咱們回去了，你媳婦和華善要著急了。」他雖然是師弟，因為一直守著師門，替玄清門經營名聲，很多時候反倒比郭鬼影說話更有分量。

郭鬼影率先騰飛。「我也去看看京城這些年有什麼變化。」

鬼手李隨後跟上，衛景明在最後面。三人乘著夜間的微風，如風一般，眨眼就飄到了城門口。

郭鬼影抱怨。「直接進去就是了，怎麼還要從門裡走。」

鬼手李道：「你飛進去簡單，被錦衣衛發現，豈不是要連累壽安？他好不容易才升了個鎮撫使。」

郭鬼影嘟囔。「你們這些被紅塵束縛住的人啊！」

等過了城門檢查，三人很快到了衛家。

郭鬼影抬頭一看，嘖嘖兩聲。「師弟，你這是跟著徒弟開始養老了。」

鬼手李摸了摸鬍子。「師兄要是羨慕，自己也收兩個徒弟，過幾年也能享福。師兄不知道，壽安媳婦賢慧，日日問安，頓頓做飯給我吃，我的四季衣裳都是提前準備好的，比那飄泊無定的日子好多了。」

郭鬼影哼一聲。「有什麼了不起？我才不羨慕！」

衛景明還沒敲門呢，裡面玉童聽到動靜，立刻打開門，見到衛景明後，馬上歡呼起來。「太爺，老爺，可算回來了。太太急得不行，要不是舅老爺拉著，她都要出城門去找您二位了。」

然後玉童看到郭鬼影，愣了一下，不知道該怎麼稱呼。

衛景明做出請的姿勢。「師父、師叔請進。」他用的還是原來的稱呼，鬼手李也不想讓世人猜測，默許了這個稱呼。

郭鬼影心裡偷笑。你收的徒弟，便宜了我。

那邊，玉童立刻精乖地叫了一聲大老太爺和老太爺。

鬼手李帶著郭鬼影往自己的院子去，臨走前告訴衛景明。「去看看你媳婦吧，有些事情也莫要瞞著她。」

衛景明點頭。「徒兒知道，多謝師父、師叔。」

衛景明目送兩個老頭進了偏院後，自己轉身進了垂花門。剛繞過屏門，顧綿綿就迎了上來。「怎麼回來這麼晚？」

衛景明見她小跑，趕緊扶住她的手。「無事，我和師父遇到了師伯，耽擱了一陣子。」

顧綿綿聽見師伯二字，頓時瞪大了眼睛。「師伯回來了，你、你……」

衛景明長舒了口氣。「我已經露餡了。」

顧綿綿變得緊張起來，悄悄看了看偏院。「師父有沒有打你？」

衛景明拉著她往屋裡走。「我細細跟妳說。」

顧綿綿先讓家裡人往偏院送飯菜、送熱水，衛景明把所有下人都屏退，仔仔細細向顧綿綿說了今日發生的所有事情，包括他在陣中的經歷。

顧綿綿聽完後，整個人一動不動坐在那裡。

衛景明握住她的雙手。「綿綿，妳別怕，有我和師父、師伯在呢。妳放心，我定會把妳救回來的。」

顧綿綿回過神來，摸了摸自己的肚子。「我不怕被反噬，就擔心孩子受不了。你不知道，他今天忽然變活潑了，動了好幾次呢。前幾天他都不怎麼動，我擔心得不得了。」

衛景明的手放在顧綿綿肚子上，孩子彷彿有感應一樣，立刻踢了兩下腿，這種血脈相連的感受，讓衛景明心裡越發堅定，他將顧綿綿摟進懷裡，輕聲安慰她。「我知道，妳每天都在憂心。別急，明日我和師父、師伯好好商議一番。照目前的情況來看，我們必須要拆開娘娘和東宮的同盟了。」

顧綿綿心裡揪了起來。「官人，我總不能為了自己，去坑害我娘。」

衛景明搖頭。「這不是坑害，若是我們繼續捧那孩子，將來他要是做了什麼不好的事情，說不定還要連累娘娘的名聲。既然如此，我們不如早些拉他下馬，說不定還能保他一命，也能保全娘娘的名聲。」

顧綿綿抬頭看向衛景明。「無論如何，不能連累我娘。」

衛景明點頭。「我們自然是要同時保全妳和娘娘，陛下最近身體變好，是因為吃了師祖留下的方子。都說師祖煉的丹好，因為師祖的丹方裡補藥多過毒藥。外頭那些野道士，練的丹都有毒，陛下吃了自然身體越來越差。」

顧綿綿小聲道：「你們難道要給陛下下毒嗎？」

衛景明的聲音很輕。「我不想給他下毒，只想把師祖的方子要回來，只要他還吃以前的丹藥，好與不好就與我們無關了。」

顧綿綿忽然打了個哈欠，然後很不好意思道：「我下午才睡了兩個時辰。」

衛景明笑著摸摸她的頭髮。「妳去睡吧，我稍後就來。」

他牽著顧綿綿的手進了臥室，看著她睡著之後，自己去了偏院。

郭鬼影正吃得高興呢。「師弟呀，還是你會享福，這日子過得多好。」

鬼手李給他倒酒。「誰讓你整天往外跑？」

郭鬼影斜眼看他。「別叫我戳你老底子，之前你一個人過的時候，日子難道比我好？還不是吃了上頓沒下頓。如今得了好徒弟，才有了這好日子過。」

鬼手李笑道：「滿京城的人都曉得他是你徒弟。」

郭鬼影手裡的雞腿啃了一半，忽然道：「那，我這是白撿個徒弟了。」

鬼手李又給他倒酒。「既然是你徒弟，你就要負責。」

郭鬼影的臉扭曲了一下。「師父說的沒錯，你果然是個好鬼！」

鬼手李哼一聲。「你胡說，師父肯定是誇我聰明。」

衛景明一進門，就聽見兩個老頭子在拌嘴，他也坐了下來，給二位長輩倒酒。「不知道師伯要來，都是些家常菜，請師伯勿怪。」

郭鬼影吃得滿嘴流油。「無妨，你師父能吃，我也能吃。不對，你師叔能吃，我也能吃。」

衛景明手裡的酒壺頓了一下，馬上又恢復了正常，改口道：「師父說得對，自我進京開始，多蒙師叔照顧，平日忙忙碌碌，全仰仗內子孝敬師叔，是我的不對。」

鬼手李問道：「你媳婦怎麼樣了？」

衛景明回道：「還好，她說今日孩子動得比前幾日活潑一些。」

鬼手李沈聲道：「必定是我們找到了原因，這孩子才多了一絲生氣。」

郭鬼影把酒盅裡的酒吃盡。「我說師弟，這個孩子本不該存在，忽然多了出來，會不會是逆天盤察覺到了他的存在，才遏制他？」

鬼手李搖頭。「壽安一個小小的四品，他的孩子不至於讓逆天盤這樣大動干戈。」說完，他又問衛景明。「你都跟你媳婦說了？」

衛景明點頭。「說了，綿綿只說不能連累娘娘。」

鬼手李嗯一聲。「接下來你有什麼打算？」

衛景明實話實說。「師叔，我想再向宮裡送一些丹藥的方子。」

鬼手李指出問題的關鍵。「若是你送的方子把陛下吃出了毛病，你也要擔責。」

衛景明嘆氣。「師叔，娘娘現在和東宮走得近，陛下又希望娘娘和東宮結盟，我們不能把東宮打掉，就只能想辦法把太子妃這一支打掉。送丹藥方子是一條路，我想同時找人結盟，對抗太子妃祖孫二人。」

鬼手李點了點頭。「你這個方法不錯，你現在做的每一件事情，都會影響到天下氣運發展，不能過於莽撞。可往常你也沒往東宮使力，現在要怎麼結盟？」

衛景明道：「徒兒聽聞，太子殿下近來寵愛一位姓寇的寶林。」

鬼手李今天腦子裡被塞了一些記憶，慢悠悠想了一會兒，才想明白這就是後來大名鼎鼎的寇貴妃。

鬼手李嗯了一聲。「這姓寇的現在勢力還小，怕是於事無補。」

衛景明艱難地說了一句話。「師叔，我還想請娘娘幫忙。」

鬼手李嘆了口氣。「娘娘身在局中，是跑不掉的。」

衛景明看向鬼手李。「師叔，怎麼才能讓娘娘出宮？」

鬼手李搖了搖頭。「太難，娘娘現在是中宮皇后，副統領的位置也卸任了，無事不會出宮。」

衛景明慢慢給自己倒了杯酒。「師叔，山不來就我，我只能去就山了。」

鬼手李的眼睛瞇了起來。「你要怎麼做？」

第四十四章

衛景明自己慢慢喝酒。「對娘娘實話實說，綿綿病了。劉家非良善之輩，不可扶持。就算要扶持，也要找一個母族弱的皇孫。太子長孫有劉家，就算娘娘扶持他上了位，自己又能得到什麼？白白替他人做嫁衣。」

鬼手李點頭。「道理是這個道理，但現在東宮裡也鬥爭得厲害，娘娘貿然插手進去，怕是會給娘娘帶來麻煩。」

衛景明低聲道：「師叔，往常姪兒總是麻煩師叔，師叔卻從來沒嫌棄過我，這是您對姪兒的愛。娘娘對綿綿是如此，我對綿綿肚子裡的孩子也是如此。雖然會麻煩娘娘，但我相信，娘娘不會覺得我們麻煩的。」

鬼手李摸了摸鬍子。「你說得對，你若是不告訴娘娘，她反倒會生氣。如今你們已經意識到了逆天盤的作用，後面做的事情也能慢慢消除反噬，不用急於一時，慢慢來。」

郭鬼影又嘖嘖兩聲。「師徒倆一肚子算計。」

聞言，衛景明忽然看向郭鬼影。「師伯，都說您來無影、去無蹤，您若進宮，可能避開御林軍和錦衣衛的耳目？」

郭鬼影往後退。「幹麼？你小子功夫也不比我差，你自己去就是。」

衛景明笑道：「我自然也是要去的，但需要師父幫我引開許多人啊。」

郭鬼影呸了一聲。「臭小子，吃你一頓飯，還要給你賣命。」

衛景明不想等了，等吃過了飯，吩咐翠蘭看著顧綿綿，自己和郭鬼影換了一身衣裳，二人一起直奔皇宮。

到了離皇宮不遠的地方，衛景明讓郭鬼影從守衛最森嚴的正門走，他自己繞道去西門。

郭鬼影搓了搓手心。「娘的，老子第一次闖皇宮。」

說完，他如一道影子一樣飄了過去。因為太快，空氣中彷彿是掠過了一縷黑煙，一點痕跡都不留。他先飛到高處，然後直接往皇宮院牆內飛去。

因為太快，守門的侍衛根本沒發現。個別警惕性高的人只是感覺有一陣風掠過，也沒在意。

好巧不巧，今日新任大內侍衛副統領錢大人正好守在宮裡，錢大人能做副統領，自然不是吃乾飯的，郭鬼影飄進來後，他立刻聽到了異常。

錢大人一把抓過手裡的兵器出了皇帝的御書房，吩咐下面人看緊這邊，親自去四處察看。

錢大人繞著四周轉了一圈，沒有發現什麼，還以為自己聽錯了，正準備回去，風中又傳來異動。那一絲破空之聲往東邊而去，錢大人大驚，立刻尾隨而去。他倒要看看，是什麼人這麼大膽，敢夜闖皇宮。

郭鬼影繞著東宮飛了一圈，放慢速度，又飛到了皇宮外面去，帶著錢大人繞圈圈。與此同時，衛景明徑直摸進了昭陽宮。

他還沒進昭陽宮院牆，方皇后就聽見了動靜，吩咐方嬤嬤看緊殿內，自己從殿頂一個可開口的洞裡飛了出來。

方皇后手裡拿著一根簪子，直撲衛景明。

衛景明迅速躲開，扯下臉上的黑面罩。「娘，是我。」

方皇后堪堪剎住腳步。「你來宮裡做啥？不要命了。」

衛景明長話短說。「娘，我有急難之事來求您。」

方皇后大驚。「難道是綿綿有什麼不好？」

衛景明點頭。「娘，我師父回來了，他跟我師叔一起測算，綿綿是被剋著了。」

方皇后收回簪子。「被何人所剋？」

衛景明道：「娘，我說出來您可能不信。」

方皇后聲音有些焦急。「你快說就是，休要囉嗦！」

衛景明便道：「不是旁人，正是太子妃祖孫二人。綿綿肚子裡的孩子，和東宮長孫天生相剋，若東宮長孫勢起，我們的孩子就會夭折。」

方皇后皺著眉正想回答，忽然，外頭傳來御林軍的聲音，方皇后只得拉著衛景明的手一躍飛到了昭陽殿頂上，從那個入口裡進了她的寢殿。

剛落下，她繼續問：「你仔細說清楚。」

衛景明立刻跪下。「娘，孩兒不孝，為了綿綿母子，懇請您遠離劉太子妃祖孫二人。」

方皇后點頭。「本宮又不爭皇位，這個問題不大，太子妃比我年紀還大，我又等不到她孝順我，和她好原也是虛情假意。綿綿現在怎麼樣了？」

衛景明愁眉苦臉。「整日就是睡覺，沒精神，記性越來越差，脈象時好時差。」

方皇后皺起了眉頭。「這什麼命理相剋，竟然如此嚴重？本宮以前還以為這些東西，都是道士唬人的。」

衛景明連忙道：「娘，這可不是唬人的。不信您可以試看看，若是您不去扶持太子長孫，看看綿綿可否能好一些。」

方皇后在屋裡焦急地走了幾圈。「這個不難做，但我要經常知道綿綿的消息。」

衛景明想了想，對方皇后道：「娘，師叔和師父測算出結果後，綿綿十分為難，怕連累了您。今晚，我是背著她偷偷來的，還讓我師父在外頭引開了宮裡的高手。」

方皇后當機立斷。「走，本宮送你出去。」

衛景明吃驚。「您送我？」

方皇后點頭。「本宮這副統領卸任沒幾天，一時想出宮溜溜，陛下也能理解，不然你們引起的騷亂也不好解釋。」

衛景明心裡忽然多了一絲愧疚。「娘，我對不住您，給您帶來這麼多麻煩。」

方皇后笑了笑。「你也是我的孩子，你們有難處了能來找我，我心裡很高興。不過是遠著劉家人，這有何難？本宮掛名的兒媳婦、孫媳婦一大堆，想喜歡哪個就喜歡哪個，誰能管？」

衛景明看著方皇后，自從他有了孩子，他越來越能理解方皇后，為人父母，大多數能為了自己的孩子赴湯蹈火，他用無比真誠的語氣對方皇后道：「娘，多謝您。」

方皇后聽了聽外面的動靜。「莫要多說，咱們走吧。往後我一個月出宮一趟，去你家裡瞧瞧。」

還不等衛景明多說，方皇后率先往屋頂上那個洞口飛去，衛景明緊隨其後。

方皇后對宮裡的布防十分熟悉，帶著衛景明七繞八繞，路上沒有遇見一個侍衛。

等出了宮，郭鬼影飛了過來。「好小子，老頭子被一個傻蛋纏上，快要煩死了。」

說話間的工夫，傻蛋錢大人就追了上來。「老賊，休要跑！」

說完，他揮著大刀就砍了過來。

方皇后大喝一聲。「錢大人住手！」

錢大人一看，心驚：這不是皇后娘娘嗎?!怎麼大半夜的在這裡？

錢大人先行禮，然後道：「娘娘，這人在皇城溜來溜去，居心不良！」

方皇后擺擺手。「本宮出來走走，遇到了郭鬼影大師，便與他過了幾招，不想驚動到了你，是本宮的錯。」

錢大人連忙道：「下官不敢，下官不知是娘娘在此。」

方皇后點點頭。「你去吧，陛下那裡，本宮自己會去解釋的。」

錢大人如蒙大赦，由皇后自己去說，他就不用擔責任了。他再次行禮，自己回宮去了。

方皇后對著郭鬼影點頭致意。「郭大師好。」

郭鬼影拱手。「親家母好。」

方皇后被這個稱呼驚到了，愣了好一陣，然後笑了出來。「多謝郭大師為兩個孩子操勞，您養了這麼好的徒弟，給本宮做了女婿。」

郭鬼影心虛道：「應該的、應該的，我不在京城，妳是他岳母，要是他哪裡做得不對，親家母只管教訓。」說完，把酒葫蘆一摘。「親家母，妳去看看妳家姑娘，你們去忙你們的，我老頭子在城裡逛逛。」

說完，他風一樣飛走了。

方皇后對衛景明點頭。「咱們走吧。」

衛景明帶著方皇后，片刻工夫就飛到了衛家正院中。方皇后徑直入了屋，一眼看到了熟睡中的女兒。

她靜悄悄走到床前，翠蘭見到一個貴婦人有些不知所措，在衛景明的示意下，她趕緊讓開了座位，並離開了正房。

方皇后坐在凳子上，拉起顧綿綿的手，入手是瘦弱的手腕，再一看雙頰，以前有點肉肉的地方也消瘦了下去。隔著被子，方皇后也能發現，女兒瘦到就只剩下個肚子了。

顧綿綿並沒醒，衛景明道：「娘，綿綿睡得沈。」

方皇后擺擺手。「不用叫醒她。」她摸了摸女兒瘦瘦的胳膊，心裡十分心疼。「她小的時候，因為我的離去而遭罪，如今大了，還是因為我和東宮關係好而受苦，事到如今，還擔心連累我。我真不是個好母親！」

衛景明趕緊安慰她。「娘，綿綿從來沒有責怪過您，她知道，您是疼愛她的。」

方皇后摸了摸女兒的臉龐，又把女兒的手塞進被窩裡。「你師叔在哪裡？」

衛景明又帶著方皇后去了偏院，鬼手李這會兒還沒睡呢。

方皇后客氣兩句後就開始問女兒的情況，鬼手李實話實說。「就怪我老頭子多嘴吧。我剛才仔細算過，太子妃那個孫子，別看他現在老實，過了中年之後性情大變，是個命格凶殘之人，若做個普通人倒無妨，倘若是有機會得天下，天下之人都要遭殃。」

方皇后反問道：「繼哥兒還是個孩子，如今就能傷到綿綿了？」

鬼手李點頭。「我以姪媳婦母子的命格入我師父的逆天盤，查出這孩子和東宮長孫不合，如今東宮長孫剋得他僅剩半條命了。」

方皇后的心揪了起來，她不知道什麼是逆天盤，但女兒的樣子，確實不像是普通的孕婦害喜反應。

良久，方皇后道：「大師，本宮會盡快想辦法的，還請您照看兩個孩子。」

鬼手李點頭。「娘娘放心，我與師兄會盡全力的。」

方皇后起身和鬼手李告辭，又去正房看了看女兒，便獨自回了昭陽宮。

轉天，皇后破天荒請皇帝去她那裡用早膳。

皇帝吃驚。「昭陽宮發生了何事？」方氏入宮十幾年，這可是第一次請他吃飯。

來傳話的人道：「娘娘只說，請陛下去昭陽宮用早膳。」

皇帝很給面子，讓人把自己的早膳端進了昭陽宮。

才一進大門，方皇后就去迎接，夫妻倆表演得很好，彷彿恩愛夫妻一般，手牽著手一起進了正殿。

等吃飯的時候，方皇后把人都打發走，起身給皇帝行禮。「臣妾昨夜私自出宮，還請陛下見諒。」

皇帝正吃著碟子裡的東西，緩緩吞下後才道：「大半夜的，妳出去做甚？」

方皇后道：「不瞞陛下，臣妾的女兒近來很是不好，臣妾去看過了，那孩子瘦得就剩下個肚子了，臣妾就這一個孩子，如何能不掛心。」

說完，方皇后的眼眶都紅了。「陛下，臣妾實在放不下。」

皇帝哼一聲。「也沒見妳這樣關心過朕。」

陛下是在吃醋呢。方皇后立刻反應過來。「臣妾昨兒還跟淑妃她們商議，今年萬壽節，給陛下辦個大壽呢。」

皇帝慢條斯理地吃飯。「朕老了，辦不辦的倒無妨。往後妳要是想看孩子，跟朕說一聲再去也行，莫要再鬧出這般動靜。」

方皇后趕緊再次給皇帝行禮。「多謝陛下，臣妾想一個月出去看一次，您看可行？」

皇帝又哼一聲，擺擺手。「去吧去吧，現在誰都比朕矜貴。」

方皇后知道皇帝現在老了，有時候像個小孩子一樣要人關注，趕緊給他挑魚刺哄他。「多謝陛下，臣妾現在閒著無事，每日除了打理宮務，也就是和孩子們一起玩一玩。陛下若是羨慕，把國事交給太子，跟臣妾一起帶孩子不好？」

皇帝看了方皇后一眼。「太子看著年紀大，有時候還是不大上道，朕不看著些，他就要捅出亂子來。要說聽話，他是很聽話，就是很多時候拎不清，朕真是死了也不放心。」

方皇后笑道：「陛下是慈父心腸，總覺得太子殿下還是個孩子，這裡也做不好、那裡也做不好，若是換成普通長輩，定然是看他這裡也好、那裡也好。」

皇帝吃了方皇后挾的魚。「整天聽的都是奉承話，誰還能沒有上當的時候？」

方皇后今日達到了目的，也多了幾分耐心。「那有什麼辦法呢？總是自家的孩子，陛下就多擔待些。真要覺得太子性格軟了些，您多給他立些威，幫他坐穩了，就算您這會兒退位，也不用擔心出亂子。」

皇帝立刻道：「妳想做太后？」

方皇后大大方方地承認。「陛下，沒有一個皇后不想做太后。但臣妾和別的皇后不一樣，臣妾就算做太后，也希望陛下能做太上皇。」

往常方皇后從來不干涉朝堂的事情，今日忽然這樣指點江山，皇帝雖然內心有些狐疑，面上也未表現出來。「莫急，早晚妳都得做太后。」

方皇后忽然悠悠地嘆了口氣。「臣妾希望，陛下能長命百歲。」

皇帝聽見這話，內心多了一絲惻隱之心。「皇后莫怕，等妳女婿年紀再大些，朕給他升升官，就算朕不在了，妳也有依仗。」

方皇后見皇帝像個好丈夫一樣替自己著想，心裡卻絲毫沒有感動。

若不是這個人，我爹就不會慘死在獄中，他是為了自己的名聲發還我家的爵位，為了後宮穩定才把我納進宮，看著我大哥這麼多年胡亂折騰卻不說話。現在，我被他害得無依無靠成了個空頭皇后，他卻做起了好丈夫。

方皇后心裡哂笑。人啊，就是這樣，總是會忘了自己給人家帶來的傷害，稍微施點恩，就以為人家會對他感恩戴德。本宮寧可做個空頭貴妃，也不想再替你兒子白白做工。不過，事已至此，既然繼哥兒剋到我女兒，那你就別怪我了。劉家的帳，本宮還沒算呢。

方皇后十分清醒，她知道，在東宮所有人眼裡，自己不過是個暫時有用、能利用的物件，等太子一旦繼位，自己狗屁不是。

方皇后雖然心裡把皇帝罵了一頓，嘴上卻表現得很歡喜。「臣妾替孩子們謝過陛下了。」

皇帝放下筷子。「不用謝，都是朕欠妳的。朕吃好了，皇后自己吃吧。」

皇帝去上朝後，方皇后繼續自己吃早膳。

她才吃過早膳，太子妃便帶著孫子來請安了。

繼哥兒如往常一樣叫了一聲太祖母，方皇后也像以前一樣說了一聲乖，但這一次，她卻沒有摸繼哥兒的頭。

很快，各宮嬪妃們先後過來給方皇后請安，整個昭陽宮熱熱鬧鬧的。

方皇后與嬪妃們說了一陣子話之後，忽然對太子妃道：「繼哥兒他娘現在怎麼樣了？」

太子妃道：「她一守寡之人，平日裡不大出門，連繼哥兒也是由兒臣帶著，她只管一心吃齋唸佛。」

旁邊張淑妃等人的笑容裡都多了一絲耐人尋味的意思，這太子妃也是狠毒，人家死了男人，就這一個兒子還被妳搶走了，不讓人家見孩子也就罷了，妳兒子都死了這麼久了，居然還讓人家吃齋。

方皇后皺了皺眉頭。「她是繼哥兒的親娘，本宮說句大實話，母子一體，繼哥兒有體面，妳也該多照看她幾分。年紀輕輕的，就算大皇孫沒了，也莫要讓她太寡淡了，萬一唸佛唸得心如死灰，繼哥兒豈不是少了一個疼愛他的人？」

這話有些重了，太子妃雖然心裡有些不高興，也趕緊道：「是兒臣想得不夠周到，往常東宮裡有什麼，也都會先緊著她。」

方皇后看向自己的心腹方嬤嬤。「妳去，把繼哥兒的娘叫來。給大皇孫守著是應該的，但周年已經過了，也不能總是悶在屋子裡。陛下和本宮還在呢，難道她不該來看看我們？」

方嬤嬤立刻領命而去。

太子妃心裡很不高興，兒子沒了，孫子就是她的命根子，她真是恨不得兒媳婦趕緊一場病死了，到那裡去服侍自己兒子。至於孫子，有她這個祖母就夠了。再說，兒媳婦的娘家又不得力，繼哥兒還不是要靠劉家才有將來。

旁邊張淑妃道：「還是娘娘仁慈，我見雲氏那孩子往常還出來幾次，近來一直不露面，我還在想，可是病了。我們二皇子時常嘆息，大皇孫那孩子多好啊！老天妒忌，不忍他在凡間，讓他早些位列仙班。自從他走了，繼哥兒有娘娘和陛下疼愛，他娘可不就成了小可憐？」

張淑妃雖然不知道方皇后為何忽然提起繼哥兒的親娘雲氏，但太子妃不喜這個兒媳婦滿宮皆知。往常有大皇孫在，雲氏還有幾分臉面。自從大皇孫去了，雲氏除了躲在屋裡唸佛，毫無存在感。

張淑妃心裡暗自高興，要是方皇后能把雲氏扶持起來，東宮怕是又要打起來。我就說，方氏這賤人哪裡肯一直給他人做嫁衣？軍火案出來後，那麼多得利的人都活得好好的，只有方侯爺死了，方氏豈能善罷甘休。如今做了皇后，終於忍不住了。

太子妃肚子裡罵張淑妃。妳能有什麼好心腸？我兒不在了，怕是妳個賤人心裡稱快呢！母后如何忽然想起繼哥兒他娘，難道是雲家搭上了母后的線？

太子妃心裡狐疑，起了疑心，不禁咬牙切齒。

這賤人，本宮在外頭賣老臉爭體面，妳只管在家裡躺屍等吃，哪裡不好了？難道還要本宮把妳供起來不成？

方皇后慈愛地把繼哥兒拉到自己身邊。「繼哥兒，你娘怎麼樣了？」

繼哥兒本能地看了一眼太子妃，然後揚起笑臉對方皇后道：「太祖母，我娘說，讓我跟著祖母。」

方皇后摸了摸他的頭。「可憐見的，你是個好孩子，要孝順祖母，也要孝順你娘。」

方皇后這明晃晃的挑撥讓滿宮嬪妃眼神都變了。皇后娘娘這是想做什麼？嫌劉家勢力大，想另外扶持雲家？也對，太子妃比方皇后年紀還大呢，等太子繼位，難道太子妃還會孝順方皇后不成？雲氏就不一樣了，雲家勢力小，雲氏輩分低，大皇孫又沒了，若是攀上皇后，定然比太子妃更忠心。

太子妃恨得咬牙切齒，只能陪笑道：「母后不知道，繼哥兒他娘不愛熱鬧，又怕生，這才一直在屋裡不大出門。」

很快，雲氏跟著方嬤嬤來了。

雲氏一身素服，頭上的首飾也都是素的，臉上一點妝沒上，整個人素淨得看起來不像是二十多歲的人。她進屋後就直接跪下，給方皇后、太子妃及一干高位嬪妃們行禮。

大皇孫死後封平王，雲氏身上也有個平王妃的頭銜，因著孩子小，才一直在東宮隨著公婆一起住。

方皇后對她招招手。「可憐見的，到本宮身邊來。」

雲氏到了方皇后身邊，方皇后拉著她的手，先嘆了口氣，然後慢慢道：「妳母妃疼妳，讓妳每天清閒度日，但妳上有兩層婆母，下有七歲稚兒，如何能一個人躲在屋裡享清淨？妳婆婆再好，還要照管東宮這一攤事情，況且她也有了年紀，精力肯定不如妳們年輕人，妳若不幫著分擔些，若是累壞了她，如何對得起大皇孫呢？」

提起大皇孫，雲氏的眼眶開始發紅，大皇孫雖然也有兩個妾，但對雲氏還是很敬重，夫妻倆關係也不錯，雲氏又生了大皇孫唯一的孩子，大皇孫對她越發看重。誰承想他年紀輕輕一場病就去了，留下雲氏一個人孤孤單單，她有時候甚至想自我了斷跟著去，一來全了夫妻情義，二來也省得再礙婆母的眼。要不是繼哥兒時常偷偷去看她，對她還有眷戀，雲氏當真是生無可戀。

方皇后這樣說，雲氏只能屈膝行禮。「多謝皇祖母關心，因著孫媳無能，才勞累母妃，是孫媳的錯。」

方皇后拍拍她的手。「妳還年輕，自然不如妳母妃能幹。往後妳時常也跟著過來，本宮教教妳打理內事，總是窩在屋裡，人可都要變糊塗了。」

雲氏沒答腔，看了一眼太子妃，方皇后頓時拉下了臉。「怎麼？本宮吩咐妳做件事情，還得妳婆母點頭才行？」

還沒等雲氏跪下請罪，太子妃趕緊道：「母后言重了，這孩子膽子小，因不常見母后，這才有些拘謹。」

說完，她喝斥雲氏。「妳皇祖母有吩咐，妳看我做啥？還不趕緊照做！」

雲氏趕緊點頭道：「多謝皇祖母關心，孫媳定每日來給皇祖母請安。」

方皇后笑了起來。「這才對，年紀輕輕的，別把自己關成了一根木頭。妳既然對大皇孫有情義，就該幫他把唯一的兒子好好撫養長大，豈能自己躲清閒，卻讓我們這幫老骨頭受罪呢？」

雲氏再次行禮。「都是孫媳的錯，請皇祖母責罰。」

方皇后對著繼哥兒招手，繼哥兒走了過來，她把繼哥兒的手放在雲氏手中。「妳看看，這是妳兒子。咱們宮裡這些女人，能有個孩子多不容易啊？妳怎能丟開他不管？本宮替妳照看了這麼久，這是個好孩子，往後妳可得自己帶著。」

雲氏豈能不愛自己唯一的孩子？往常她因為婆母而不敢靠近兒子，現在方皇后給她撐腰，她也壯起了膽子，拉住兒子的小手再也捨不得放開。

她強行忍住淚水，再次給方皇后磕頭。「多謝皇祖母關心。」

第四十五章

見雲氏領情，方皇后笑咪咪的。「這才對，妳看看，母子連心，大皇孫去了，妳母妃痛斷肝腸，繼哥兒自然也是依戀自己親娘的。」

她一把將雲氏拉起來，讓她坐在旁邊，然後轉而對太子妃道：「妳也有了年紀，該享福的時候就享福，往後孩子就交給她帶，妳也歇歇。」

太子妃笑得坦然。「多謝母后關心，兒臣就是愛操心，虧得有母后心疼我。」

婆媳倆表面上其樂融融，肚子裡卻各自轉了一千個彎。

方皇后的一番舉動，立刻傳遍了整個皇宮。太子對此無所謂，只要方皇后向著東宮就行，至於是和太子妃好，還是和平王妃好，對太子來說都是一樣的。

皇帝聽到後哂笑一聲。「還是不肯相信朕啊！」皇帝也不在意，他老了，沒幾天活頭，皇后為自己考慮，他也不能去責怪她。

可太子妃就不一樣了，剛回了東宮，她立刻把繼哥兒帶到自己殿內，為了安撫雲氏，還讓人給她送了些上好的素食過去，就算是給雲氏面子了。誰知她剛送了素食過去，方皇后就打發人給雲氏送了兩道葷菜。

昭陽宮的人傳方皇后的話。「平王妃看起來瘦弱，為了孩子也要多吃一些。守孝在心而不在形，整日吃素，身子骨兒如何受得了？」

方皇后這樣明晃晃地打太子妃的臉，只用了兩盤葷菜，就讓整個東宮都熱鬧了起來。這行徑也沒躲躲藏藏，一時各方勢力皆是暗流湧動。

雲氏跪下恭恭敬敬聽了方皇后的訓誡，然後親自把方嬤嬤送到大門口，回來後當著所有人的面把兩盤菜吃光，以表示對方皇后的敬重。

太子妃那頭氣得心肝都疼，可她什麼也不能說，方皇后占了大義，若是她敢表露出絲毫的不滿，苛待兒子遺孀的名聲怕是明天就要傳遍京城上下了。

她不僅不能生氣，還要誇讚方皇后想事情周到，然後自己也跟著賜了兩道葷菜。太子其他妾室都開始看笑話，平王沒了，唯一的兒子被太子夫婦當成了寶，還經常去皇后那邊賣乖，其餘皇孫們的親娘豈不嫉妒在心？如今見方皇后居然開始插手太子妃婆媳之間的事情，都作壁上觀，內心都暗暗期盼太子妃能倒楣。

當天晚上，太子回來後，破天荒來了太子妃屋裡。

太子妃十分高興，拉著繼哥兒叫祖父，又絮絮叨叨和太子說繼哥兒最近變得懂事了許多，功課也有了進步，還把繼哥兒寫的字拿過來給太子看。

太子和繼哥兒說了幾句話後，讓他離開，開始問太子妃。「繼哥兒他娘一直吃齋？」

太子妃點頭。「這孩子和大郎情義好，我原說已經過了周年，不必再苦著自己，她非說這樣才能表達心意。唉！這麼好的人，咱們大郎卻無福消受。」

長子早逝，太子也十分心痛，但人已經死了，他還要往前看。「她小孩子家家不懂事，大郎沒了，妳得多照看些，畢竟也是繼哥兒的親娘。」

太子妃的表情頓了一下，然後嘆了口氣。「殿下說的我何曾不知？只是想著她還年少，若總是拋頭露面，萬一惹上是非也不好。也是妾身糊塗，總是讓她在屋裡不出門，以為這樣是關心她，誰知她卻越來越消沈。往後妾身多帶她出去走走，也能散散心。」

太子看了她一眼，沒直接駁斥，而是悠悠道：「東宮也不缺一飯碗，莫要再讓她吃素了。妳可別忘了，她是繼哥兒的親娘，妳對她怎麼樣，繼哥兒都看在眼裡呢。」

太子妃心裡一驚，勉強笑道：「繼哥兒是個好孩子，妾身對他好，他豈能不知？」

太子嘆了口氣，再開口，聲音有些低沈。「妳不要忘了，人家是母子，妳只是祖母，這天底下，都說沒有爹娘的孩子可憐，從來沒聽說沒了祖父母的孩子可憐，妳永遠也無法取代孩子親娘的地位。」

這是太子妃最不願意面對的現實，兒子死了，她把孫子當成寶，恨不得讓孫子忘了自己還有個親娘。可時時刻刻都有人提醒她，繼哥兒只是她孫子，不管自己對他有多好，他心裡惦記的，永遠只是他自己的親娘。

太子妃的呼吸粗重了起來，她幾乎是用哭腔對太子道：「我能怎麼辦呢？殿下可曾知道我的心。妾身只有一個孩子，他沒了，妾身的心都空了。現在好不容易有個繼哥兒，妾身想多疼他一些，難道還有錯不成？」

太子哼一聲，冷冷喝斥道：「妳疼繼哥兒，就要苛待他的親娘？往常妳不這麼傻，怎麼在這件事情上就這麼拎不清？妳越對大郎媳婦好，繼哥兒才能越孝順妳。現在滿宮都在說妳自己每天大魚大肉，卻讓守寡的兒媳婦成天吃素，吃得面黃肌瘦，妳真以為繼哥兒什麼都不懂？孤七歲的時候，就知道那些對著孤笑得臉上開了花的嬪妃們，都想吃孤的肉。繼哥兒幼年失父，最是敏感，妳以為他是個小孩子不明白？他心裡清楚得很，要不然也不會把自己攢下的吃食偷偷送去給他親娘！」

太子妃的心彷彿被重擊了一下，平日裡對她甜言蜜語的孫子，說將來長大了要孝順她的孫子，不管她怎麼隔離這對母子，他心裡還是惦記他親娘。

太子妃終於哭了出來。「殿下兒女成群，可曾知道妾身的痛？妾身的心，每日如同刀割一般。看到繼哥兒他娘，妾身就想起大郎，為什麼不是妾身死了？為什麼不是繼哥兒他娘死了？妾身不服，老天憑什麼要這樣對我！」

太子見她變得有些歇斯底里，想起優秀的大兒子，忍不住嘆了口氣，語氣溫和了些。「妳莫要難過，妳不是還有繼哥兒？孤說了，將來定會冊立他。但妳現在不能這樣抬愛他，不然會給他招來禍端的。」

太子妃冷笑一聲。「誰會嫉妒一個小孩子呢？還不是他那些好叔叔們！」

太子語塞，東宮那些庶子們都是他的兒子，繼哥兒是他的孫子，手心、手背都是肉啊。他只能再次勸太子妃。「妳聽我的便是，對繼哥兒他娘好一些，不然，妳也得不到這孩子的心。」

說完，太子就走了，直接去了寇寶林那裡。

太子妃之後抱著孫子哭了一場，雖然孫子想的是雲氏，可是太子妃看著和兒子小時候長得十分相似的孫子，她做不到丟開手不管他。

繼哥兒不停地安慰太子妃。「祖母，您別怕，我會一直陪著您的。」

太子妃哭得更厲害了，哭了一陣子後，她讓人找了一些料子、首飾出來，摸著繼哥兒的頭道：「是祖母的疏忽，讓你娘受了罪。但祖母是長輩，總不好去給你娘賠不是，你替祖母去，把這些東西送給你娘好不好？」

繼哥兒有些狐疑，往常祖母都防著他，總說他娘是個剋星，不許他回去看娘，今日這般大方，也不知道是不是試探自己。

太子妃見孫子這隱含防備的眼神，又是一陣心酸。「好孩子，方才你祖父才說過我，我就算做個樣子，也要關心關心你娘。你去看看她，就說往後讓她不要吃素了，不然祖母就要被世人唾罵了。」

繼哥兒這才點頭。「祖母放心，我會勸我娘的。」

繼哥兒高高興興地去看雲氏，把太子妃的話轉告給雲氏，雲氏臉上笑得開心，心裡卻又害怕起來。她太了解自己的婆母了，這會兒因為形勢不得不低頭，早晚會狠狠地報復回來。

當天晚上，太子妃又給雲氏賜了兩道葷菜。

可憐雲氏一直被婆母逼著吃素，忽然間連著吃葷菜，腸胃哪裡受得了？半夜就開始拉肚子。

她的貼身宮女急得要去叫太醫，卻被雲氏阻攔，兩層婆婆都這樣關心她，才給她送過菜，她就叫太醫，不知道的人還以為她恃寵而驕。

雲氏這邊死扛著不肯去叫太醫，拉了一天的肚子，本來就瘦的人看起來更憔悴了。太子妃因為怕人家說自己苛待兒媳，後面每頓飯都給她送葷菜，連吃了三天，雲氏終於扛不住暈倒了。

雲氏這一暈倒，立刻驚動了方皇后。

方皇后親自吩咐人叫太醫去給雲氏看診，結果得了個虛不受補的結論。方皇后沒說太子妃一個字，只是讓人每頓按照太醫的方子幫雲氏調理身體。雲氏不再吃大魚大肉，這才漸漸好了起來，臉上也養出了一點肉來。

等雲氏身體一好，方皇后便再次邀請皇帝去昭陽宮吃飯。

皇帝興匆匆而來，見到了一大桌子菜和面上清湯寡水的方皇后。他去別的宮裡，嬪妃們必定爭奇鬥豔把自己打扮得漂漂亮亮，就算皇帝不留宿，他看得也高興啊。只有方皇后，除了見皇帝不打扮，見誰都打扮。

見到皇帝，方皇后起身行禮。「臣妾見過陛下。」

皇帝擺擺手。「坐下吧，皇后請朕吃飯，還就真的是吃飯。」

方皇后哦了一聲。「不知陛下去張淑妃那裡，除了吃飯還能做啥？陛下說出來，臣妾也學一學，好討陛下高興。」

皇帝語塞，乾脆坐下自己開吃。「不用了，朕還是吃飯吧。」

方皇后笑著坐了下來。「陛下近來雖說身子好了些，也要多注意保養，國事有太子，陛下能偷懶就偷偷懶，切莫把自己累著了。」

皇帝承認，方皇后這裡的飯菜還是挺好吃的。主要是他來昭陽宮不需要考慮太多，專心吃飯就吃得特別香。

等吃過了飯，方皇后親自給他奉上一杯茶。「陛下，臣妾有件事想和您商議。」

皇帝吃了口茶。「妳說。」

方皇后道：「今日平王妃過來了，臣妾看那孩子氣色好多了。」

皇帝嗯了一聲。「都是皇后的功勞。」

方皇后笑著奉承。「臣妾不敢居功，若不是有陛下給臣妾撐腰，臣妾怎麼敢去插手太子妃如何管兒媳婦的事？」

皇帝又吃了一口茶，沈默不語，吃了第三口，這才道：「皇后想說什麼。」

方皇后嘆了口氣。「陛下，東宮諸子已經成年，臣妾說句不中聽的話，繼哥兒留在東宮，是禍不是福啊。」

皇帝抬起滿是皺紋的臉。「皇后，妳逾越了。」

方皇后給自己倒了杯茶。「陛下，您既然讓臣妾上了東宮這條船，臣妾自然有責任讓這條船走到最遠。繼哥兒是長子嫡孫，他在，東宮才穩。但現在太子妃和平王妃面和心不和，繼哥兒小小年紀就得周旋在祖母和親娘之間，還要應付一群叔叔，陛下不覺得這孩子太可憐了嗎？」

皇帝轉了轉手裡的茶盞。「皇后有話直說吧。」

方皇后也不拐彎抹角。「陛下，平王既然已經封王，也該賜個府邸，獨子也該封個爵位。先將他們母子與東宮隔開，說不定還能安生幾年。」

皇帝再次沈默不語。「朕知道了，皇后費心了。」

方皇后給他續茶。「多謝陛下不追究臣妾逾越。」

皇帝吃完一盞茶就走了，方皇后一個人繼續慢慢吃茶。

方嬤嬤過來問方皇后。「娘娘，還要給平王妃那裡送菜嗎？」

方皇后搖頭。「不用了。」

這幾日，方皇后每天仍舊笑咪咪地對待太子妃，同時旁若無人地照看雲氏，讓太子妃心裡如同貓抓一般。太子妃心裡也清楚，以方皇后當前在皇帝心中的分量，不管她扶持誰，誰都能得臉。

方皇后這樣雷厲風行地插手東宮之事，滿京城都傳了個遍，衛景明自然事事都清楚，晚上回家還會告訴顧綿綿。

顧綿綿有些擔憂。「娘這樣，不知道會不會引起東宮的不滿。」

衛景明一邊幫顧綿綿調理內息，一邊勸慰她。「放心吧，娘這樣的方法很好，不會讓陛下和太子起了憎惡之心，又能讓劉家和雲家爭起來。只要這兩家一爭，繼哥兒出頭就無望了。」

顧綿綿似笑非笑地看著他。「你如今也開始叫娘了？」

衛景明把臉在她肚子上輕輕蹭蹭。「以前喊了幾十年的娘娘，總是沒改口。上回見到娘的面，總不能還叫娘娘。想讓娘給我幹活，不嘴甜一點怎麼行？」

顧綿綿拍了他一下。「你如今連我娘都敢使喚了。」

衛景明笑道：「我是沾娘子的光，沒有娘子，娘哪會知道我是誰呢？」

顧綿綿摸了摸肚子。「等我身體好一些，我進宮看看娘。」

夫妻倆又是一陣說笑，氣氛很是溫馨。

皇宮裡，皇帝在和太子說話。「朕年紀大了，不想管事了，你來接這個位置好不好？」

太子大驚，立刻跪下道：「父皇，兒臣不能沒有您。」

皇帝看著臉上有了許多皺紋的兒子，忍不住道：「一眨眼，你母后去了二十年了。」

太子也跟著傷心起來。「母后雖然不在了，有父皇疼兒臣，兒臣知足了。現在的母后也很照看兒臣，母后在天之靈也會欣慰的。」
皇帝摸了摸鬍鬚。「你母后去的時候，你都二十多歲了，哪像繼哥兒，小小年紀就要當大人用。」
太子不意外皇帝會說這個，思索片刻就明白，定是方皇后說了什麼。「父皇，兒臣也頭疼。想多照看他一些，生怕惹了別人的眼，又不敢忽視他，怕別人欺辱他。」
皇帝哼一聲。「你光寵愛有個屁用？得給他名分。朕若說喜愛你，但是不封你做太子，你願意？」
太子笑道：「兒臣願意。」
皇帝呸了一聲。「朕要是不封你做太子，你怕是骨頭渣都沒了！」
太子連忙陪笑。「多謝父皇疼愛兒子。既然父皇這樣說，兒臣就厚著臉皮給繼哥兒那孩子討個賞，可能讓他繼承他爹的爵位？」
皇帝嗯了一聲。「朕知道了，你去吧。」
轉天，皇帝下了一道旨意，原平王獨子繼承平王爵位，出宮開府，其母平王太妃跟隨。
一道聖旨，再次讓東宮沸騰起來。
太子妃當場雙手直發抖。她唯一的孫子離了她的眼，她要怎麼活？
抖了半天，太子妃腦袋裡快速思考起來。好好的，怎麼忽然讓繼哥兒出宮？到底是誰在挑撥？方氏？還是殿下的主意？不，繼哥兒不能離開東宮，一旦離開東宮，很快就會被殿下和陛下忘記了！

太子妃火速去了雲氏的住處，雲氏剛剛替兒子接了聖旨，這會兒正在歡喜呢。如果能出宮開府，他們母子再也不用分離，她也不用日日擔心太子妃找她的麻煩。

一見到太子妃，雲氏心中一怵，立刻恭敬地請安。「兒臣見過母妃。」

太子妃一揮手，屏退了眾人。

雲氏還保持著行禮的姿勢，她沒有叫起，一步一步走到雲氏跟前，鐵青著臉道：「妳心裡很高興吧？」

雲氏一驚，聲音都有些顫抖。「母妃，兒臣不敢。」

太子妃忽然劈手抽了她一個巴掌。「繼哥兒是本宮的孫子，妳永遠也別想離間我們祖孫！」

雲氏倒在了地上，捂著臉哭道：「母妃，繼哥兒在東宮，群狼環伺，無名無分，如今能繼承王爺的爵位，總算有了個依仗，母妃，這難道不是好事嗎？」

太子妃對著雲氏的臉吐了口口水。「好事，對妳來說是好事！妳終於可以離開公婆，一個人逍遙過日子！平王太妃？呵，多體面啊！但妳想過嗎？大郎沒了，繼哥兒再離開東宮，過個兩、三年，誰還記得他們父子倆？等殿下登基後，繼哥兒是嫡長孫，若無寵愛，妳想要他死嗎？」

太子妃的話如同雷擊一般擊中雲氏，她也跟著慌了起來。「可是母妃，這是皇祖父親自下的旨意，兒臣、兒臣不敢抗旨啊！」

太子妃哼一聲。「妳去找陛下，跪下哭，就說妳一個人膽小，不敢帶著孩子單獨過。陛下不答應，妳就天天去哭。反正繼哥兒的王爵已經到手，他一個小孩子，住在哪裡不是一樣？」

懦弱的雲氏聽見這話就害怕起來。「母妃，兒臣、兒臣不敢。」

太子妃忍住了又想打她的衝動。「妳個沒用的東西！妳以為當太妃是那麼好享福的？無權無寵，早晚要被人家活吃了！妳不去，難道讓本宮去不成？」

雲氏一直哭，最後迫於太子妃的壓力，不得不去皇帝面前哭泣。

皇帝大怒，罵雲氏不識好歹，要奪了她的太妃尊榮。

方皇后聞訊而來，她先罵了雲氏兩句。「讓妳出去過日子，又不是讓妳去上戰場。妳大小也是個太妃，妳兒子是個王爵，若是連你們的日子都過不下去，滿京城的老百姓都要去死不成？妳母妃說得果然不錯，妳就是個扶不起的阿斗！」

雲氏又害怕、又委屈，哭得眼睛都腫了。

方皇后心裡清楚，肯定是太子妃逼著這個傻子來的。

她嘆口氣，吩咐雲氏。「妳先回去，本宮去替妳求情。」

雲氏哭哭啼啼走了，方皇后去安撫皇帝。「陛下，何必跟個小孩子生氣？」

皇帝氣得哼了一聲。「朕不是氣她來跟朕哭，而是氣她拎不清。她有膽子來跟朕哭，卻沒膽子駁斥婆母的話。這樣糊塗，朕往後不能再寵著繼哥兒了，不然有個這樣的糊塗娘，他若得了勢，天下可都要遭殃！」

方皇后不禁一笑。「臣妾還以為陛下不知道呢。」

皇帝把手裡的摺子摔在案桌上。「妳們女人家，整天就是這些小肚雞腸的算計。」

方皇后抬起下巴看著皇帝。「陛下，若是哪個女人做了太后，有兒子孝順，誰吃飽了撐的去算計？還不是因為這宮裡整日鬥來鬥去的，大家都養成習慣了。」

皇帝從鼻孔裡狠狠噴了一口氣。「既然她不想出去，朕就收回成命。」

方皇后嘖一聲。「陛下，她才多大，何必跟她計較？既然她擔心自己過不好日子，讓繼哥兒自己出去，她留在宮裡伺候婆母就是了。王府裡什麼服侍的人都有，咱們看緊些，她去不去都一樣。您只要把這旨意發出去，平王妃定會拚死忤逆婆母也要出宮。」

皇帝斜眼看了方皇后一眼。「這等刁鑽的主意，也就妳們女人能想得出來。」

方皇后慢悠悠地喝茶。「那陛下想個不刁鑽的主意出來，讓臣妾也佩服一下陛下。」

皇帝被噎了一口，又哼一聲。「朕不和妳計較！」

第二天，皇帝不管雲氏，直接讓人接走了小平王，從京城扒拉出一個不大不小的宅子，給這個重孫子住，裡面各種服侍的人都配齊，還把自己跟前的一個太監給了平王，只一天的工夫，平王就住到宮外去了。

雲氏慌了，她無論如何也沒想到，皇帝能撇開她單獨安排兒子。她一轉頭就去太子妃那裡哭，哭得肝腸寸斷，彷彿她不出去平王明日就活不成了。

太子妃也正在著急，她心裡清楚，這肯定是方皇后的主意，可她現在一點辦法也沒有。孫子一個人出了宮，她哪裡能放心。

到這個時候，太子妃也有些後悔，不該讓雲氏去皇帝面前哭求，偷雞不著蝕把米。太子妃恨恨地罵了雲氏一句。「成事不足、敗事有餘！」對此，雲氏只是一味的哭泣。

到了晚上，太子妃實在沒辦法，只能去求太子。「殿下，繼哥兒一個人在宮外，妾身如何能放心。您看，要不要讓他娘也跟著去？」

太子看了她一眼。「不是妳要把兒媳婦留下來伺候妳的嗎？」

太子妃強笑著解釋。「殿下說笑了，沒了大郎媳婦，妾身還有三個兒媳婦呢！難道妾身不配她們伺候？」

太子冷笑。「妳以為父皇是三歲小孩？妳說留下就留下，說出去就出去？妳要是心裡、眼裡還有父皇，就不該讓她去鬧出這事！」

太子妃一怔，然後反駁道：「殿下，不是妾身不敬重父皇，而是臣妾一心為繼哥兒打算，這才思慮不周。殿下，求您多疼一疼繼哥兒。」

說完，太子妃直接跪了下來，拉著太子的袍子開始哭求。

太子嘆了口氣。「且再等一等吧，這個節骨眼上，孤去求父皇，豈不是打了父皇和母后的臉？妳放心吧，父皇和母后都放了人在平王府，孤也派了兩個人過去，繼哥兒那裡好得很。」

太子妃聽說方皇后也在平王府安插人，心裡暗恨，嘴上卻道：「還是父皇、母后和殿下想得周到。」

太子把太子妃打發走，自己去了寇寶林那裡。

太子妃早就不在意太子去哪裡，反正去寇寶林那裡，總比去那幾個高位側妃那裡好。

太子妃婆媳倆一通胡來，結果卻坑了小平王，他才七歲，就一個人住到了宮外。

第四十六章

昭陽宮裡，方嬤嬤問方皇后。「娘娘，真的要讓平王一個人過日子嗎？」

方皇后緩緩道：「自然不能，要是真讓他一個人過，陛下和太子定會天天惦記。本宮就是要告訴雲氏，她如果只一味聽婆母的，本宮可以讓她什麼都沒有。等過一陣子，本宮再送她出宮。」

方嬤嬤奉承道：「還是娘娘技高一籌。」

方皇后嘆口氣。「都是為了自己的孩子，本宮這次倒是做了惡人。」

方嬤嬤已經知道顧綿綿被剋的事情，勸慰方皇后。「娘娘，您這麼做也是迫不得已。若不是您出手，平王在東宮，也不一定就能平安長大，那些個皇孫，豈是好相與的？」

那邊廂，衛景明把這件事當笑話說給了顧綿綿聽。

顧綿綿也罵雲氏。「不知好歹，娘這樣做是為她好，反倒去作妖。在東宮她就跟個活死人一樣，有什麼好？出了宮，她是平王府的主人，兒子就在自己眼皮子下，日子難道不好過？只有陛下和太子都好好的，她兒子才能平安長大，平王才多大點？這會兒就想去惦記皇位，可見是個蠢的。」

衛景明搖頭笑道：「太子妃跋扈，她是兒媳婦，男人又死了，不敢忤逆婆母，才做下這蠢事。」

顧綿綿摸了摸肚子。「都是為了這小冤家，娘才這樣籌謀。等你長大了，一定要孝順外婆才行。」

衛景明笑著觀察顧綿綿的神色，她好似比前幾天氣色好了一些，今天晚上的一碗粥，她喝了有三分之二，往常都是只喝一半的。

衛景明的心裡一陣欣喜，看來師父沒斷錯，平王確實和我兒相剋。

想到如今幼小的平王，衛景明忍住心裡的愧疚之意，心中發誓：往後你若有難，我定會救你，只要你退出皇位之爭就好。

夜裡，等顧綿綿睡熟之後，衛景明去偏院找兩個老頭子。

一進正房門，就看到兩個老頭子一起趴在桌子上研究什麼東西。

衛景明對著鬼手李和郭鬼影依次行禮。「師父，師伯。」

沒有外人在的時候，衛景明不想委屈鬼手李叫他師叔。

郭鬼影趕緊拉衛景明過去。「我和你師父正在研究你師祖留下的逆天盤，你也來看看。」

衛景明看了一陣子，對鬼手李道：「師父，徒兒有個想法。」

鬼手李沒有抬頭。「你說。」

衛景明緩緩道：「師父，徒兒原來察看過師門內的所有秘籍，師祖原留下手書，這天道，也並不是事事都能察覺，偶爾也能瞞一瞞。」

話音剛落，外頭院子裡忽然轟隆響起一個炸雷。

鬼手李見到院子裡被雷劈出來的那個大坑，喝斥衛景明。「孽障，不可胡言亂語！」

衛景明看了看外頭那個大坑，吞了下口水，拿起鬼手李的筆，在旁邊寫下幾個字：瞞天過海陣。

鬼手李的眼神倏地變得尖銳。「你可想好了，本來綿綿就遭受反噬，照你這樣辦，能瞞過還好，要是瞞不過，反噬會加倍！」

衛景明點點頭。「師父，徒兒都想好了，徒兒自己入陣，把綿綿替換下來。」

鬼手李嘆了口氣。「也不必如此，娘娘這回這一招很是漂亮，你媳婦說不定很快就好了。」

衛景明搖頭。「師父，這件事情是解決了，但誰知道後面還有什麼事情會偏離？徒兒總不能讓綿綿總是遭受反噬。」

郭鬼影嘖嘖兩聲。「真是個癡情的漢子，師弟，你就答應他吧。這小子壯得跟頭牛一樣，又得了師父的力量，就算有什麼懲罰，他也扛得住。再說了，他又不會生娃。」

鬼手李內心天人交戰起來。

徒弟現在仕途正好，若是替換了他媳婦，萬一哪天遭受不測，玄清門一脈就此中斷。可若不答應他，他媳婦有個不好，這個孽障肯定也不會管什麼師門傳承。真是造孽，好不容易有個徒弟，卻是個情種。

可想到顧綿綿素日待自己孝順，鬼手李心中很是猶豫。最終，鬼手李長嘆一口氣。「罷了，就依你吧，不過此事要從長計議。」

衛景明點頭。「多謝師父成全。」

沒過兩天，方皇后再次出宮。這一次，她提前請示過皇帝，皇帝還特意派了兩個侍衛陪同。

方皇后宵禁之後才出宮，一路暢通無阻，徑直到了衛家，兩個侍衛在大門口守著。不巧，衛景明當日值夜班，不在家裡。

衛家的下人們雖然不知道方皇后是誰，但玉童見過一次，看一眼後立刻低下頭。「給貴人請安，我家老爺今日夜裡不在家，太太正在屋裡歇著。」

方皇后只略微點點頭。「看好門。」

兩個侍衛把腰牌亮給玉童看，玉童立刻把嘴巴閉得跟蚌殼一樣緊，連一個字都不敢打聽，忙著給兩個侍衛端茶倒水。

方皇后靜悄悄地進了女兒的臥房。深夜時刻，顧綿綿早就睡著了。

屋裡的燈已經滅了，方皇后只能就著外頭走廊上的燈，仔細看了看女兒的氣色。

顧綿綿睡得很香，呼吸均勻。她微微蜷縮著身子，薄薄的被子只蓋住了肚子，雙手和雙腳都在外面。

方皇后臉上忍不住起了笑容，有了身子的人就是怕熱，肚子裡的娃娃就跟個小火爐似的，就算是冬九臘月，半夜也總想把腳從被窩伸出來。

顧綿綿的肚子有六個多月了，隔著被子，能看到隆起的肚子。

方皇后悄悄拉起女兒的手，探了探顧綿綿的內息。

剛摸上脈搏，顧綿綿忽然醒了。警惕性讓她迅速抽回了自己的手，瞪大了眼，擺出了一副防禦的姿態。

方皇后輕輕喊了一聲。「綿綿。」

顧綿綿愣怔了片刻，聽出來這是方皇后的聲音。

她忽然沒有了平日滔滔不絕的勇氣，半晌後才輕聲回了一個字。「娘。」

黑夜中，方皇后的眼底淚光閃閃，她知道，對女兒來說，這一聲娘如同跨過了千山萬水，比那天在城牆底下需要更多的勇氣。

方皇后在宮闈混了十幾年，很快就壓住了自己的情緒，又拉起顧綿綿的手道：「我今日夜裡閒著無事，出來看看妳。」

顧綿綿問道：「陛下會不會責怪娘？」

方皇后拍拍女兒的手。「不會的，我稟報過陛下的。」

顧綿綿便又歡喜起來，立刻喊人。「翠蘭、翠蘭，點燈。」

翠蘭剛才就看到了方皇后，一直在外面守著呢，聽見顧綿綿叫，立刻進來掌燈。

顧綿綿這次見到了不一樣的方皇后，穿著常服，裝飾簡單，臉上都是慈愛的笑容，完全不像昭陽宮裡那個貴氣逼人的一國之母。

見女兒盯著自己看，方皇后笑道：「怎麼，難道不認識娘了？」

旁邊翠蘭聽到這句話，心裡立刻驚濤駭浪起來，抖著手扶顧綿綿起床，又往她身後墊了個枕頭，然後退了出去。

顧綿綿看了一眼翠蘭。「妳去廚房，給我娘做點宵夜。」

方皇后攔住了翠蘭。「妳歇著，我去吧。」

顧綿綿不答應。「您好不容易出來一次，留著跟我說說話吧。」

方皇后笑道：「往後我十天能來一趟，有多少話都說得完。我好多年沒給妳做頓飯了，讓我去吧。」

顧綿綿聽得鼻頭發酸，眨了眨眼睛道：「那我跟您一起去吧，我給您燒火。」

方皇后看了一眼女兒。「妳身子怎麼樣了？」

顧綿綿立刻下床。「我好得很，最近幾天吃得也多了，我家裡的大夫說我的脈象也好多了。多虧娘替我籌謀，我才能免於災難。」

方皇后仔細看了看女兒的臉頰，確實比上次稍微好一些，她的心這才放下來。「沒有的事，我也沒做什麼。繼哥兒出宮和他娘一起過日子，也不是壞事。至於劉家，是他們欠我們的，總該還了。不說那些了，妳帶我去廚房。」

說完，方皇后把一旁的外衣給女兒披上，扶著她出了正房。

大半夜的，聽家裡太太要吃宵夜，孫嬤嬤立刻爬了起來，卻被翠蘭趕回去繼續睡覺。

方皇后進了廚房，讓顧綿綿坐在灶下的凳子上，自己挽起袖子就開始和麵。

顧綿綿奇怪地問：「娘，您會做飯嗎？」

方皇后笑道：「手藝不好，但是還能入口。我有個小廚房，有時候自己做些簡單的飯菜。人這一輩子，也不知道什麼時候就倒楣了，要是連飯都不會做，等到大禍臨頭，真的只能等死了。當年我去青城縣，因為不會做飯，被妳祖母罵了半年。要不是我賣字畫能掙些錢，妳祖母都要再把我賣了。」

顧綿綿也嘟起嘴抱怨。「祖母眼裡除了舅爺和叔叔，還有誰呢？當初她還想把我賣了換一千兩銀子的聘禮給表叔家的兒子還賭債，要不是官人在中間想辦法，我爹可是要為難死了。」

方皇后勸女兒。「權看妳爹的面子，別放心上吧，妳祖母雖然一輩子向著娘家，也是個可憐人，娘家誰把她當回事呢？若不是有妳爹在那裡立著，她早被娘家人趕走了。」

顧綿綿也勸方皇后。「娘現在享著榮華富貴，也就不用和她計較那些小事情了，往後您的日子定會越來越好的。」

不得不說，做飯是個好事情，母女倆都有事情做，談話也能更自然，若是都傻坐在那裡，一時接不上話，場面冷起來也尷尬。

方皇后見女兒勸自己，笑了起來。「我從來都沒和她計較過，要是真計較，我一巴掌就能把妳舅爺拍到牆上去！」

顧綿綿忍不住笑了起來，然後又問她。「娘，您準備給我做什麼好吃的？」

方皇后一點不因為自己的廚藝自卑。「就是普通的麵，別的我也不大會做。點心我會兩樣，可大晚上太膩了，不好吃那個。」

顧綿綿來了興致。「晚上還有剩雞湯呢，您倒點雞湯放在裡面，咱們一人吃一碗。」

方皇后點頭。「好，有雞湯才好吃呢。」她一邊和女兒說話，一邊揉麵、擀麵皮、切絲，很快就做了兩碗麵條出來，然後刷鍋，倒水。

等待水開的過程中，方皇后把幾棵小菜洗一洗，又切了兩根蔥。

顧綿綿看著她在灶前忙碌，哪裡像個皇后？京城那些太太、奶奶們怕是沒幾個人能做到這樣，個個被養得矜貴，哪裡會下廚。

方皇后手腳麻利地下了兩碗麵，放在托盤裡，對翠蘭招了招手，讓她把麵端到正房。

她又走到灶下，拉起顧綿綿。「走，咱們去吃宵夜。」

母女倆一起到了正房，各自端了一碗麵，麵條很簡單，顧綿綿最近不耐煩吃京城的重口，偏向這種清淡的飲食。

方皇后為了提起女兒的食慾，一邊吃、一邊給她講以前的事情。「原來妳小的時候，妳爹晌午總是不回家，我經常帶妳出去吃。青城縣的東西真便宜，一碗帶肉的麵才三文錢，在京城，沒有十文錢都不要想吃到肉。」

顧綿綿喝了口麵湯。「可不就是？我和大哥小時候，一個大錢可以買兩個芝麻燒餅吃，京城的燒餅，沒有加芝麻的價錢至少都要翻倍。要不是娘和師叔補貼我，單單指望官人的俸祿，過日子都得緊巴巴的。」

方皇后笑了笑。「壽安如今做了四品，妳的交際也多了起來。想去的就去，不想去的就推了。反正妳懷著身子呢，不好奔波。」

顧綿綿點頭。「娘別擔心我，等入了秋，我就給大哥娶親，到時候讓大嫂替我走動。」

方皇后多問了句。「妳說的大哥是何人？」

顧綿綿立刻把薛華善的事情原原本本告訴方皇后，一邊說話，她一邊慢慢吃了半碗麵。等說完了薛家的事情，顧綿綿放下筷子，臉上笑咪咪的。「娘還說自己廚藝不好，我好長時間沒有一頓飯吃這麼多了。」

方皇后也跟著放下了筷子。「妳要是喜歡，下回來我還給妳做宵夜吃。我看妳瘦了不少，多吃些才能有力氣生孩子。」

顧綿綿吃飽後，也來了些精神，這會兒不想睡覺，便繼續和方皇后說話。「娘，我住在宮外，不能照顧您，別人的孩子怎麼捂也捂不熱，您在宮中這麼多年，怎麼自己沒養一個？」

方皇后笑了笑。「宮裡是個吃人的地方，我要是生了個兒子，妳舅舅還不得瘋了一樣去爭皇位？以陛下看重嫡長和忌憚方家的性子，說不定我們早晚一起被砍頭。若生了個女兒，整日面對勾心鬥角，這日子多難過。再說了，公主招駙馬又能招到什麼好東西？我沒有得力的娘家支撐，萬一女兒被哪個皇子拿去招攬人心，隨意配人，我總不能去殺人吧？」

看到女兒眼底的一絲憐憫，方皇后自己卻坦蕩一笑。「妳莫要擔心我，這都是自己選擇的路，我從來沒後悔過。唯一不足的是，沒有陪著妳長大。現在給妳再多錢財，也無法彌補我的過錯。往後妳夫妻倆有什麼需要，能來找我，娘心裡便高興了。」

顧綿綿開玩笑。「娘說錯了，給錢能彌補遺憾的。一文錢難死英雄漢，我最喜歡錢了。有錢我可以吃香的、喝辣的，還可以住大宅子、買田地，小日子別提多美了。」

方皇后忍不住笑道：「那我多給妳些錢，可惜娘也窮得很。以前妳舅舅倒賣軍火有錢，他給我我都沒怎麼要，早知道都留著才好。」

顧綿綿摸了摸肚子。「娘，您已經給了很多了，我現在的日子，是全青城縣的人都想不到的。以前我見到縣太爺的太太就要磕頭，現在我要是回鄉，縣太爺家的太太還得給我行禮呢。」

母女倆細細碎碎說著家常話，很快就過去了一個多時辰。

方皇后看了看時辰，雖然不捨，卻知道自己不能再留了。「時辰不早了，妳再睡一覺吧，我要回去了。」

顧綿綿起身送方皇后。「娘走慢些。」

母女倆一起到了垂花門附近，方皇后攔著女兒。「妳回去吧，我過一陣子還來。」

顧綿綿點點頭。「那我等娘再來。」

方皇后伸手摸了摸女兒的頭髮，然後轉身消失在黑夜中。

顧綿綿在垂花門附近站了一會兒，這才扶著翠蘭的手進了正屋。

翠蘭一個晚上都緊繃著神經。跟了太太許久，太太在青城縣的情況她也都了解，但她第一次知道，原來太太還有親生母親。

顧綿綿看了她一眼。「把嘴巴閉緊，要是多說一個字，我也救不了妳的命。」

翠蘭立刻跪下來。「太太放心，我定然一個字都不會說出去。」

顧綿綿猶豫了片刻，還是告訴了翠蘭實情。「她到這家裡來，是我娘。出了這個門，就是皇城裡的正宮娘娘。」

翠蘭呆愣住了，等想明白後，立刻又嚇得磕了幾個響頭。「多謝太太告訴我實情，往後翠蘭這條命就是太太的。」

顧綿綿伸手拉起了她。「妳是我身邊第一個人，我不想瞞著妳，妳可別讓我失望。」

翠蘭點頭。「多謝太太。」

顧綿綿打了個哈欠。「我睡覺去了，妳去讓人把碗洗洗，然後也歇著去吧。」

顧綿綿一覺睡到日上三竿，等她醒來後，衛景明還沒回來，吳遠已經坐在外間等她。

聽翠蘭稟報後，顧綿綿趕緊穿戴整齊出了房間。「小吳大夫今日沒出門嗎？」

吳遠微笑著回道：「太太好睡。」

顧綿綿有些不好意思。「昨兒晚上半夜我肚子餓了，讓翠蘭給我做了些吃的，吃了後又玩了一陣子，今日才起晚了。」

吳遠聽了高興起來。「太太半夜能吃得下東西，說明身體已經開始好轉了。」

顧綿綿道謝。「多謝小吳大夫這些日子的費心。」

吳遠笑著搖頭。「太太不用謝我，衛大哥這些日子總是為我的事情忙碌奔波，我也該謝你們才對。」

自從吳遠住在衛家之後，衛景明雖然操心顧綿綿，還是會抽空帶著吳遠去拜訪太醫院的幾個熟人，向他們大力推薦吳遠。

考試的名額吳遠早就得到了，就等著過幾天去大顯身手。除此之外，衛景明還把自己的名帖給吳遠，讓他可以在京城走動，給一些貧苦百姓看病，絲毫不用擔心有人欺生。

顧綿綿算了算日子。「小吳大夫，過幾日大考就開始了，你都準備好了嗎？」

吳遠點頭。「多謝太太，都差不多了，我就是去碰碰運氣，能成就成，不能成我繼續回青城縣坐診，總能有碗飯吃。」

顧綿綿想的不一樣。「小吳大夫，世人多淺薄，你若是能考上，在太醫院混幾年，以後不管到哪裡，有太醫這個金字招牌，行走也更方便。」

吳遠詫異地看了顧綿綿一眼，他還以為顧綿綿不在意這些虛名的。「太太說的有道理，如此，我便要全力以赴了。」

顧綿綿笑著肯定。「小吳大夫是個細緻人，你還年輕呢，只要盡力了就好。」

吳遠用帕子擦了擦手。「我給太太看看脈吧。」

顧綿綿大大方方地撩起一點點袖子，吳遠把脈枕放在她手腕下，雙指按在她的腕脈上。

吳遠明顯地感覺到，孩子的脈象好轉了很多，不再像之前那樣忽強忽弱，而是一直強勁有力。他點點頭，收回了手指。「太太看起來比之前好多了。」

顧綿綿放下袖子。「多謝小吳大夫日日給我做藥膳。」

顧綿綿不想告訴吳遠更多的細節，吳遠個性純粹，她希望吳遠能安安心心做個百姓喜歡的大夫，不要捲入這些鬥爭之中去。

吳遠把脈枕收起。「今日我不出門，太太有什麼事就喊我。」

顧綿綿起身送吳遠。「小吳大夫需要什麼，只管讓藥僮去找玉童，他要是敢說一個不字，我讓老爺打斷他的腿。」

吳遠回身，給了顧綿綿一個微笑。「我很好，太太放心吧。」

說完，他轉身去了客院。

顧綿綿感覺自己今天心情不錯，讓翠蘭上了早飯，自己一個人吃了半碗肉粥，又吃了半個雞蛋。

吃過飯，她吩咐翠蘭。「兩位太爺和小吳大夫那裡的飯菜妳要仔細盯著，每日都買新鮮的菜，兩位太爺那裡一日一罈好酒，告訴採買的人，他從中間多賺幾個錢我不計較，要是敢用不好的東西糊弄我，我可不饒。」

翠蘭笑道：「太太放心，我每日都去廚房看過，都是小鍋做的菜，兩位太爺和小吳大夫口味不同，飯菜是分開做的，樣樣都新鮮。」

顧綿綿嗯了一聲。「我今日精神好多了，妳幫我下個帖子，請邱家太太和兩位姑娘明日來做客。」

翠蘭應聲而去，她自從到了衛家，也跟著讀書寫字，如今也能下個帖子，雖然字寫得不大好看，但好在邱家也不是什麼讀書人家，倒不計較這個。

顧綿綿要請客，家裡人立刻都跟著忙活起來，如今家裡總共有十個下人，顧綿綿撥了一個婆子給吳遠用，其餘人都歸她調度。

前些日子她身體不好，也沒怎麼管邱家，如今想想有些失禮。於是顧綿綿準備請邱家母女幾個來坐坐，要不是她身懷六甲，她都該自己去邱家走動，畢竟娶親娶親，男方家總要主動些。

邱太太接了帖子，還客氣地讓人招待翠蘭點心茶水，說自己明日必定會上府拜訪。

顧綿綿自己從箱子裡扒出兩件金首飾，一件鑲嵌寶石，一件赤金，還有兩疋好料子，準備送給邱家姑娘。

當天晚上，衛景明結束兩天一夜的當值回到家中。

顧綿綿幫他換下官服。「昨兒晚上我娘來了。」

衛景明吃驚。「早知道娘要來，我就和別人換值了。」

顧綿綿笑道：「你要是在那裡坐著，我們還怎麼說話？」

衛景明也笑道：「難道妳和娘還說了什麼我不能聽的秘密？」

顧綿綿一本正經地點頭。「那可不？娘說讓我看好你。如今外頭人都傳，衛大人年少有為，英俊瀟灑、一表人才，我一個小小縣尉的女兒，配不上你呢。」

衛景明拉著顧綿綿的手坐了下來。「娘子休要聽那些混帳話，今日感覺怎麼樣？」

顧綿綿摸了摸肚子。「小吳大夫早上來給我診脈，說我好多了。」

衛景明聽了聽孩子的動靜，皺起眉頭。「我感覺他的心跳比以前稍微慢了一些。」

顧綿綿笑著解釋。「小吳大夫說小娃娃就是這樣，等到出生後，就和咱們差不多了。」

兩口子說了一陣子孩子經，顧綿綿又說自己明日要請客，還說吳遠快要考試了，讓衛景明多照看一些。

衛景明捏了捏她的鼻子。「才好一些，卻不知道好好養著，整日操心。」

第四十七章

轉天上午，邱太太帶著兩個女兒來了，身邊只帶著一個婆子。

顧綿綿親自到垂花門附近迎接，見邱太太要行禮，顧綿綿趕緊拉起她。「嬸子休要多禮，都是自家親戚。」

邱太太拉著顧綿綿的手把她上下看了看。「衛太太怎麼樣了？我聽說妳前一陣子身子不大爽利，怕叨擾了妳，就一直沒上門。」

顧綿綿把娘兒幾個往屋裡引，邊解釋著。「多謝嬸子，就是吃不下飯，沒什麼精神。這幾日好多了，我才邀請嬸子帶著兩個妹妹過來玩玩。原該我去看嬸子的，是我失禮了。」

邱太太連忙道：「太太懷著身子呢，不好走遠路，我們在家裡也無事，來太太家裡玩玩也好。」

兩個人說了一堆養孩子的話，邱家兩個姑娘一直安安靜靜坐在一邊。

顧綿綿笑著看向姊妹倆。「我家裡也沒個姊妹，倒是讓兩位妹妹枯坐。」

邱太太看向大女兒。「妳不是說給衛太太做了些東西？快拿出來吧！就算手藝不好，衛太太也不會介意的。」

邱大姑娘從旁邊婆子手裡拿出個小包袱，裡面是兩件小孩子的衣裳，只是普通的棉布，但針線看起來不錯，細密且不刮手。

顧綿綿止不住地誇讚。「太太養的好女兒，這針線真好。」

邱太太客氣。「都說衛太太針線好，她這不過是獻醜罷了。」

顧綿綿誇了一陣子，看了翠蘭一眼，翠蘭進屋把提前準備好的禮物拿了出來。

顧綿綿把兩件金首飾插到邱大姑娘的頭髮中，又往邱二姑娘手腕上戴了一串珍珠，兩個姑娘見東西珍貴，連忙客氣說不要。

顧綿綿笑著拉著邱大姑娘的手。「我大哥家裡也沒別人，以後咱們就是親姊妹一樣，如今我託大，還叫妳一聲妹妹，既然妳是妹妹，妳來看我，還特意給孩子做衣裳，我送妳兩件首飾又算什麼？比不得妳用心。」

說完，她把剩下兩疋料子給了邱家婆子收著。「這兩疋料子，嬸子拿回去給兩個妹妹做兩件家常衣裳穿。我年紀輕，也不大懂娶親的禮儀，希望沒有慢待妹妹。」

邱太太一眼看出顧綿綿給的都是好東西，笑著讓女兒收下。「衛太太哪裡不懂禮儀？樣樣都妥帖。大丫頭，妳收著吧，往後多替衛太太照看孩子。」

邱大姑娘紅著臉點頭。

母女三個在衛家吃了一頓午飯，見時間差不多了，邱太太便很有眼色地帶著女兒們告別，並囑咐顧綿綿好好照顧身體。

送走邱家人，顧綿綿心情很好，她迫不及待地希望秋天趕緊來，她就可以給大哥娶親。但眼前迫在眉睫的，是吳遠考試的事。

考試那天，衛景明告了假，親自送吳遠去太醫院考試。

走到考場門口，吳遠對衛景明拱手。「衛大哥，你先回去吧。」

衛景明點頭。「你盡力了就行，莫要想太多，等下午我再來接你。」

吳遠定定地看了衛景明好久，他記得當初在青城縣，兩個人像傻子一樣在顧家小院子裡爭鋒吃醋，如今卻是這般相處。

吳遠不禁欣然一笑。「衛大哥，多謝你。」說完，他轉身進了考場。

衛景明目送他消失在考場裡面，自己也失笑，這個呆子彷彿有了些變化，不再是個執著的呆子了。

吳遠與另外兩百多人一起，經歷了兩輪激烈的競爭，三個時辰後，終於走出了太醫院的考場。

一出考場，衛景明果然在大門口等著他。見到吳遠，他立刻招手。「快過來。」

吳遠感覺有些疲憊，衛景明拉著他上了馬車，端出杯熱茶。「兄弟先跟我回家，晚上叫上我師父、師叔，還有華善，咱們一起吃頓飯。」

吳遠吃了口熱茶。「衛大哥家裡總是熱熱鬧鬧的。」

衛景明斜睨了他一眼。「華善都要娶親了，你也趕緊娶個媳婦，生幾個娃，你家裡也能熱熱鬧鬧的。」

吳遠沒想到衛景明會這樣說，把茶盞一放，挑眉道：「那衛大哥給我找一個，不能比衛太太差。」

吳遠毫不留情的回話，衛景明卻丁點沒生氣，放下茶壺道：「那你恐怕只能一輩子打光棍了。」

吳遠慢悠悠地吃茶。「打光棍也沒有什麼不好。你看，兩位大師多瀟灑，你和華善整日當差，累得跟牛一樣。」

衛景明氣呼呼的撇撇嘴，才道：「我就算走後門，也要把你送進太醫院，讓你嚐一嚐服侍貴人的滋味。我聽說宮裡的娘娘們爭寵的時候，沒病也說自己有病，太醫看不出來，就是太醫的錯。」

吳遠覺得今日的茶還挺不錯，自己又倒了一盅。「無事，我有衛大人撐腰，一般的小嬪妃們也不敢為難我，高位嬪妃多半也不會用這種把戲。再說了，要是真沒病，我給她開點太平方子，吃不死人就是了。」

衛景明嘖嘖兩聲。「你還沒進太醫院，就學會了這些鬼把戲！」

兩個人很快就到了衛家，管家玉童迎接了上來。「老爺回來了，吳大夫回來了，太太剛才還在問呢。」

衛景明對著玉童點頭，二人進了大門後，各自回了自己的院子。

到了晚上，一大家子都聚到了一起。

郭鬼影很少和這麼多人一起吃飯，若不是衛景明再三邀請，他還不願意來。

不過席上幾個小輩輪流給他敬酒，眼前又有好菜吃，幾杯下肚，他漸漸也能放得開。

「師弟呀！你這大家長當得也不容易呀！」

鬼手李笑道：「如今有了師兄在，我還擔心什麼呢？」

郭鬼影嘬一口小酒。「這酒不錯，還是京城的東西好。」

鬼手李問吳遠。「今日考得如何？」

吳遠恭敬地回道：「晚輩已盡全力，成與不成全看天意。」

鬼手李點頭。「無事，你還年輕，我師兄跟你這麼大的時候，可還在街頭混呢。」

郭鬼影一口嚥下去。「呸！別叫我戳你老底子，你以前難道就是什麼體面人家出生？」

衛景明趕緊給二位前輩倒酒。「師父、師叔，今日好酒、好菜，讓徒兒服侍二位長輩。綿綿身子好了許多，徒兒多謝師父、師叔，改天我再去找一些更好的酒回來孝敬您二位。」

鬼手李笑咪咪的。「師兄何必生氣？孩子們在呢。」

郭鬼影繼續吃酒。「我不和你計較，看在壽安的面上。」

顧綿綿安靜地坐在一邊，薛華善給她盛了一碗湯。

「妹妹，妳多吃一些。」他看著顧綿綿的肚子，心裡十分擔憂。「我沒有把妹妹照顧好，反倒讓妹妹替我操心婚事。」

顧綿綿笑道：「大哥，等大嫂進了門，就有人給我幫忙了，我這也是為自己呀！」

薛華善撓撓頭。「等孩子出生了，我帶他玩。」論起帶孩子，在座的其他人捆起來都不如薛華善厲害，他帶過顧綿綿、帶過顧岩嶺，對孩子十分有耐性。

顧綿綿想起小時候二人一起玩耍的場景，心裡也十分期待，嘴上不忘讚一聲。「大哥帶孩子，肯定比我帶得還好！」

一頓飯吃得熱熱鬧鬧，衛景明和吳遠等人為了讓顧綿綿多吃點，都吃得十分香甜。顧綿綿見他們吃得這麼歡快，也忍不住跟著多吃了一點。

等到酒席結束，顧綿綿才發現今天晚飯她居然吃了平日的兩倍，不禁瞪大眼。

她高興地對衛景明道：「看來我真的好了！」

衛景明雖然嘴上笑著應答，懸著的心還是沒放下。畢竟眼下老皇帝還活蹦亂跳呢，平王就算出宮，也未必沒有起復的那一天。

入夜，顧綿綿很快入睡，衛景明將她抱在懷裡，腦子卻一刻沒停下來。

上輩子太子本該已經登基，然而老皇帝近來身子卻好了許多。若是他繼續這樣越來越精神，誰都不知道後面會發生什麼亂子。

衛景明就著窗外的月光看了看自己的手，以前他做指揮使時，殺過的人數都數不清，但重生之後，除了當日方家派去的那幾個黑衣人，他從未直接殺人，便是希望能為綿綿積德。

他總覺得上輩子殺孽太深，綿綿才會早早病逝。
他又看了看顧綿綿的肚子，心裡保證道：孩子，爹定會救你的。
誰知旁邊的顧綿綿卻出聲了。「官人，你是不是有心事？」
衛景明的手一頓，馬上輕輕拍了拍她的後背。「沒有的事，我就是晚上吃多了酒，一時睡不著。」
顧綿綿輕笑。「你還想騙我？我知道你肯定在想事情。」
衛景明摸了摸她的頭髮。「妳不是睡著了，怎麼又醒了？」
顧綿綿輕輕摸了摸肚子。「他大了，半夜裡也經常會鬧騰。」
衛景明也把手放在她的肚子上面，感覺到裡面的小人兒似乎在動來動去，衛景明不禁笑出了聲。「肯定是個調皮的娃！」
顧綿綿聽見他笑了，再次問道：「官人到底為何事而憂心呢？」
衛景明知道瞞不過，只能把自己的憂慮告訴了顧綿綿。
顧綿綿往他懷裡拱了拱。「我知道官人不想殺人，我給你出個好主意。」
衛景明哦了一聲。「娘子有什麼好主意？」
顧綿綿小聲道：「皇帝身邊那個道士，總是來向師父要東西，我懷疑他不是個好人。」
衛景明旋即明白她的意思，輕笑道：「娘子這個主意倒是不錯，跟我想的不謀而合。」
顧綿綿嗤笑。「人家先想出來了，你就說跟你不謀而合，真厚臉皮！」

衛景明忍不住大笑起來，低頭在她臉上親一親。「我家娘子最聰明，就照妳說的辦。這等會入宮給皇帝煉丹的道士，都是塵心不死之人，只要用心查，定然有把柄。只等我拿住他的把柄，就好說了。」

第二天，衛景明若無其事一樣去當差。剛進衙門，他就叫來了金百戶。

金百戶如往常一樣請安問好。「大人叫下官來，可是有什麼吩咐？」

衛景明手下在寫著什麼，放下筆後將紙遞給金百戶。「你去幫我查一個人，要悄悄的查。」

金百戶接過來一看，吃驚地看著衛景明。「大人，這可會給您帶來麻煩？」

衛景明並未直接回答他。「你自去查，看看此人可否幹過違法亂紀之事，多的別問。」

金百戶將紙條上的內容看得清清楚楚，然後把紙條撕碎，扔進了旁邊的簍子裡。

金百戶一個人走出鎮撫使衙門，心裡卻在盤算，大人為何讓我查陛下的煉丹道士？難道道士有什麼不妥？這可不是小事。

金百戶雖然心裡有些打鼓，但一想到這些日子以來衛景明對他的照顧，不再多想，悄悄開始查了起來。

金百戶一去忙碌，衛景明這邊頓時少了得力助手，他準備向袁統領寫一份申請，請求把莫百戶調到他這邊來。姜千戶年齡大了，要不了多長時間可能就會告老，空出的一個千戶位置，他準備把金百戶推上去，而後金百戶空出來的位置讓莫百戶填上。
寫申請之前，衛景明先私底下找了莫百戶。
莫百戶聽說衛景明找自己，等下衙門的時候，半道上截住了衛景明。「衛大人好呀，今日可得空，下官尋了兩罈子好酒，可能賞臉去下官家裡一坐？」
衛景明摸著光潔的下巴笑。「莫大人有好酒，豈能獨享？」
二人一起哈哈笑，衛景明讓人回家傳話，他去莫家吃酒。
到了莫家，莫百戶果真上了兩罈好酒。「大人整日公務繁忙，我早就說請大人來家裡坐坐，今日總算找到了機會。」
衛景明嚐了嚐杯中酒，忍不住讚嘆。「好酒！」
莫百戶笑道：「若不是好酒，也不敢請大人來。」
兩個人你一杯、我一杯，很快一罈酒就見了底，莫百戶見衛景明不開口，主動詢問。「不知大人找下官是有什麼吩咐？」
衛景明拿起筷子挾菜吃。「我也不瞞著你，你想不想來跟我幹？」
莫百戶倒酒的動作連一個遲鈍都沒打，流暢得很，面上立刻笑道：「大人，下官眼睛都盼大了，您總算來找我，我還以為大人做了大官，都忘了過去的情分呢。」
衛景明繼續吃菜。「陳千戶自己上不去，總是這樣壓著你們，難道要跟他一起趴窩趴到老不成？我不敢保證你去了我那裡立刻就會升上去，但我敢保證我肯定不會像陳千戶那樣做個千年王八不動窩。」

莫百戶連忙拍馬屁。「大人年少有為，下官早就想去跟著大人幹了。這麼說吧，只要能跟著大人幹，就是做個小旗下官也願意。」

衛景明哈哈笑。「少吹牛了，真讓你做小旗，你還不背地裡咒罵本官？」

莫百戶也哈哈笑。「大人，不是下官說漂亮話。下官入了錦衣衛幾十年，總是不溫不火，這個百戶做了快十年了，下官不甘心啊。」

衛景明嘆氣。「陳千戶肯定要背地裡罵我了，這樣挖他的牆角。」

莫百戶繼續給他倒酒。「大人，可是您那邊有什麼缺位？別的不敢保證，咱們老交情了，下官跟了您，不說能力比別人強，忠心自然是沒二話的。」

衛景明實話道：「我暫時還沒本事給你升官，只能委屈你繼續做百戶了。」

莫百戶立刻拱手。「多謝大人栽培，跟著大人，做什麼都心甘情願。」

衛景明拿起酒杯和他碰了一下。「既然你沒意見，過兩日我就去找袁統領。」

莫百戶立刻歡喜地起身再次給衛景明倒酒。「多謝大人，下官就等著大人的好消息了！」

兩個人一起又吃了頓酒，衛景明才告辭。之後過了七、八天，莫百戶就接到一封調令，轉去衛景明那邊做百戶，與此同時，金百戶那邊也查到了一些消息。

宮裡的老道士別的愛好沒有，就喜歡古董。早些年他混跡江湖時，沒少幹掘屍盜墓和坑蒙拐騙的事，後來他搭上了皇帝，成了御用煉丹師，那些苦主自然不敢來找他，但人家都留著證據呢。

金百戶雖然話不多，查案卻是個老手。他每天跟蹤老道士，查清他的行蹤，觀察他的愛好，尋著這條線找，漸漸也找出了一些證據。錦衣衛查案，有人懼怕老道士的權勢不敢說，但總有個別膽大的上報，或是不敢出面的苦主拐彎把證據交了出來。

金百戶廢了九牛二虎之力，終於找到了一點眉目，立刻來向衛景明稟報。

衛景明看了看那些證據，忍不住發笑。「一個出家人，要這麼多古董幹啥？」

金百戶悄悄看了一眼外頭，小聲道：「大人，這老道士不光斂財，聽說還養了個姐兒，連兒子都生了。」

衛景明哼一聲，搖搖頭。「出家人凡心不死，能練出什麼好丹藥？」

金百戶試探性地問：「大人，這些東西要怎麼辦？」

衛景明把證據收起。「自然是交給袁統領了，你辛苦了，回去歇兩日，我這邊有莫百戶幫著呢。」

金百戶拱手。「莫百戶比下官機靈，大人終於有了個好幫手。」

衛景明笑道：「崇安啊，你和莫百戶都是好的。本官跟你說實話，姜千戶快要回家了，我想讓你來接替姜千戶的位置。但你做了千戶，便不可能再每日跟著我，我就把莫百戶調了過來，往後本官希望你和莫百戶能各自管好自己的差事。」

金百戶聽說自己要做千戶，連忙客氣道：「大人，下官年輕資歷不足，做千戶怕是不能服眾，下官覺得莫百戶去做千戶更好。」

衛景明點頭。「本官知道你的意思，可莫百戶比你機靈不假，但你也有你的好處。你們兩個，一個適合守家，一個適合出門打仗，各有所長，切莫妄自菲薄。若說你不好，豈不是說本官眼光不好？」

金百戶趕緊道：「不敢，大人誤會了下官的意思。」

衛景明笑著安撫。「本官知道，你去歇著吧。」

打發走了金百戶，衛景明立刻帶著證據去找袁統領。

袁統領見到那些證據後並不吃驚，看了一遍放在桌子上。「壽安這是何意？」

衛景明知道，袁統領作為錦衣衛首領，皇帝身邊的人肯定早就被他查得清清楚楚，老道士的作為，他未必不知道。「大人，此人負責陛下的丹藥，下官雖然不煉丹，多少也懂一些，近來下官見陛下精氣神看起來沒有往日足，下官懷疑這老道士有問題。」

衛景明是欺負袁統領不懂煉丹，皇帝往常吃了老道士的丹藥後脾氣暴躁，他卻說那是精氣神好，如今吃的丹藥讓皇帝心境平和，其實才是真正好的。

袁統領笑道：「壽安，你想，這老道士靠著陛下才有了好日子過，難道他不希望陛下長命百歲？」

衛景明坐了下來。「大人說得沒錯，但據我觀察。這老道士為了讓陛下長命百歲，已經不滿足於之前的丹藥，而是四處淘換丹藥方子。但方子這種東西，大人可能不知道，下官卻知道得清清楚楚，有些方子雖然好，但不一定適合所有人。術士煉丹，要根據服用丹藥之人的身體情況而做出調整。下官觀察這位道士，只會照本宣科。」

袁統領大笑起來。「壽安，既然這樣，不如把那老道士攆走，你替陛下煉丹如何？」

衛景明笑道：「那不能，下官還是喜歡做錦衣衛。煉丹煉得再好，又沒有四品官做，也不可能像我師祖那樣做國師。」

袁統領笑過之後又道：「壽安啊，你做著四品官不是怪好的？管這閒事做啥？」

衛景明卻道：「大人，咱們明人不說暗話，下官也希望陛下能長命百歲呀！」

袁統領半晌後才點頭道：「壽安，其實這事陛下多少知道一些，卻並未責怪，本官怕是不能插手了。」

衛景明收回證據。「下官給袁大人找麻煩了，既然陛下知道，下官就不用多事了。」

衛景明帶著證據回了家，直接去找郭鬼影。「師伯，姪兒需要您的幫忙。」

郭鬼影正在研究什麼東西，聞言頭都沒抬。「不會又是闖皇宮吧？」

衛景明點頭。「師伯英明。」

郭鬼影把東西一扔。「你小子要幹麼？」

鬼手李也抬起頭，想了想之後道：「娘娘自己會出來，你進宮，難道想去陛下那裡？」

衛景明把自己收的證據交給了鬼手李。「這些小事情，單獨揪出來陛下也不會當回事，只能從別的地方著手，到時候再一起挖出來，陛下想不換人也不行。」

鬼手李皺起眉頭。「也不急於一時。」

衛景明搖頭。「師父，我悄悄打聽過，這老道士得了您的方子，一個字也沒提您，是自己獨吞了功勞。一旦把他換下，他的方子也會被廢掉，只要陛下繼續吃那些普通道士的丹藥，是什麼後果就和我們沒關係了。」

鬼手李沈吟片刻。「你想進去做什麼？」

衛景明低聲道：「這老道士每次煉丹之前都要自己先試吃，我給他的丹藥裡加點東西，若他吃出毛病了，陛下自然就不肯信他了。」

郭鬼影在一邊插嘴。「那裡可不好闖。」

衛景明看向郭鬼影。「師伯只須在外面就好，姪兒自己進去。」

郭鬼影點頭。「那今晚就去，我老頭子去會一會皇宮裡的那些傻子。」

等到入夜，衛景明把顧綿綿哄睡著，自己換了身衣裳，帶著郭鬼影往皇宮而去。

二人飛得很高，等閒高手都不一定能聽到動靜。到了皇宮外面，郭鬼影開始繞著城牆繞圈圈。他這樣騷擾，立刻被當值的袁統領發現，火速跟了出來。

袁統領可比錢大人厲害多了，緊緊咬著郭鬼影不放。

此人帶著我在城牆外繞圈圈，如此無謂的行為，定然是在浪費我的時間。看來，他另有所圖。袁統領越攆越吃力，攆著攆著，想到這個可能，乾脆放棄了郭鬼影，立刻掉頭就往皇宮裡去。

郭鬼影見他走了，又繼續繞著城牆轉。轉著轉著，他忽然發現不對勁，衛景明並未入宮。

衛景明身處城牆外好遠的一棵樹上面，郭鬼影火速奔了過去。「你個呆子，我老頭子忙活了半天，你怎麼還沒進去？」

哪知衛景明並未回答他的話，郭鬼影飛近一看，不對，這小子雖然坐在樹上打坐，但看他的樣子，似乎在調動全身的力量。

郭鬼影繞著衛景明飛了好幾圈，越來越驚詫，他又喊了兩聲，衛景明的聲音彷彿從很遠的地方傳了過來。「師伯，我已經進宮了。」

郭鬼影嚇得一屁股坐在樹枝上。我的娘，這小子在玩什麼鬼？他急得團團轉，想回去找鬼手李，又擔心衛景明一個人在這裡不安全。

他湊近看了看，衛景明的額頭有一個亮點，偶有光芒從那裡面射出來，衛景明體內的力量周轉得越來越快，似乎有些勉力支撐。

郭鬼影心裡漸漸有了個可怕的想法，想到那個可能性，他立刻靜坐了下來，幫衛景明護法，而不是給他輸入一些內力。

第四十八章

此時的衛景明，確實在勉力支撐。這是他第一次嘗試分出一個替身來，他的替身力量很小，像一道輕飄飄的煙進了皇宮。如果不是得了玄清子的力量，他根本無法支持替身行動。

替身進了道士煉丹的地方，因為穿著黑衣裳，又幾乎是飄過來的，躲過了所有的耳目。他進了煉丹房，老道士在一邊的榻上睡著了，旁邊有許多半成品丹藥。

替身從懷裡掏出一些無色無味的粉末藥材，倒進了老道士自己要吃的丹藥材料中。做完這些，替身又輕飄飄出了屋子。衛景明知道袁統領已經回宮，為了讓袁統領忽略煉丹房，他故意讓替身飛向皇帝所在的宮殿。

果然，剛靠近，替身就被袁統領發現了。

袁統領大吃一驚，低聲喝斥。「衛大人，今日不該你當值，你入宮做啥？」

替身轉過身，對著袁統領微微一笑，並未說話，然後轉身向皇宮外飛去。

袁統領並沒有驚動別人，而是自己跟了上去。哪知替身飛得極快，袁統領沒辦法，只能使出全身的力氣，剛好摸到替身的衣裳。摸到之後，袁統領愣住了，他摸到了什麼？他好像什麼也沒摸到。那衣裳就跟煙一樣，抓進手裡就散了。這是怎麼回事？

袁統領繼續追，替身帶著他從宮牆的西面出了宮。

到了宮外，袁統領截在了替身前面。「衛大人，看在咱們同僚一場的分上，只要你說清楚，並無加害陛下之心，我就放你走。」

替身不會說話，只能對著袁統領拱手。袁統領忽然撲了過來，和替身撕打在一起。

替身只分了衛景明兩成的功力，因為支撐的時間久了，有些虛弱，雖然盡力和袁統領打，很快就落了下風。

袁統領越打越吃驚，他打出去的力量，彷彿打在棉花上一樣，他剛才明明白白看見，他一拳打在衛景明胳膊上，自己的拳頭居然從他的胳膊上穿透而過。

袁統領傻了。我莫不是在作夢？

替身在他發愣的當口，拔腿就跑。衛景明捨不得這兩成功力，自然想把替身召喚回來。

袁統領反應過來後，立刻去追。這次他亮出了兵器，正當要觸碰到替身之時，旁邊忽然傳來一聲喝斥。「住手！」

袁統領抬頭一看，只見方皇后風馳電掣而來，雙掌凝聚起鋒利的攻勢，迅速劈向袁統領。

這招來得犀利，袁統領可不敢硬接，轉身避開，並對方皇后道：「娘娘，他半夜入宮，一句話不說，下官只是找他問一問話。」

方皇后轉頭對替身道：「你先走，這裡交給我。」

替身對著方皇后拱手，轉身飛走了。二人在宮內追逐之時就驚動了方皇后，她一路尾隨而來，見到女婿不敵袁統領，立刻出手相助。

等替身一走，方皇后道：「袁大人，壽安可幹了什麼不法之事？」

袁統領氣結。「娘娘，您怎可私自放走他。」

方皇后冷漠地看了一眼袁統領。「你倒是忠心，不知道你主子有沒有給你安排好後路。」歷來錦衣衛指揮使都沒好下場，人人皆知。

袁統領臉上泛白，嘴上強硬道：「下官為陛下做什麼都是應該的。」

方皇后哼一聲。「你想把壽安抓起來送給你主子嗎？」

袁統領回過神來。「下官不敢。」

方皇后不等他話落，立刻攜著雷霆之勢飛馳而來。袁統領被迫接招，二人在皇城西邊你來我往開始打鬥，過了近兩百招也沒分出勝負。

袁統領心裡叫苦。

倒楣，怎麼碰到這種事情？就算他去告狀，有方皇后在，陛下也不一定會相信。

方皇后和他打了兩刻鐘的時間，忽然後退。「都說袁統領是京城第一高手，本宮看也不怎麼樣嘛。」

袁統領擦了擦額頭的汗。「過譽了，下官自然比不得娘娘。」

方皇后揮了揮袖子。「好了，本宮閒著無聊出來走走，既然咱們也切磋過了，你去當你的差，本宮回去休息了。」說完，方皇后轉身就飛走了，留下瞠目結舌的袁統領。

那邊廂，郭鬼影同樣瞪圓了眼睛，半天後結結巴巴道：「壽安，壽安，你難道得道了不成？」

衛景明終於睜開了眼睛，額頭上的光點消失，他對著郭鬼影拱手。「嚇到師伯了，是姪兒的錯。」

郭鬼影忽然一拍大腿。「哎呀！壽安，可了不得了，你居然會你師祖的分身術了！」

郭鬼影兀自在那裡歡喜，衛景明還在快速調動內息。

這次分出一個替身，是他的第一次嘗試，沒想到居然成功了。替身雖然力量很小，但有了意識，勉強成形，也很聽話。

他過了好久終於將替身的力量全部消化掉，這才回答郭鬼影的話。「師伯，姪兒獻醜了。剛才被袁統領追上，若不是岳母幫忙，替身可能就要成替死鬼了。」

郭鬼影搓搓手。「你小子不錯呀！你師祖雖然會此等秘術，但很少使用，我和你師父是從來沒修練過，你從哪裡學來的？」

衛景明笑道：「師伯，師門裡的秘籍多得很。師伯志在四方，沒時間翻看秘籍。姪兒原來不過是無聊，便把師門的秘籍看了個遍，這回承蒙師祖厚愛，把功力都傳給我，故而才想嘗試一番。」

郭鬼影抱怨。「你就算想嘗試，在家裡試試不就行？怎麼要來皇宮這等危險的地方。」

衛景明笑了笑。「師伯，姪兒第一次分出替身，危險的地方才能全力以赴，替身也才會聽我的召喚和操控。」

郭鬼影瞪圓了眼睛。「他還會不聽話？」

衛景明點頭。「替身一旦有了意識，就有可能自主行動。若是替身力量小，分出的替身力量不大，他一般都很聽話。倘若力量比原身還強大，可能就不甘願繼續做替身了。」

郭鬼影彷彿聽天書一般。「我的娘，這麼可怕？要是到時候兩個壽安打起來了，我老頭子都不知道要幫哪一個了。你小子以後別玩這個了，太危險。」

衛景明站了起來。「師伯，咱們回去了，事情已經辦成了。」

伯姪倆風一樣回了家，郭鬼影一進門，就把事情告訴了鬼手李。

鬼手李大吃一驚，立刻把衛景明全身上下打量了一遍。「你無事吧？」

衛景明笑著回道：「師父，徒兒很好。」

鬼手李嗯了一聲。「你既然學會了這個，以後怕是會經常用。你自己要注意，切莫讓他失控。等以後你功力越發深厚，試試看能不能給他變個樣子，否則頂著你的臉出去，總不是回事。」

郭鬼影打岔。「能不能變個小鳥出來？」

鬼手李笑道：「師兄，師父不傳給我們這個，一是我們功力不夠，二是怕被人利用。如今壽安既然會了，算是接了師父的衣缽，師門有傳人，師父泉下有知也會欣慰。咱們以後看著他一些，防止他出意外，可不能攛掇他變來變去的，容易走火入魔。」

郭鬼影嘖嘖兩聲。「這等逆天的秘術，果真是劍有兩刃。」

鬼手李又問：「事情可辦妥了？」

衛景明想了想回道：「就看袁統領那邊了。」

袁統領這會兒正在心裡天人交戰。說，還是不說？說吧，要是陛下讓他拿證據他也拿不出來，中間還夾了個方皇后。不說吧，彷彿自己不忠心一樣……

衛景明早就算好了，若是他死咬著不放，自己就放棄替身，讓他憑空消失，袁統領沒證據，也不能拿自己怎麼樣。他若是不管，那便最好不過了。

這樣猶豫到天亮，袁統領也沒拿出個主意來，反倒是方皇后自己去找皇帝把昨兒晚上的事情半真半假地說了出來。「陛下，袁統領的功夫又精進了，臣妾昨兒晚上和他過招，剛過了兩百招就有些吃力。」

皇帝詫異地看了她一眼。「妳不是才出宮看過女兒，怎麼半夜又出宮了？」

方皇后撫摸了兩下自己的袖子。「陛下，臣妾閒著無聊，半夜到屋頂上看星星。袁統領跟一陣風一樣繞著城牆巡查，臣妾一時技癢，就和他切磋起來。」

皇帝哼一聲。「不自量力，袁愛卿肯定是讓著妳的。」

方皇后自己把皇帝的好茶葉找了出來，給自己泡茶水。「反正臣妾沒讓著他。」

袁統領聽說方皇后去了皇帝那裡，頓時又洩了氣。罷了，再等等看吧，若是他再敢進宮，我定不饒他！

誰知到了下午，那個老道士忽然就吐血了。

老道士早起後繼續煉丹，做成兩顆丹藥，自己一股腦兒全吃了，吃完後沒有半個時辰，他就開始吐血。

老道士一吐血，連皇帝都被驚動，立刻派人來詢問。

老道士一邊吐血、一邊自言自語。「不應該的啊！我只是加了一味東西而已。」

老道士開始察看自己的東西，檢查是不是哪裡弄岔了。

那邊袁統領聽說後，立刻驚得差點摔了手裡的茶盞。難道衛大人昨晚進宮去了煉丹房？他為何跟這個老道士過不去，二人之間有仇不成？他想起昨晚自己穿透他手臂的事，脊背陣陣發涼，這些玄門之人，手段都讓人可怕！

老道士很快就查出了異常。他的藥材裡被人加了東西！

老道士不顧自己吐血虛弱的身體，要去報告皇帝，卻被袁統領攔了下來。

老道士不解。「袁大人，何故攔我？」

袁統領卻把他往屋裡架。「大師，本官聽說，煉丹偶爾有失手也正常。陛下正和娘娘說話呢，你這會兒去做啥？」

老道士瞪眼。「貧道的藥材被人動了，自然要稟報陛下！」

袁統領也瞪眼。「大師可莫要胡說，本官一天一夜都守在這附近，並無宵小之輩來過，你的藥材好好的，除了你自己，可從來沒人進過你的門。」

老道士哼一聲。「你們錦衣衛和大內侍衛看門的時候難道不會打盹？誰知道是不是有人記恨貧道，故意來動了貧道的藥材。」

袁統領也哼一聲。「你這個院子，沒有陛下的口諭，本官都不敢進來，你說說，是誰敢來動了你的藥材？」

老道士冷笑。「袁大人，您這是替誰掩飾呢？」

袁統領忽然讓開路。「那你去吧，本官不攔著你。」

沒了擋路人，老道士立刻去找皇帝，皇帝讓方皇后先回去，自己讓老道士進來說話。

老道士一進來就呼天搶地。「陛下，陛下，微臣的藥被人動了手腳！」

皇帝皺緊了眉頭。「昨兒有人去過不曾？」

老道士啞然，袁統領說沒有，他也不知道。

皇帝叫來袁統領問：「可曾有人去過丹房？」

袁統領這個時候哪裡還敢認。「陛下，臣並未看到有人，可能是大師自己記糊塗了，弄錯了藥材？」

老道士頓時急了。「昨晚我一樣樣檢查了四、五遍，不可能弄錯。」

袁統領反問道：「大師今兒早上檢查過沒？」

老道士一口老血悶在心裡，他要是檢查過，就不會出現這種情況了。
皇帝看向老道士。「罷了，既然是你記錯了，下回注意些。」
老道士被打發回來，氣呼呼地發誓定要做出幾顆上好的丹藥給皇帝，那邊，衛景明已經把老道士幹壞事的證據，悄悄交給了刑部馮大人。
馮大人一向最反對皇帝吃丹藥，見到這些證據，立刻拍案而起。「這個老牛鼻子，我就說他不是個好東西，陛下定是被他矇騙了。衛大人既然知道這個，怎麼不早些告訴本官？」
衛景明一臉為難。「大人，下官這些東西都是得罪人的東西。庫銀案中下官得罪的人太多了，走夜路都擔心被人打悶棍。」
馮大人摸了摸鬍鬚。「衛大人去吧，剩下的交給本官就行。」
衛景明立刻拱手告辭，留下馮大人看著他的背影若有所思。
馮大人自然知道這是皇后的女婿，皇后現在靠著陛下才能顯威風，一旦陛下去世，皇后的好日子就到頭了，這小子真是比陛下的親兒子還關心陛下的身體。就是不知他為何把證據交給了本官，難道他和袁統領之間起了齟齬？算了，這二人一個是陛下心腹，一個是皇后女婿，與本官無關。
知道真相的人大多和馮大人的想法一樣，認為利益使然，衛景明是真心實意希望老皇帝能多活兩年，認為方皇后希望皇帝能長命百歲。可他們萬萬想不到，衛景明是希望老皇帝早點死，方皇后更是不稀罕擺什麼狗屁威風。

馮大人得了證據，火速進宮。與此同時，衛家放起了鞭炮。

太醫院終於出了考試結果，吳遠以第三名的成績考進太醫院，被授予七品太醫之位。

顧綿綿十分高興，立刻讓玉童放了兩掛鞭炮。還讓家裡下人一窩蜂去向吳遠道喜，吳遠遣藥僮散了許多賞錢，然後自己往正房而來。

顧綿綿起身拱手道：「恭喜小吳大夫，賀喜小吳大夫！」

吳遠有些不好意思。「多謝太太的照顧。」

顧綿綿笑道：「小吳大夫客氣了，咱們是老鄉。等你做了太醫，我們能多個倚仗。京城如今都說，我一個縣尉的女兒，配不上英俊瀟灑的衛大人，我也需要人撐腰呢。」

吳遠搖搖頭笑道：「太太說笑了，衛大哥不是那樣的人。」

顧綿綿招呼他坐下。「官人自然不是那等人，但世人都淺薄，你做了太醫就會發現，人家對你的態度和以前大不一樣。」

吳遠看著顧綿綿，他不知道顧綿綿的親娘是皇后一事，不過顧綿綿的玩笑話卻讓他心裡有了驚醒。衛兄一時對綿綿好，不一定會一輩子對她好。我做太醫，不僅能幫綿綿調理身體，還能認識許多達官貴人，這也是一分力量，若是來日他變心，我定要一副藥毒死他。

吳遠忽然覺得做太醫也不錯。「太太，我給妳看看脈吧。」

診脈結束，吳遠覺得顧綿綿的身體似乎又變好了一些，他十分高興。「往後太太吃飯就行，不用再吃藥了。」
顧綿綿也十分歡喜。「翠蘭，讓家裡準備酒席，晚上給小吳大夫慶賀！」
吳遠拱手。「太太歇著吧，我去找兩位太爺說話。」
鬼手李聽說吳遠考上了太醫，還送了他一份大禮，裡面有一些名貴的藥材和師門裡的醫術書籍，吳遠高高興興地收下了。
當天晚上，衛景明笑咪咪地回了家，身後還跟著莫百戶和金千戶。
要說衛景明為什麼這麼高興，一是吳遠考中了太醫，二就是老道士被皇帝打了一頓。
光是昨日弄錯藥的事，皇帝還能原諒他，偷人家古董在皇帝眼裡也不算個事，但是老道士自己養女人，讓皇帝十分生氣。但老道士曾經勸過皇帝，為了保持元陽，定然要守身如玉，還說他老道士因為一直是個童子之身，所以才這樣有精神。可老道士私底下連兒子都生了，守個屁的童子之身！
本來皇帝想直接殺了這老道士，馮大人勸他。「陛下，此人德行不好，但並未傷害過陛下，不如饒他一命，讓他出宮就是。陛下多積些福氣，才能長壽。」
自從王老太師年紀大了回家休養，沒人能管住皇帝，馮大人真是操碎了心，整天擔心皇帝出么蛾子。
皇帝被老道士騙了，臉上有些掛不住，命人把老道士打了三十板子，攆出了宮。
衛景明回家的時候，薛華善和吳遠都在，二人和金千戶、莫百戶行禮互相認識。

顧綿綿想到他們一群男人肯定在一起吃大酒、吹牛皮，自己坐在那裡一點意思都沒有，索性單獨在屋裡吃，由翠蘭和孫嬤嬤陪著。

一群人熱熱鬧鬧地吃了頓慶賀酒，衛景明帶著一身酒氣回了屋裡，發現顧綿綿正在打坐。因為肚子太大，她的雙腿盤得沒有以前那樣緊。

顧綿綿雖然有了身子，卻從未放棄每天打坐運氣。她感覺自己的內氣越足，孩子越活潑。

聽見有動靜，顧綿綿結束當天的功課。「你回來了？」

衛景明笑道：「師伯酒量真好，連莫百戶都被灌趴了。」

顧綿綿摸摸他的臉。「一身酒氣。你把莫百戶灌醉了，明日他難道不當差？」

衛景明撐著下巴，睜著迷離的眼睛看著顧綿綿。「他是錦衣衛裡出了名的酒鬼，不管醉成什麼樣，明日肯定能活蹦亂跳。」說完這話，他又道：「娘子真好看。」

顧綿綿笑道：「可見是喝醉了，大肚婆有什麼好看的？」

衛景明咧嘴笑。「大肚婆也好看。」

顧綿綿拉著滿嘴胡說的衛景明去漱洗，那邊，薛華善派人送金千戶和莫百戶回家。

衛景明吃了一頓慶功酒，開始等好消息。沒過兩天，皇帝果然又找了個新道士煉丹。

這道士在江湖也小有名氣，凡有點名氣之人，多少會有些自負，這道士一進宮，立刻把之前那個老道士所有的方子全部扔進了煉丹爐裡，開始按照自己的法子給皇帝煉丹吃。

皇帝吃多了丹藥，也有自己的心得。前些日子，因著玄清子的丹藥是溫性的，沒有那種如同烈火灼身一樣的暢快感，皇帝覺得日子淡得像白開水，這新來的道士往丹藥裡加了一些「大補」的東西，皇帝感覺自己每次吃了丹藥後彷彿年輕了二十歲，渾身充滿力量，夜裡甚至還能召年輕嬪妃侍寢。

皇帝頓時容光煥發，立刻加封新來的煉丹道士一個五品散官，每日都要召他說話，問一些養生事宜。

一時間，這道士風頭無二。

若說皇帝精神頭好，顧綿綿精神頭就更好了。她不光飯量恢復正常，連健忘的毛病也好了許多。

身體才剛好，方皇后忽然召她進宮。顧綿綿立刻收拾得妥妥帖帖，往宮裡而去。

當日天晴，顧綿綿乘轎到了宮門口後，由專責太監帶著她步行至昭陽宮。

嬪妃們剛離開，昭陽宮只剩下方皇后和太子妃。

不是方皇后不想和女兒說私房話，而是太子妃近來臉皮越發厚，怎麼攆都攆不走。

顧綿綿按照規矩給方皇后婆媳倆行禮，還沒跪下去，方皇后便起身一把拉住她。「妳身子重，莫要多禮，來，坐到本宮身邊來。」

顧綿綿只能給她們行了個屈膝禮。

太子妃笑著問顧綿綿。「前些日子聽說衛太太胃口不大好，如今可大安了？」

東宮雖然看起來溫和無害，是因為皇帝還活著，但作為儲君的正妃，太子妃的消息也是十分靈通的。衛太太過年的時候得了皇后的恩寵，忽然間好幾個月不進宮，她定然要起疑，打聽到顧綿綿孕後身子不爽利，她也沒放在心上。

顧綿綿笑著回答。「多謝太子妃娘娘掛念，臣婦如今都好了。從宮門口到昭陽宮，臣婦走過來一滴汗都沒流。」

太子妃誇讚道：「衛太太這懷了身子，還是這樣貌美。」

方皇后細細地問了顧綿綿的日常起居，太子妃見她們母女倆都不怎麼搭理自己，找了個由頭先走了。

等太子妃一出門，方皇后立刻拉住女兒的手道：「因著上回壽安進宮鬧了一場，我這些日子也不大好出門，聽說妳好多了，這才召妳進宮。」

顧綿綿有些歉意。「給娘添麻煩了。」

方皇后拍拍她的手。「沒有的事，我也不想問壽安為何進宮，但我記得那天他和袁統領動手時，我看他似乎受了傷的樣子，如今可好了？」

顧綿綿看了看四周，小聲道：「娘，那不是官人，那只是個虛影，官人在宮外呢。」

方皇后有些驚詫，想到這可能是玄清門的秘密，她也懶得過問。「不是他就好，最近陛下加強了宮裡的守衛，可千萬莫要再進來了。」

第四十九章

沒有外人在，方皇后讓顧綿綿去了頭上的誥命頭冠和身上的大衣裳，又讓人端了些吃的上來。

母女倆說話說到中午，方皇后留女兒吃了頓飯，又讓她在昭陽宮歇了一陣子，等她走的時候，方皇后還賜了許多東西，並讓人用小轎送她到宮門口。

顧綿綿不想招搖。

方皇后卻十分堅持。「妳只管坐，哪個高位嬪妃的娘家人沒坐過小轎呢？妳是我女兒，我要是連這點體面都掙不來，還做什麼皇后？去當尼姑算了！」

顧綿綿只得答應，拉著方皇后的手囑咐。「娘，您要多保重身體。」

方皇后笑咪咪的。「好，我還等著孩子出生，帶他玩呢。」

辭別方皇后，顧綿綿帶著一堆東西，坐著小轎往外走。

不巧，半路上遇到皇帝的龍輦。顧綿綿的小轎停了下來，但她並未出轎子，只在轎子裡面行禮。

皇帝問身邊人。「這是誰家的？」

他身邊的大太監悄悄道：「這是衛顧氏。」

皇帝嗯了一聲，知道這是方皇后的女兒，忽然來了興致。「既是功臣之妻，怎麼不多坐坐再走？」

顧綿綿只能從轎子裡走出來給皇帝行禮。「回陛下的話，承蒙娘娘厚愛，臣婦已經在宮中逗留多時。」

皇帝一輩子閱女無數，一眼就發現顧綿綿是個絕色。他心裡忽然泛酸起來，都說閨女像爹，此女如此貌美，看來皇后的前夫也是個俊俏郎君了。

一想到這個，皇帝心裡忍不住嘀咕：怪不得她從來不願意侍寢，原來是嫌朕老了！那可不？皇帝比方皇后大了三十多歲，比方皇后的爹年紀都大。

顧綿綿還保持著行禮的姿勢，這要是換成普通的誥命，怕是早就支撐不住摔倒了。摔倒了是小事，說不定還會傳出什麼不好聽的流言。

顧綿綿忍不住心裡嘀咕：死老頭子，看什麼看！

皇帝回過神，揮揮手。「去吧，擺駕昭陽宮。」

顧綿綿這才起身，鑽進轎子往外走。

皇帝到了昭陽宮，屏退了服侍的人。「朕剛才看到妳女兒了。」

方皇后哦了一聲。「陛下看她做啥？您龍威重，她小孩子家家，可別嚇著她。」

皇帝慢悠悠吃茶。「妳女兒長得真好看。」

方皇后瞇起了眼睛。「陛下這話是何意？」

皇帝哼一聲。「皇后眼光高，等閒人入不了皇后的眼。」

方皇后何等機靈，立刻就明白了他的意思，心裡覺得噁心，不禁咒罵：這死老頭子，你以為老娘是你那些嬪妃？誰喜歡跟你玩這些情調！

她只能岔開話題。「陛下不知道，這孩子家世不好，女婿如今做了四品，她雖然長得好，外頭那些長舌婦背地裡卻說她仗著自己顏色好善妒，不給官人納妾。呸！難道男人非得做個色鬼才是好的？她一向又不愛和人爭辯，臣妾怕她受委屈，這才召她進宮說說話。」

皇帝面色一僵，咳嗽一聲。「皇后這話說的，難道朕也是個色鬼不成？」

方皇后笑著回道：「陛下是天子，三宮六院是合該的，普通人哪裡能跟陛下比。」

皇帝心裡這才好受點。「還是皇后的面子大，妳這樣一召她說話，明兒就有許多人捧著她了。」

方皇后也拍馬屁。「臣妾都是仗著陛下的威風。」

說完，她忽然拿帕子按了按眼角。「這幾日臣妾看陛下的身子骨兒又好了許多，臣妾不知道心裡多高興呢！臣妾、臣妾真的不能沒有陛下。」方皇后要不是為了孩子，打死她也不願意說這種話。

男人最喜歡女人來依靠，皇帝剛才的醋意終於消滅了一些。「妳莫怕，朕回頭再給妳女婿升一升，妳要是怕妳女兒受委屈，妳認她做個乾女兒就是。」

方皇后搖頭。「陛下，升官的事，有多大的本事吃多大的飯，他年紀輕，哪能總是升官？多磨磨才是。至於認乾親的事，樹大招風，臣妾不想給陛下惹麻煩。」

皇帝不再提顧綿綿，轉而說別的事情。

那頭，顧綿綿很快回到了家裡。衛景明今日聽說她進宮，已經提前回家候著。

顧綿綿一進門，就看到了正在等候的丈夫。「今日怎麼回來這麼早？」

衛景明拉著她上下看了看。「我把吳遠送去了太醫院，衙門裡的事情都處理完了，這才提前回來了。」

顧綿綿進屋後問：「袁大人近來有沒有為難你？」

衛景明笑道：「為難倒不至於，但肯定沒好臉色給我。」那可不？袁統領自認是皇帝的心腹，衛景明那一鬧，讓他對皇帝的忠誠有了污點，他心裡十分生氣，若不是看在衛景明是皇后女婿的面子上，袁統領早就捏死他了。

顧綿綿見他毫不在意的樣子，也不再多問。「今日娘問了一句，我說得含糊，只說讓她別擔心。」

衛景明幫她換掉身上的禮服。「還是我學藝不精，我看師祖的手書上寫，若是熟練，就能給替身改變容貌。」

顧綿綿連忙道：「我聽師父說，這秘術十分危險，一個不好自身受損，你還是莫要隨意動用它。」

衛景明笑著把她拉到自己身邊坐下。「讓我看看咱們的寶貝。」

衛家的日子細水長流，過了個把月，顧綿綿的肚子越發大了，衛景明一邊忽略袁統領的眼刀子努力當差，一邊和鬼手李二人一起研究瞞天過海陣，而吳遠在太醫院也站穩了腳跟。外頭風調雨順，宮裡面卻忽然風聲鶴唳起來，不為別的，皇帝忽然吐血了。皇帝一倒下，前朝之事都落入了太子手中，方皇后帶著各宮嬪妃和皇子、皇女們侍疾。而此時，太子妃終於第一次壓過了方皇后一頭。

皇帝第一次咳血時，太醫們就集體跪求皇帝不要再吃丹藥，可皇帝不肯，他喜歡丹藥，丹藥能讓他有精神，而不是整天病懨懨的。太醫們越勸，他越要吃。因為身子虧空得厲害，原來一次吃兩顆就能讓他容光煥發，現在需要一次吃四顆、五顆才有效。

大量的金石丹藥進入體內，消耗著年老皇帝的最後一絲生機。最後一次，他吐了將近有小半碗血。

方皇后終於發怒了，下令把那個道士捉起來。皇帝昏倒，方皇后就是這宮裡地位最高的人，袁統領將道士下了詔獄。

方皇后開始帶著嬪妃們伺候皇帝，皇子、皇女們雖然也來，但這裡有嬪妃，皇子們不好過夜，公主們年紀小，又礙著男女有別，也不好貼身伺候老父親，最後還是得嬪妃們沒日沒夜地照顧。

太子監國，太子妃掌了宮務。為了表示孝敬，太子妃每天都來報到，很多事情都是她在做主，除了不敢指使方皇后，如張淑妃等人都對她敢怒不敢言。

方皇后懶得管那麼多，一心一意照顧老皇帝。方皇后並不想管事，別人卻未必知道她的淡泊之心。

眼見著皇帝氣若游絲，有子的嬪妃們開始不把方皇后當回事，在皇帝的龍床前消極怠工，想的是怎麼和太子妃搞好關係，好給自家兒子多爭一些好處。

到了最後，皇帝這邊只剩下方皇后帶著幾個低位無子的嬪妃在侍奉，其餘人都是出工不出力。

然而，就在眾人都以為皇帝馬上就要死了的時候，皇帝卻忽然醒了。

他醒來的時候，方皇后正趴在床前打盹，後面有兩個低位嬪妃在收拾東西。

皇帝喊了一聲皇后，方皇后立刻醒了，她抬頭一看，笑了起來。「陛下可算醒了！」

皇帝知道，自己時間不多了。

他昏迷的這些日子，時而陷入黑暗，時而能感知一些外部的事情。方皇后一直守在這裡，他心裡清楚，嬪妃們之間的爭吵，他也聽到了一些。他早就想醒來，但眼皮彷彿被黏住了一樣，死活睜不開。

皇帝忽然覺得，活著真好啊。可惜，他快要死了。

他心裡當然知道，丹藥吃多了對身體不好。但他感受到了丹藥帶來的好處，他捨不得那份好處，他不想像個癡呆老人一樣，他要麼死，要麼就精神地活著。

方皇后輕聲問道：「陛下肚子餓不餓？想不想吃什麼？」

皇帝嗯了一聲。「扶朕起來，給朕倒杯水。」

他的嗓音十分沙啞，方皇后扶他坐起來，又餵他喝了一口水。「陛下，臣妾把那個道士關了起來，往後那丹藥是不能再吃了。」

皇帝看了看周圍。「怎麼只剩下妳在這裡？」

方皇后並未告狀。「陛下，您病重，太子殿下傷心得暈過去好幾回。宮裡的事情，臣妾都交給了太子妃。嬪妃們跟著臣妾日夜服侍陛下，今日臣妾見她們都熬得雙眼發黑，打發她們回去先歇著。臣妾自小習武，身體好，扛得住。」

皇帝快要死了，這個時候終於多了幾分人性，他伸手摸了摸方皇后烏黑的頭髮。「皇后，朕對不住妳。」他這個時候十分後悔，不應該任由方皇后耍性子不肯侍寢，若是讓她生個孩子，往後也不至於無依無靠。

方皇后不大習慣和皇帝近身接觸，但想到他快要死了，也不計較。「陛下對臣妾很好。」

皇帝不想算舊帳，只吩咐旁邊立著的心腹太監。「去，把所有皇子和六部尚書，還有王老太師都叫過來。」

太監應聲而去，方皇后也吩咐人去叫太醫。

很快，所有人都到了皇帝的寢宮。太子進門就哭。「父皇、父皇，您終於醒了，兒臣不能沒有父皇！」

皇帝不知道太子是場面話還是真心話，到了這個時候，他也不想去追究，這麼多年，他對得起太子了。「你坐在一邊聽。」

除了方皇后和太子，以及年過八十的王老太師是坐著，所有人都站著聽皇帝說話。

皇帝咳嗽兩聲，就著方皇后的手又喝了兩口溫水，這才慢慢道：「朕要去了，但不放心你們。」

頓時，滿屋哭聲一片。

皇帝卻很清醒。「莫哭，誰不是這樣呢？太子，朕去了，希望你能好生看著我大魏朝的江山。你喜歡小寡婦朕不管你，但江山社稷絕不可作人情，千千萬萬的百姓都依靠著你，你隨便一個決定，都能決定許多人的生死，你可明白？」

太子立刻跪下。「多謝父皇教導，兒臣定遵照父皇的旨意，兢兢業業，不敢懈怠。」

皇帝又道：「皇后方氏自入宮，待你如已出。她沒有親生子嗣，朕去後，希望你能善待她。」

太子又轉身給方皇后磕了三個頭。「父皇，兒臣有幸，這一生有兩位疼愛我的母親。」

皇帝也不想逼迫太子做太多承諾，便看向王老太師。「先生，朕不孝，先去一步了。」

王老太師老淚縱橫。「陛下，陛下，您稍等，老臣還要隨身服侍您。」

皇帝笑了笑。「朕一生，做過很多錯事，多虧有先生規勸，才沒有犯下大錯，朕多謝先生。」

王老太師哭得話都說不出來了，方皇后趕緊讓太醫看著他。

皇帝又看向其餘皇子們。「你們都是朕的兒子，自古嫡長繼位，朕沒有亂規矩，希望你們所有人也不要亂規矩。太子是你們的長兄，希望你們以後能用心輔佐他，共同看住老祖宗留下的江山。」

皇子們都跪地痛哭。

皇帝覺得有些吵，他揮揮手，眾人都停止了哭聲。

皇帝又看向馮大人等人。「你們都是國之棟梁，太子監國這麼多年，因為有朕在，也沒正經當家做主過。往後他做了皇帝，要是哪裡做得不對，還請諸位愛卿看在朕的面子上，多規勸他一些，莫要動不動就辭官告老。」

馮大人等人哽咽著說了一番忠心的話。

皇帝感覺有些累了，歇了片刻道：「拿筆來，朕要寫聖旨。」

皇帝撐著破敗的身軀，堅持寫了幾封聖旨，第一是罷黜原錦衣衛統領袁統領的位置，命他去守皇陵；第二是將六部一些年齡大了幹不動的人明升暗降，將位置留了下來，等待太子安插自己的心腹之人；第三是加封先定遠侯長孫為定遠公。又寫了幾道聖旨後，其中一道奇怪的聖旨出現了，加封皇后義女衛顧氏為嘉和郡主。

在座之人都是人精，基本上都曉得皇后這個義女是誰，一個空頭郡主，給她就算了，也不值個什麼。

寫完幾封聖旨，皇帝終於撐不住了，一頭往下栽。方皇后眼疾手快，一把托住了皇帝。

她伸手一探，皇帝已經沒了氣息。

方皇后放聲大哭了起來，所有人都跪地痛哭。

很快，京城裡響起了鐘聲，這鐘聲要持續好久，連續敲三萬次才夠。京城的百姓已經習慣了每隔幾年就會有喪鐘響起，但三萬響的鐘聲，許多人一輩子可能只會經歷一次。

皇帝駕崩，京城頓時變了天。所有店鋪都摘下了紅燈籠，所有百姓都換掉了花花綠綠的衣裳，穿上了素服，所有嫁娶事宜全部停止三個月，舉國致哀。馮大人等人在靈床前跪請太子登基，太子拒絕，一心替皇帝操辦喪事。

三天後，眾人再次請太子登基，太子還是拒絕。與此同時，王老太師突然無疾而終，太子感念王老太師和先帝之間的君臣情誼，將王老太師的棺木陪葬帝陵，整個喪事的規模再次變大。

方皇后無心去管前朝的事，她在擔心外面的女兒。

皇帝駕崩，全京城所有誥命都要進宮哭喪，雖然顧綿綿的肚子已經八個多月，也不能免除，況且她剛剛得封郡主。

對於這個郡主爵位，顧綿綿心裡說不上特別歡喜，她不想和老皇帝扯上任何關係，不是因為方皇后改嫁，而是因為他為了自己的兒子，把方皇后關在宮裡十幾年。

但顧綿綿知道，她有這個郡主爵位，能讓方皇后更放心一些，她在外行走也方便。顧綿綿旁邊是金太太和莫太太，二人一左一右把顧綿綿夾在中間。往常打頭的袁太太，已經被剝奪了進宮的資格。

名利場上，從來沒有常勝將軍，你方唱罷我登場，袁家轟轟烈烈了二十多年，說倒就倒了。好在袁統領被發配去守皇陵，保住了一條命，不用像上輩子那樣，沒有牽扯上洪家，還因為皇帝吃丹藥吃得眼珠子都爆出來了，袁統領直接被新帝處死。

顧綿綿磕頭的間隙，看了看這巍峨的皇城。也罷，過去的一切恩怨都了了，但願娘以後能安寧度日。

衛景明這兩日又忙著守衛宮裡的秩序，他已經兩天沒合眼了，對他來說這不是問題，重要的是他現在成了眾矢之的。

錦衣衛沒有了統領，兩位指揮同知一人分一半，把錦衣衛管了起來。不過衛景明家裡太太忽然被先帝點名封了郡主，他在錦衣衛裡面又變得耀眼起來，兩位同知看他的眼神都變了。但衛景明這個時候可不想去競爭什麼指揮使，畢竟那是新帝的心腹才能坐的地方。

皇帝的喪事有條不紊地進行著，陵墓原來說擴建，因著鬼手李拖拉，此事還沒付諸行動，現在只能不了了之，鬼手李師兄弟倆被拉去皇陵幹活，整個衛家空無一人。

等皇帝駕崩七天後，太子終於登基，大魏朝史上私生活最混亂的魏景帝正式上位。

魏景帝登基當天，立刻發了兩道聖旨，給親娘王皇后加了近二十字的追封，與先帝合葬帝陵。再封方氏為皇太后，在帝陵裡留下一個位置。

頓時，滿朝文武和天下讀書人都開始稱讚魏景帝仁孝，知恩圖報。

方皇后一躍成了太后，那些無子的嬪妃們仍舊圍繞在她身邊，希望太后娘娘能多照看她們一些。有子的嬪妃們並不擔心，她們有兒子，就算將來和太后生活在一起，太后也不敢跟她們擺譜，再者，要是兒子有體面，自己說不定還能出宮養老。

方太后隨遇而安，除了暗中使人照顧女兒，其餘時間安心當個未亡人。

等皇帝的棺木下葬後，魏景帝以日代月，很快守完了孝。

出孝第二天，魏景帝就將自己的妻妾們都冊封個遍，劉太子妃自然是皇后，其餘人按照原來的大小分封，讓人大跌眼鏡的是，寇寶林居然被封了個嬪位，而且頗是得寵。

劉皇后懶得和一個嬪計較，她在擔心自己的孫子。

這幾日，魏景帝一群庶子成了皇子，好不威風，而平王一個小孩子，夾在叔叔們中間，就跟小可憐一樣。劉皇后看在眼裡、疼在心裡，她想讓皇帝兌現諾言，立皇太孫。

是夜，劉皇后難得主動邀請魏景帝到昭陽宮過夜。魏景帝剛剛做了皇帝，正是雄心壯志的時候，他立志要在各方面做個合格的君王，劉皇后是正宮皇后，主動相邀，魏景帝自然要去。

魏景帝才一進昭陽宮，就看到劉皇后站在正殿門口迎接。

劉皇后規規矩矩地行了大禮。「臣妾見過陛下。」

魏景帝笑著拉起劉皇后。「皇后不必多禮。」

夫妻倆居然從彼此眼裡看到了惺惺相惜，魏景帝做了三十年儲君，劉皇后也做了二十多年的太子妃，兩口子熬啊熬，熬到長子都去世了，他們終於做了帝后。

夫妻倆一起進了正殿，共同享用帝后規格的晚餐，吃飯的過程中，劉皇后道：「陛下，昨兒諸皇子、皇女們來給臣妾請安，臣妾心裡甭提多高興了。陛下子嗣繁多，臣妾看著都舒心。」

魏景帝很給面子。「都是皇后養得好。」

劉皇后主動給皇帝挾菜。「說起來，這些年父皇對咱們真不錯，因著陛下是嫡長，從來沒人敢欺壓到咱們頭上來。」她在提醒丈夫，平王是嫡長孫。

魏景帝忽然問道：「母后那裡如何了？」

劉皇后趕緊道：「母后已經搬入了壽康宮，幾位太妃也跟著一起住了進去。陛下放心，母后那裡的一應供應，都是最好的。」

魏景帝嗯了一聲。「皇后賢慧，朕相信妳。父皇當著大家的面把母后託付給朕，朕自然要好生孝順母后。妳時常去給母后請安，也省得旁人怠慢母后。朕聽說，父皇臨終前，那些太妃們對母后頗有不敬之處。」

劉皇后的心跳快了兩下，她當時對方太后也失去了往日的敬重。但誰也沒想到，先帝來個迴光返照，來個當眾託孤，要是魏景帝敢不孝順方太后，天下讀書人都不會放過他。

劉皇后作為後宮之主，自然要替魏景帝打理這些事情。一想到自己還要伺候方太后不知道幾十年，劉皇后恨得牙根都癢癢。婆婆比自己年紀小，這事實在是太噁心了。

魏景帝心裡清楚，劉皇后這個時候叫自己來，肯定是想提平王的事情，但他暫時還不想把平王捧起來，故而拿方太后的事情敲打劉皇后，警告她莫要輕舉妄動，好生把皇后的分內之事做好。

這一對曾經並肩作戰的夫妻，成了帝后之後，中間忽然多了一層隔閡。劉皇后悲憤地發現，原來她還可以通過兒子、孫子幫丈夫爭寵，但現在丈夫是皇帝，兒子、孫子在丈夫這裡，瞬間沒了作用。

劉皇后來不及多想，用最恭敬的語氣對魏景帝道：「父皇病重，各位母妃們都亂了陣腳，虧得有母后在，才能壓住，不然連我也慌了手腳。」

魏景帝也給劉皇后挾了一筷子菜。「有母后在，諸位太妃娘娘那裡，朕就不用擔心了，弟弟們也能安心當差。」

劉皇后覺得眼前的丈夫越來越陌生，似乎一切都成了他手裡利用的工具，兒子、孫子、後娘、兄弟、女人，都只是他棋盤上的棋子。

夫妻倆各懷心事，卻一起吃了頓看起來融洽無比的晚膳。魏景帝給足了劉皇后面子，劉皇后這個時候實在無法提孫子的事情。

第五十章

宮外，衛景明和顧綿綿正在說悄悄話。

顧綿綿肚子大了，晚上兩口子一同吃飯，衛景明看著顧綿綿碩大的肚子，心裡十分糾結。他想讓她多吃點，又怕她吃多了孩子長太大。

顧綿綿卻很坦然，該吃就吃。當初阮氏懷孕時，肚子比她還大呢！

她見衛景明臉都皺成苦瓜了，笑著打趣。「你愁什麼？又不讓你生。」

衛景明立刻道：「要是讓我生就好了，我肯定不費勁。」

旁邊的翠蘭忍不住笑出了聲，顧綿綿嗔怪他。「淨胡說。」

她揮揮手，讓翠蘭出去，又問他。「這幾日你當差怎麼樣？袁大人不在，你們錦衣衛沒亂吧？」

衛景明餵她喝了口湯，才道：「妳快別擔心這個了，錦衣衛好得很，兩位同知大人表面上都客客氣氣的，這個當口，對我們這些指揮僉事和鎮撫使，他們一個也不敢得罪，不然傳出壞名聲，陛下那裡怎麼好交代？」

顧綿綿開玩笑。「說不定你也能升一升呢。」

衛景明也打趣。「郡主可是嫌棄下官官位小了？」

顧綿綿笑道：「那可不？你以後見了本郡主可要行禮。等我的金冊什麼的下來後，我也是有俸祿的人了。我打聽過了，郡主一年有幾百兩銀子的俸祿呢。嘖嘖，什麼都不幹就有這麼多錢，我爹累死累活一年才多少錢。」

衛景明道：「所以這些王朝才會每隔幾百年凋零一回，皇親國戚太多，豪族兼併土地，老百姓漸漸無立錐之地，可不就要造反了嗎？」

顧綿綿看向他。「衛大人大膽！你們錦衣衛是陛下心腹，你居然說這種大逆不道之語。」

衛景明捏捏她的臉蛋。「郡主饒命，下官有賊心、沒賊膽，還指望新帝賞口飯吃呢。」

兩口子說笑了一陣子，衛景明又對著顧綿綿的大肚子和孩子玩了一會兒，然後拿著扇子給顧綿綿搧風。「唉！這夏天這麼熱，坐月子多遭罪啊。」

顧綿綿修著指甲，把指甲磨得圓圓的，笑道：「不怕，師父說，他剛研究出了一個陣法，可以改四季，冬天不冷、夏季不熱，等過兩天他試過了之後覺得好，就給咱們院子裡也布一個。你別給我搧了，坐在你身邊，我不熱。」凡內力深厚之人，漸漸能忽略四季，如今顧綿綿夜裡抱著衛景明睡覺，彷彿抱了個清涼的水袋，一點也不熱。

衛景明放下扇子，見屋裡沒人，調動內息，忽然放出替身來。

顧綿綿嚇了一跳。「你放他出來做啥？快收回去。」

這個替身不似以前那麼淡，臉上還帶著微笑，含笑看著顧綿綿和衛景明。

顧綿綿問衛景明。「你能知道他在想什麼嗎？」

衛景明睜開了雙眼。「知道，他在告訴我，他很喜歡孩子。」

顧綿綿看向替身，忽然問他。「你在官人體內的時候，是獨立的嗎？」

替身搖頭，學著衛景明的樣子，向顧綿綿鞠躬。

顧綿綿對衛景明道：「快收回去吧。」

衛景明用意念召喚，替身忽而消失不見。

顧綿綿摸摸他的臉。「這東西真是逆天，他從你身體裡出來的，會不會在裡面作怪？」

衛景明笑著搖頭。「他有我全部的記憶，但不出來時，他就不存在。」

顧綿綿嘖嘖兩聲。「這東西太可怕了……」

衛景明小聲道：「師祖不讓師父、師伯修練，就是怕出亂子。若是帝王想永生，說不定就會從這上面打主意。最開始創造出這個辦法的人，可能也是有這樣的想法，但心思不純，自然不能長久。」

顧綿綿悄悄問：「他會不會幹壞事？」

衛景明搖頭。「不知道，師祖沒有說太多，我只是偶爾在家裡試一試，最多分他三成功力，他力量小，很聽話。師父說，若是本體是個大惡之人，替身也可能是個惡人。」

顧綿綿笑道：「衛大人能替劉三姑娘主持公道，肯定是個大好人。」

聽見懷念的往事，衛景明不禁哈哈笑。「說起來，咱們好久沒給爹寫信了，也不知道青城縣怎麼樣了。」

顧綿綿摸了摸肚子。「等孩子出生後，我再給爹和二娘寫信。」

話音剛落，顧綿綿忽然感覺到肚子一陣緊迫感，輕輕皺著眉。她明顯感覺到，這一陣緊迫感讓肚子裡的孩子狠狠動了幾下。

顧綿綿算了算日子，差不多也就是最近了。她怕嚇著衛景明，仍舊繼續和他說笑。

之後，顧綿綿把全身上下洗了個乾淨，抱著衛景明在床上睡了一覺。

睡夢中，她時常被一陣陣疼痛驚醒。好在顧綿綿身子骨兒好，這些疼痛都能忍受。

等到了後半夜，顧綿綿感覺到疼痛越來越密集，越來越劇烈，雖然她還能忍受，但她知道，時候到了。

她壓抑著疼痛，輕輕推了推衛景明。「官人，我要生了。」

衛景明聽到這話，強行壓住了自己想跳起來的衝動，緩緩轉身看著顧綿綿，輕聲問她。

「娘子，妳怎麼樣了？」

顧綿綿皺著眉頭回道：「我還好，你去把翠蘭和孫嬤嬤叫來，讓廚房燒熱水，請小吳大夫來看著些。前兒約定的產婆，讓玉童去叫來，多給些錢。」

衛景明低頭在她額頭上親一口。「娘子別怕，我在呢。」

說完這話，衛景明火速起身，推開正房門開始喊人。

整個家裡所有人都被驚動了，大家快速行動起來。產婆很快就來了，大半夜的她還有些迷糊呢，玉童幾乎是拖著她過來的。

產婆仔細洗了手，看過顧綿綿的情況，立刻吩咐衛景明。「太太這是忍了好久了吧？大人，煩勞您把太太抱到耳房去。」

衛景明皺眉。「在這裡生不行嗎？」

產婆吃驚道：「大人，生產是污穢血腥之事，會污了正房，影響大人的前途。」

衛景明立刻喝斥道：「胡說八道，若是生產污穢，豈不是人人都污穢？就在這裡生，本來生產就費力，忽然給產婦換個不熟悉的地方，豈不是驚了母子二人？就在這裡生，一切後果本官自己負責，休要囉嗦！」

產婆傻了。哪裡有這樣的？這傳出去，她的招牌豈不是要砸了?!

翠蘭眼明手快，塞了一個大大的銀錠到產婆手裡。「嬤嬤，還請您快些，在哪裡生不是一樣？我們老爺都不在意，您怕什麼呢？再說了，外人又管不到我們家裡的事情。」

產婆被手裡的銀子打動，只能對衛景明道：「大人，這可是您要在這裡生的，不關我老婆子的事情。」

衛景明再次點頭。「嬤嬤只管放手做，本官在這裡看著。」

產婆再次瞪眼。「大人，您在這裡做啥？快些出去！」

衛景明覺得這婆子好生囉嗦，怕嚇著顧綿綿，他又不敢大聲嚷嚷，只能耐著性子道：「快些，本官八字重，能鎮住一切邪祟。」

顧綿綿感覺肚子又是一陣疼痛，她對衛景明道：「官人，你到隔壁坐著。生孩子時面目猙獰，你別看。」

衛景明沒辦法，只能邊走邊道：「綿綿別怕，我在隔間呢，有事妳就喊我。」

他一出了臥房，產婆開始對顧綿綿道：「太太，您可真是能忍。這都開了五指了，一聲沒吭過。這樣也好，等生的時候就有力氣。老婆子見到許多富貴人家的太太、奶奶們，剛開始的時候嚎到半條街都能聽見，等真正生的時候又沒力氣了。」

說完，她拿了個兩個厚帕子疊起來打濕塞進顧綿綿嘴裡。「太太，別光咬牙，仔細傷了，咬這個吧。」

顧綿綿額頭上開始冒汗，她雖然身體好，但畢竟是頭一胎，頗是費勁。

咬著帕子，顧綿綿忍著一波又一波的疼痛。

這樣熬了好久，等開得差不多的時候，顧綿綿雖然嘴裡咬著帕子，仍舊忍不住哼了幾聲。

外頭衛景明耳朵尖，裡頭有什麼動靜都一清二楚，急得滿屋子亂轉。

吳遠心裡也有些慌，但他是大夫，眾人都指望著他，他得保持冷靜。於是他一把拉住衛景明。「衛大哥，你坐下。太太胎位正，她身子骨兒好，問題不大。」

衛景明只得坐了下來，雙手放在膝蓋上，看似平靜，卻不停地抓自己的袍子。

旁邊的薛華善聽到屋裡的聲音，心也撲通撲通跳了起來，他原說到了京城好好照顧妹妹，可實際上好像從來沒幫上妹妹的忙，反倒總讓妹妹替他操心。等孩子出生，他定要多抽出些時間陪孩子玩。

屋裡的顧綿綿漸漸到了關鍵時刻，她本來是躺著的，忽然一下子坐了起來。

產婆嚇了一跳。「太太，快躺下，別讓羊水都淌出來了，乾生可受罪得很。」

顧綿綿忍著疼，十分尷尬地對產婆道：「嬤嬤，我、我想上茅房。」

外面衛景明連忙道：「綿綿，妳別出來，我去幫妳把馬桶拎過來。」

產婆笑了，朝外頭喊一聲。「大人快別跟著瞎摻和，太太，是不是感覺想出恭？那就對了，孩子要出來了，快些，太太使勁，既然要出來了，坐著生也行，下來得快。」

顧綿綿憋著一口氣，雙手抓緊床沿，連使幾股勁，噗哧一聲，她感覺有什麼東西破體而出，瞬間，一股輕鬆感襲來，她長長出了口氣。

產婆把小娃娃撈起來，打開小腿一看。「恭喜太太，是個少爺。」

孫嬤嬤歡喜道：「煩勞姊姊幫我們太太收拾收拾，我來給少爺洗洗。」

二人一起給孩子剪臍帶，剛出生的小娃娃好像還不適應這個世界，抱著臍帶不肯撒手，哭了起來，聲音響亮。

產婆笑道：「少爺是個身體好的，我還沒打腳板心呢，他自己就哭出來了。」

顧綿綿任由產婆幫她收拾，等一切妥帖後，孫嬤嬤抱著小娃兒送到顧綿綿面前。「太太您看，這孩子長得多好看。」

顧綿綿伸頭一看，紅通通的，眼睛閉得緊緊的，小嘴蠕動了兩下。她雖然第一次生孩子，但顧岩嶺從出生後她就經常抱，知道小孩剛生下來都是這般醜醜的。

旁邊的翠蘭一看，頓時想說什麼，又閉緊了嘴巴。

顧綿綿微笑。「把孩子給我。」

產婆和孫嬤嬤一頓的誇，將孩子遞上去。顧綿綿把孩子抱進懷裡，解開衣衫讓孩子吃奶。小娃兒還沒有力氣，吸兩口還沒吸出來就睡著了。

外頭衛景明已經急得不行，直接去拉簾子。

薛華善又拉住他。「你著急什麼？我聽見妹妹說話了，孩子哭聲也響亮，等收拾乾淨了你再進去。」

吳遠也道：「華善說得對，你莫要急。」

產婆從顧綿綿手裡接過孩子。「太太，您也累了，快歇會兒吧，我把孩子抱去給大人看看。」

這是產婆的私心，抱著孩子給家裡老爺看，必定能得賞。

顧綿綿也想讓衛景明看看孩子，便點點頭，自己就著孫嬤嬤的手躺了下來。

產婆把孩子抱到明間，見到衛景明後立刻歡喜道：「恭喜大人，賀喜大人，得了個少爺。」

好醜啊！衛景明伸頭一看，立刻皺眉，但想到這是自己親兒子，他立刻給了個笑臉。「我兒哭聲真響亮，妳給他舅舅們看看。」

說完，他掀開簾子就進屋去了。

薛華善第一個衝了過來，把手在衣裳上搓了搓，然後小心翼翼地接過孩子。「寶兒乖，我是大舅。」

吳遠也起身過來看，產婆見兩個大小夥子就這樣抱著孩子親起來，親爹卻一溜煙跑了，有些尷尬。

吳遠反應得快，吩咐門外的玉童。「讓人給這位嬤嬤做些宵夜，多給些賞錢。」

玉童連忙回道：「回吳太醫，廚房已經做上了宵夜，馬上就端上來。」

吳遠伸出手，想去摸一摸孩子的小手，誰知孩子立刻一把抓住他的手指頭。

吳遠忍不住笑了，輕聲對小娃兒道：「乖乖，我是你吳舅舅。」

屋裡頭，衛景明輕手輕腳走到顧綿綿身邊，見她的頭髮都被汗水打濕了，十分心疼。「綿綿，妳還疼不疼？」

顧綿綿已經感覺不到多少疼痛，只覺得有些疲憊。「我還好，你們都跟著熬了半夜，讓他們都回去歇著吧，我先睡一會兒。」

話音剛落，孫嬤嬤端著碗進來了。「太太先別睡，把這碗雞蛋吃了再睡。」

衛景明一看，碗裡有六個煮雞蛋。「怎麼只有雞蛋？」

孫嬤嬤笑道：「老爺，剛生了孩子的婦人，吃雞蛋恢復得快。不過葷腥的味衝，太太這會兒不一定能吃得下。」

顧綿綿雖然很想睡覺，仍舊對衛景明道：「我吃兩個再睡。」

衛景明接過碗。「娘子別起來，我餵妳吃。」

顧綿綿就著他的手，顧綿綿吃了四個雞蛋，又喝了些水，終於感覺身上多了些力量。

衛景明幫她蓋好薄被子，又把她的頭髮捋順。「娘子快睡吧，我在這裡看著。」

顧綿綿嗯了一聲，閉上了眼睛後，很快進入了夢鄉。

等顧綿綿睡著後，衛景明出來喊吳遠。「吳太醫，煩勞你來給我家太太看看脈，華善，你回去歇著吧，明日該當差。」

薛華善把孩子遞給衛景明。「衛大哥，小娃兒剛出生，要餵得勤一些。」

衛景明點頭。「你快去吧，累了這麼久了。」

薛華善走了後，衛景明抱著孩子帶吳遠進了屋裡。吳遠聞到屋裡仍舊有一絲血腥之氣，吩咐孫嬤嬤。「明日把太太挪到西屋坐一會兒，把這屋裡的氣換一換。每天早晚兩遍，總是這樣悶著，對大人、孩子都不好。」

孫嬤嬤忙點頭道好。

衛景明把孩子遞給孫嬤嬤，帶著吳遠走到床前，將顧綿綿的手從被子裡撈了出來，吳遠探了片刻之後就收回了手。「衛兄放心，太太只是有些累著了，歇一歇就好。我明日給太太開些溫補的藥，和著每日的吃食一起用，很快便能調養好了。」

說完，他起身對衛景明道：「我先回去了，衛兄也要多歇息，莫要仗著身體好一味苦熬。」

衛景明點頭。「賢弟去吧，今日辛苦你了。」

吳遠微笑道：「應該的。」

辭別衛景明之後，吳遠一個人往客院裡走去。剛才聽到孩子第一聲哭聲時，他的心裡觸動極大，彷彿有什麼巨大的石頭從心裡挪開了。他心裡原來所有的愁苦、不甘和纏綿，似乎都被那一聲哭聲帶走。

綿綿，希望妳一生都能平安喜樂。

當天晚上，吳遠睡得非常香甜，他沒有再作一些亂七八糟的夢，而是一覺到天亮。

那邊廂，衛景明後半夜只瞇了一會兒。孩子一個時辰醒一次，頭兩次吸不出奶水，急得哇哇哭，等第三次終於有了奶水，小娃兒吧唧吧唧吃了幾口，卻立刻頭一歪又睡著了。

第二天天一亮，吳遠和薛華善自去當差，衛景明給翠蘭拿了銀子，讓她和孫嬤嬤把家裡的事情安排起來。

鬼手李吃了早飯就來了正房，衛景明急忙從臥房裡出來迎接。「師父，您來了。」

鬼手李嗯了一聲。「孩子呢？抱出來給我看看。」

衛景明把他請到沒有風的西屋，小心翼翼地把剛睡著的小孩子抱了出來。

鬼手李伸頭看看，問了孩子出生的時辰，測算一番後道：「這孩子是個有後福的。」至於人生中可能會經歷的一些風浪，鬼手李一個字沒提。誰的人生都不可能一帆風順，有後福就好。

衛景明瞇起眼睛笑，一個晚上的時間，他就喜歡上了自己的醜兒子。「師父，您看他多乖呀！吃飽了就睡。」

鬼手李從懷裡掏出一個紅紙包，放在孩子的包被上。「這是我給孩子的見面禮。」

衛景明客氣。「師父，他小孩子家家的，什麼都不懂呢，您現在給他見面禮，也要等兩年才能聽到他說個謝字。」

鬼手李忍不住摸了摸小娃兒的小手。「小孩子見風長，很快就會跑、會跳、會喊人，別以為他什麼都不懂，人家可聰明了呢。」

衛景明道：「師父，您給他取個名兒吧。」

鬼手李摸了摸鬍鬚。「大名先不要取，取個小名吧，他是子時末生的，就叫末郎吧。」

衛景明先愣了一下，旋即明白了鬼手李的意思。這孩子逆天而來，取個末字，不知道的還以為他上頭一群哥哥呢，稍微混淆排行，天也不一定弄得清楚。

衛景明在末郎的笑臉上輕輕碰了一下。「多謝師父，就叫他末郎吧。」

鬼手李點點頭。「這大熱天的，大人、孩子都受不了，我給你院子裡布個陣，你等會兒也來看看，回頭自己學著修修補補。」

衛景明把孩子送回屋，跟著鬼手李去布陣。師徒倆把院子裡的一草一石都利用上，很多看似不起眼的東西，可能都是關鍵的地方。

花了近兩個時辰，陣初步布成，鬼手李拍了拍手。「差不多了，剩下的你自己看著調整。陣法不能太強，不然逆了四季，對人也不好。每天中午的時候，避一避暑氣就行。記得黃昏時得稍微改動，陣法弱一些，不然夜裡會涼著孩子。」

這陣法衛景明其實早就會了，但鬼手李總是喜歡把徒弟當十幾歲的小孩子，衛景明想哄師父高興，便一直虛心地跟在後頭受教。

他收起圖紙。「多謝師父，往後大中午就沒有那麼熱了。」

鬼手李揮揮手。「我去找你師伯，你去看孩子吧。」

衛景明已經向自己的頂頭上官，指揮同知萬大人告了十天的假，他管轄的兩個千戶所，由金千戶看著和莫百戶看著，他這幾日只管在家裡陪著顧綿綿母子倆。

他高高興興地回了屋裡，顧綿綿正在給孩子餵奶，小娃兒小嘴一拱一拱的，吃得滿頭大汗。

衛景明見了頓時心疼道：「師父剛才給咱們擺了陣，過一會兒屋裡可能就會涼快些。看看，這小腦門上全是汗。」

顧綿綿笑道：「小娃兒吃奶就是很費勁，要不怎麼有句話說使出吃奶的勁兒呢？師父來看孩子，怎麼還給這麼大的禮。」

衛景明見信封已經拆開了，拿起紙條一看才知道，鬼手李送了一個五百畝的田莊。

衛景明笑道：「師父真是的，對我都沒這麼大方。娘子，妳怎麼樣了？累不累？妳想吃什麼？我讓人給妳做。」

顧綿綿輕聲回道：「我好得很，這會兒不餓，你別也太累著了。」

衛景明又道：「我剛才讓人去請了莫太太，她生了四個孩子，最有經驗，我想讓她來照看妳兩天。」

顧綿綿忙斥道：「你傻啦？莫太太是當家主母，家裡一堆的事情，她來看看我也就罷了，怎麼還能讓人家來照顧我。」

衛景明犯難了。「我也沒有親眷，不然找誰照顧妳呢？要不是金太太家裡孩子小走不開，不然我連她也請了。」

顧綿綿嗔怪他。「下次要跟我商量後再做決定，你雖然是上官，也不能這樣支使下官家裡的太太。」

衛景明回道：「我也不是白使喚莫太太，回頭莫百戶那裡，我有好處給他的。」

夫妻倆正說著，莫太太果真來了。

她一進門就一迭連聲道：「恭喜衛大人，恭喜衛太太，喜得貴子。」

衛景明趕緊出去迎接，他先給莫太太鞠躬。「因著我頭一次遇到這樣的事情，一時慌了手腳，竟忘了嫂子家裡也是一堆的事情，強請了嫂子來幫忙，剛才我家太太罵了我一頓，請嫂子見諒。」

莫太太笑道：「衛大人何必這麼客氣？咱們兩家的交情，說這些做什麼？就算你不請我，我也是要來的。別的不敢說，這生孩子上頭，我可是經驗豐富。衛太太在哪裡？我去看看她。」

衛景明連忙把她迎接進了臥房。

莫太太驚訝，沒想到顧綿綿就睡在正屋裡，大戶人家太太生產，都是在產房裡，少見這麼快就挪到正屋裡的。

進了屋後，莫太太放輕了聲音，小聲對顧綿綿道：「衛太太，您感覺怎麼樣了？能不能吃得下？奶水夠不夠？」

顧綿綿小聲回道：「多謝嫂子來看我，我還好，有孫嬤嬤照看我，我家裡的吳太醫早上親自給我抓了些溫性的藥，養一養就好了。奶水應該是夠的，我看他每次都沒吃完。」

莫太太看了看孩子。「衛太太身體好，生出來的孩子看起來就壯實。嘖嘖，這孩子長大了，定是個美男子呢。」

衛景明驚詫。「嫂子，這也能看得出來？」

莫太太笑道：「大人，您別看他現在小鼻子小眼的，您和衛太太論相貌都是人中翹楚，這孩子長大還能差了？看吧，到時候定是個俊俏小郎君。」

衛景明也不害臊，咧嘴一笑。「那敢情好。」

顧綿綿對衛景明道：「官人，你去外面看著些，我跟莫太太說說話。」

衛景明知道婦人家說話他站在這裡不合適，起身往外去。「那我出去了，有什麼事就叫我，我就在外頭。」

第五十一章

衛景明出了房門，莫太太就對顧綿綿打趣道：「衛太太真是好福氣，衛大人這般貼心。昨夜幾時生的？太太痛了多久？」

兩個婦人絮絮叨叨說了許多女人家的話，莫太太又教了顧綿綿許多養孩子的經驗。說了半天之後，莫太太把隨身帶來的一個包裹打開。「我也沒有什麼好東西送給孩子，這是我做的幾個尿布，太太莫嫌棄給孩子用。」說完，她又放了一個紅包在末郎的包被上。「祝願我們的小末郎平安康泰，一世無憂。」

顧綿綿十分高興。「多謝嫂子，您是個有福氣的人，有您的祝福，這孩子保證能長得好。」

莫太太又和顧綿綿說了有兩刻鐘的話，然後對顧綿綿道：「衛太太歇會兒吧，家裡有什麼事情都交給我。」

顧綿綿連忙搖頭。「嫂子，不是我不通人情、見外要趕您走。嫂子快回家去吧，您家裡一堆的事情，哪裡能離開您？我這邊也沒什麼事情，就是過兩天洗三罷了，我家老爺說衛家子嗣單薄，為了讓孩子不遭邪祟惦記，屆時靜悄悄地辦了，酒席的事情我家裡僕婦就能操辦好，等正日子那天，嫂子來早一些幫我招呼客人就行。」

莫太太也不客氣。「那我就聽衛太太吩咐了，我在這裡說不定還會鬧得您睡不踏實。您可要多歇著，孩子睡您就睡，千萬要養好身子。」

二人告別後，莫太太出來又囑咐衛景明。「大人，不是我多嘴。月子裡的孩子雖說吃了睡、睡了吃，看似好帶，但一天能吃個七、八甚至十幾次，當娘的總是在忙著餵孩子，容易走了睏，等孩子睡了她不一定能睡得著，累得很。家裡的事情，能別讓衛太太操心就莫要告訴她。大人既然跟衙門告假了，我看您是個細心人，夜裡多體貼些衛太太，偶爾搭把手，別讓她太累著。」

對顧綿綿的事，衛景明虛心聽教訓，點頭道：「多謝嫂子，我定會照顧好他們母子的。」

當天，除了莫太太，金太太、邱太太二人也先後上門，帶了一些小孩子的尿布和衣裳，和顧綿綿說了許多自己養孩子的心得。邱太太原說把大女兒留下幫忙，顧綿綿堅持不肯。雖說是未來大嫂，可人家姑娘還沒過門，怎麼能現在就開始使喚人家？

要說近日最高興的是誰，莫過於方太后了。

她這幾日一直盯著這事。今日一大早，衛景明就打發人去給自己告假，萬大人多少也知道些中間的關係，正想往宮裡遞信，就碰到壽康宮裡的人來問詳情，萬大人便趕緊告訴了來人。

方太后聽到消息後高興得哭了一大場，她想起自己作的那個夢，夢裡那個小娃兒依在她懷裡，軟糯地喊她婆婆。方太后又笑了起來，忍不住對方嬤嬤道：「嬤嬤，我也有孫輩了。」

方嬤嬤笑著回道：「娘娘，您別光顧著高興呀！您該給孩子預備些東西才對。」

方太后哭完後把臉一抹。「妳說得對，哀家要給孩子送些東西去。」

說完，她帶著方嬤嬤在屋裡翻箱倒櫃。她如今做了太后，吃穿都簡單，魏景帝十分孝順，東西給得多，她哪裡能用完？可她又不想和那些嬪妃們扯上關係，便從來不賞賜任何嬪妃和皇子。

再加上先帝臨死前怕她老年無所依，特別從自己的私庫裡給她留了許多東西。

方太后現在私房錢攢了厚厚一堆，她翻找出來好多值錢的玉器珠寶，把自己給孩子做的衣裳一起放在一只箱子裡，然後讓自己宮裡的太監抬著大張旗鼓送去了衛家。

方太后這麼大的動靜，宮裡上下自然很快就知道了，嘉和郡主生了個兒子。

劉皇后心裡很不忿，氣得在內心埋怨：我孫子因為妳現在還在宮外呢，妳倒是高高興興得了外孫！

然而不管心裡有多不情願，劉皇后仍舊笑著讓人跟著賜了一份禮。各宮嬪妃們也開始行動，很快，滿京城都知道衛家得子，一份禮又不值個什麼，結交個人情才好。

頓時，衛家門口變得車水馬龍起來。

衛家不想張揚，但因著宮裡先後賞了東西，末郎的出生瞬間熱鬧起來。

衛景明這幾日收禮都收得手軟，宮裡給的自然要收，錦衣衛同僚的禮也不能拒絕。至於那些嬪妃們的禮，他不好直接拒絕，便準備先收下，後面再做打算。

末郎的洗三並未請人，而是自家人一起聚一聚。

衛景明本來想在家裡歇十天的，誰知洗三第二天，莫百戶就小跑著到了衛家，拉著衛景明就跑。「大人，快，聖旨到了，等著您去接旨呢。」

衛景明拉住了他。「莫大人，我總得換身衣裳吧。」

莫百戶一拍腦門。「對對對，大人快去換衣裳，我走的時候，傳旨的人已經快到錦衣衛那兒了，您和萬大人，都要升官了。」

衛景明立刻回房換了身衣裳，和顧綿綿打了聲招呼，火速跟著莫百戶去了。

路上，衛景明問莫百戶。「可知道是何事？」

莫百戶笑道：「早晨傳來消息，昨夜陛下忽然決定讓萬大人做了指揮使，剩下這個指揮同知的缺位，便讓您領了。」

衛景明皺緊了眉頭。「其餘人可有什麼話？」錦衣衛還有三位指揮僉事，衛景明越過他們成了指揮同知，這些人心裡必定不服氣。

莫百戶嘖嘖兩聲。「大人，這個時候，其餘人就算心裡有想法，嘴上肯定也是恭賀您和萬大人的。」

衛景明看了莫百戶一眼。「往後咱們都要小心些。」

莫百戶連連點頭。「大人放心，下官這些日子連酒都少喝了，定然不會誤事。」

果如莫百戶所說，傳旨的太監已經到了錦衣衛，萬大人已經接過了自己的那封聖旨，正在和傳旨太監攀談呢。

等衛景明一到，萬大人立刻道：「衛大人，請吧。」

衛景明恭恭敬敬地跪下，聽傳旨太監宣讀了聖旨，按照禮節磕頭謝恩。

領旨之後，衛景明也和來人攀談起來。此人是魏景帝的心腹太監，姓王，人稱王總管。

公眾場合，衛景明也不好給王總管塞什麼東西，只能客氣地寒暄。衛景明知道，別看王總管表面上風光，其實內裡的苦處無人知曉。王總管淨身時，因為當初下刀人切得狠了，年輕時還不覺得，年齡大了之後，小解總是憋不住。衛景明上輩子剛到御前時，沒少給王總管縫尿袋。

看著現下風光的王總管，衛景明心裡忍不住一陣唏噓，帝王權力何等殘酷，讀書人想出頭，要十年寒窗，千萬人擠獨木橋，能出頭的屈指可數。如這些太監，多少人熬不過淨身直接死了，熬過來的，十之八九折損在宮裡，能熬到老，熬出頭離宮的，又能有幾人呢？為了帝王之家，全天下多少人家百姓遭受骨肉分離。

王總管走後，衛景明連忙和萬大人道喜。「恭喜大人，賀喜大人。」

萬大人，哦不，現在是萬統領了，他笑咪咪回道：「衛大人同喜，衛大人這樣年輕就做了指揮同知，前途不可限量呀！」

旁邊幾位指揮僉事和鎮撫使都走了過來，滿嘴說著恭喜的話，衛景明一再謙虛。「承蒙陛下厚愛，往後定然鞠躬盡瘁，不敢懈怠。」

萬統領剛升了官，心裡很高興。能做錦衣衛統領，說明陛下準備把他當作心腹了，看來他之前的路子，是摸到了陛下的癢癢肉了，他怕自己的得意表露太過，連忙對衛景明道：「衛大人剛得了兒子，又升了官，真是雙喜臨門呀！」

眾人都起鬨，讓衛景明請酒，衛景明連連說讓大家到時候都去家裡吃孩子的滿月酒。

衛景明升官的消息火速傳回了家，孫嬤嬤欣喜地對顧綿綿道：「太太，末郎才出生，老爺就升了官，可見這孩子命裡帶福氣。」

顧綿綿親了親孩子的臉蛋。「孫嬤嬤，末郎滿月的時候，多備一些酒，到時候來的人肯定多。嬤嬤這些日子辛苦了，等過完這一陣子，我讓老爺幫妳找兒子，要是能找到，就讓他到咱們家來。」

孫嬤嬤的獨子當年和她被分開賣，她已經有快十年沒見到自己的兒子了。

聞言，孫嬤嬤兩眼含淚，立刻跪下給顧綿綿磕頭。「多謝老爺、太太，老婆子不累，幹再多的活兒也願意！」

顧綿綿讓她起來。「晚上準備些酒菜，老爺回來後，讓他們一起慶賀慶賀。」

孫嬤嬤笑道：「是該慶賀慶賀，前幾日太太得了郡主的金冊，家裡悄沒聲息的，如今老爺升了官，大家得一起高興高興！」

顧綿綿讓翠蘭開箱子。「這個月大家都辛苦了，一人多發一個月月錢。翠蘭，妳明早便去找裁縫，給家裡人一人做兩身衣裳。」

衛家上下高高興興的，宮裡劉皇后又摔了一套茶盞。

方太后女兒封了郡主，得了外孫，女婿又升了官，而她的孫子，還孤苦伶仃地生活在宮外。

這幾日，劉皇后眼見著那幾個排行靠前的皇子們越來越有氣勢，心裡越發著急了起來。孫子這麼小，不能領差事，若是不能天天向陛下請安，時間久了，陛下如何還能記得這個孫子？

劉皇后本來還想給親弟弟謀個錦衣衛指揮同知，誰知魏景帝一甩手，竟給了方太后的女婿。

劉皇后摔了茶盞後，自己一個人坐在昭陽宮裡。她心裡一遍遍地痛罵魏景帝，難道你真的一點不惦記大郎？難道我們夫妻二十多年，真的還比不過一個後娘？

劉皇后傷心一陣子，憤怒一陣子，想了半天後，她覺得自己不能再這樣坐以待斃，咬了咬牙心道：既然陛下你想壓著我娘家，雲家又不顯，我只能給繼哥兒找個能炫耀的妻族了。

劉皇后把京城裡的人家全部看過一遍，看上了剛剛去世的王老太師家。

別看王老太師死了，王家好像損失了頂梁柱，但王家嫡傳子弟有幾十個，個個都做官，最大的已經做到了吏部侍郎。況且王老太師門生故吏也多，天下讀書人都注重正統，這一股力量要是能全部給繼哥兒，別的不敢說，得一個皇太孫是妥妥的。

但目前，劉皇后還得繼續和魏景帝搞好關係，若是魏景帝不點頭，她想再多都沒用。

劉皇后當天晚上稍微裝扮了一番，差人去請魏景帝，結果去的人卻垂頭喪氣地回來了。「娘娘，陛下、陛下去了麗景軒寇嬪那裡。奴才去麗景軒，到了門口，便被守門的人攔住了。奴才怕給娘娘惹是非，沒敢嚷嚷。」

劉皇后強忍著怒氣，手指在手心中都掐出了幾道印子。她去請皇帝，就算皇帝去了別人宮裡，一般嬪妃肯定立刻會把皇帝勸到昭陽宮來，寇嬪倒好，竟是一個字不提。

半晌後，劉皇后揮揮手。「本宮知道，你下去吧。」

劉皇后一個人吃了頓晚膳，那個她從來不放在眼裡的寇嬪，近來越發囂張，仗著自己受寵，來請安也時常遲到。

劉皇后心裡哼一聲，瞇起雙眼。

一個市井婦人，飛上枝頭就不知道自己姓什麼了。既然這樣不識抬舉，就別怪本宮了！

那邊廂，魏景帝正在麗景軒和寇嬪玩得高興。

寇嬪來自市井，也長了一副好相貌，她不像顧綿綿一樣，小時候總想著如何自立不給爹添麻煩，她想的是如何風流靈巧，然後嫁入富貴人家享福。

可惜她前二十年運氣不好，因她爹好賭，隨意把她配了人，生了兩個孩子後，寇嬪還是不死心，最終機緣巧合勾搭上了還是太子的魏景帝。

魏景帝在東宮時，身邊的妻妾不是大家閨秀就是小家碧玉，說是端莊賢淑，但都跟木頭似的，哪裡比得上寇嬪會吃會喝會玩？她這會兒正和魏景帝在屋裡躲貓貓呢。

魏景帝被蒙著眼睛，興高采烈地滿屋子抓美人。原來他做太子時，何曾敢這樣放肆地玩？現在他做皇帝了，只要政務上不懈怠，回了後宮放鬆一下，那些老臣們也不會多嘴什麼。

魏景帝這個時候，哪裡還記得前朝官員和皇子們之間的鬥爭？他心裡、眼裡只有屋裡這個活色生香的美人。

寇嬪滿屋子亂轉，婉轉的笑聲一會兒在這裡響起，一會兒從那裡傳來，引得魏景帝也放聲大笑，端是快活。

外頭服侍的人聽到後，臉上也都露出了得意的笑容。有寇嬪娘娘在這裡，麗景軒是昭陽宮之外最有朝氣的宮殿。陛下幾乎是天天要來，就算不留宿，肯定也會在這裡用膳，麗景軒的布置富麗堂皇，且麗景軒的用度僅排在昭陽宮之下。如淑妃、賢妃和德妃三人，也只能得到分例的東西，不像麗景軒，陛下一有新鮮玩意兒，就往麗景軒送。

魏景帝在麗景軒得到了徹底的放鬆，漱洗乾淨後，寇嬪依偎在魏景帝懷裡，小聲地撒嬌。「陛下，臣妾真高興！」

魏景帝哦了一聲。「愛妃因何高興？」

寇嬪立刻紅著臉，扭著魏景帝的領子撒嬌。「陛下真壞！」

魏景帝見狀，又哈哈大笑起來。

寇嬪又道：「陛下，今日臣妾去昭陽宮，看到各位公主們給皇后娘娘請安，臣妾、臣妾心裡好難過哇！」

說完，寇嬪立刻嗚嗚哭了起來。

瞧剛才還和他共赴巫山的愛妃忽然哭得梨花帶雨，魏景帝慌忙哄她。「愛妃莫要難過，過兩年妳也生一個，就不用羨慕別人了。」

寇嬪繼續哭，哭著哭著用雙手捶魏景帝的胸口。「當日臣妾就說過，臣妾是有夫有子的人，陛下還偏讓人家進宮！」

魏景帝最不喜歡聽她說這個，拉下了臉。「難道妳還惦記那個醉鬼不成？」

寇嬪卻不怕這個，反倒看了魏景帝一眼後又繼續嗚嗚哭啼。「陛下做了皇帝，越發會傷人心，既然嫌棄我，讓我走吧！反正那個死醉鬼現在肯定又有老婆了，我兩個孩子在後娘手底下還能有好日子過？我帶著他們姊弟倆一起死了算了！」

寇嬪哭得是越來越傷心，畢竟是自己喜愛的美人，魏景帝心一軟，又去哄她。「兩個孩子的事妳不用操心，回頭朕給妳兒子一個六品虛銜，每個月有了俸祿，哪個後娘也不敢拿他們撒氣。」

寇嬪這才漸漸停止了哭聲。「他一個小孩子，哪裡能守得住錢財？親爹、後娘要，他還敢不給？」

魏景帝幫她擦擦眼淚。「好了好了，朕回頭給妳娘家兄弟安排個差事，妳兄弟靠著妳有了差事，自然不會再苛待外甥和外甥女，也會多幫襯。」

寇嬪破涕為笑。「真的嗎？多謝陛下，陛下對臣妾真好！」

如此這般，兩個人很快又恢復了親暱。

第二天早起，寇嬪臉帶嬌羞地去給劉皇后請安，眾人已經習慣了她這模樣，幾位高位嬪妃無所謂，一個無子的嬪妃罷了，但一想到劉皇后的人昨夜被寇嬪攔在門外，都忍不住看起了熱鬧。

未料劉皇后臉上笑得如一朵花，還賜給寇嬪一些大補的東西，讓她照顧好自己的身體。

為此，寇嬪高高興興回了麗景軒，心中得意。

哼！皇后又怎麼樣？還不是要看陛下的臉色過日子。

滿朝文武，自然沒人去關注一個小小的寇嬪，只有衛景明始終讓莫百戶盯著寇家。

剛剛做了指揮同知的衛景明，開始建立自己的人脈派系。他升了指揮同知，鎮撫使的位置就空了下來，他立刻把剛剛做了千戶的金千戶提了上來，又讓莫百戶填了金千戶的空缺。

莫百戶雖然做了千戶，仍舊每天跟在衛景明身邊，原來那兩個千戶所一攤子事，交給金鎮撫使打理，如此一來，那兩個千戶所算是徹底歸了衛景明。

這一日早上，莫千戶神神秘秘地跑來告訴衛景明。「大人，昨日下官得到個消息。」

衛景明低頭正在寫公文。做了指揮同知，需要他親自查的案子少了，但需要他看的公文和案件文書更多了。

他連頭都沒抬。「是不是寇家的事？」

莫千戶一拍大腿。「大人真是英明！寇嬪的那個兒子，昨兒忽然被封了個六品散官，她娘家兄弟則得了個七品實權。還有，她那個醉鬼男人，本來要去寇家鬧，說老子都沒封官，憑啥給兒子封官，卻被寇家攆了出來。結果半夜喝醉酒回家的路上，一頭撞到了牆上，差點死了。」

衛景明嗯了一聲。「我曉得了，你把你的人撤回，別惹了眼。」

莫千戶小聲道：「大人有什麼打算？」

衛景明看了他一眼。「你知道袁統領的近況嗎？」

莫千戶立刻齜牙咧嘴。「雖然命還在，但在皇陵裡不得自由，他家裡的孩子也落魄了。」

衛景明放下筆。「這不就對了？我可不想落到那個下場。難道你想？」

莫千戶嘆氣。「大人，咱們錦衣衛不好幹啊。」

衛景明抬頭看向他。「往後，你多照看一些寇家那兩個孩子。盯著寇嬪的兄弟，一個市井小人，忽然得了勢，肯定會飄起來，若有不法之事，你替他兜兩件，然後咱們把他的小辮子揪著。」

莫千戶看了一眼外頭。「大人，您這般看好那位？」

衛景明知道他說的是寇嬪，卻沒有正面回答他。「我自有我的用意，你放心，我不會讓你一個人擔著的。」

莫千戶趕緊作揖。「大人說笑了，都是下官該做的。」

衛景明笑著搖頭。「好了，本官和你說笑呢。最近各處事情都多，等忙完了這一陣子，去我家裡吃酒。」

衛家裡面，末郎已經有二十天大了，他每天就是吃吃睡睡，白天能醒一小會兒，偶爾無意識地跟著顧綿綿咿咿啞啞兩聲。剛出生的時候，末郎雖然身子骨兒不錯，但身上並沒有太多肉肉，這才二十天的工夫，就長了一層小奶膘。

顧綿綿每天上午會讓翠蘭和孫嬤嬤準備一大盆溫水，把小末郎泡在水盆裡洗一洗。每次忽然離開親娘的懷抱，末郎會受到驚嚇一般抱著衣服不撒手，等觸摸到了水，他又放鬆下來，還會用小手去摸摸水。如果有洗臉水不小心從他臉上淋下來，他還會屏住氣。

顧綿綿給兒子洗澡時輕手輕腳，一邊洗、一邊和他說話，末郎聽慣了親娘的聲音，漸漸也喜歡上了每天洗澡，總是格格笑著。

洗過之後，顧綿綿立刻把孩子擦乾，因著大熱天的，只給他穿了一件和尚服，因為尿布換得勤，末郎的屁股一直很清爽，沒長一個紅疙瘩。

孫嬤嬤忍不住誇讚。「太太雖然第一次養孩子，卻比那些生了好幾個的都養得好！」

顧綿綿卻一針見血。「也不是她們養得不好，不過是整日為了生計奔波，家裡大人每天累得直不起腰，哪裡還有精力這樣仔細地照顧孩子？」

孫嬤嬤又道：「太太心善，能知道老百姓的苦。原來我也伺候過幾家，有一些奶奶、太太真的是住在雲尖上，以為老百姓都是不用吃喝的，收個租子，五五分已經是要命了，有些人甚至想分七成，這還讓老百姓怎麼活？」

說起這個，顧綿綿又對翠蘭道：「等過一陣子，妳跟我去莊子上看看。天子腳下，不能讓那些佃戶們吃不上飯。我要那麼多錢做啥？不如散給百姓，算是積德行善了。」

孫嬤嬤連忙道：「太太真是活菩薩，怪不得能得太后娘娘青眼。」

對這話，翠蘭就跟沒聽到一樣。有些話，就算是她親爹娘，她也不能透漏一個字。

有兩個人幫忙，顧綿綿帶孩子倒不累。一眨眼，就到了末郎的滿月之日。

當天早上，衛家一大早就熱熱鬧鬧的。

衛景明今日告了假，薛華善和吳遠也留在家裡一起招呼客人，很快，金家和莫家人也來幫著迎客。

衛景明不想讓人家說自己斂財，錦衣衛內部只請了百戶及以上的人，那些普通錦衣衛，願意來他不攔著，但不許送禮。衛家雖然沒有那麼多姻親故舊，前些日子那些送禮的人家今日也打發家裡子弟來吃頓喜酒，一時間，整個衛家熱熱鬧鬧的。

大夥兒正吃酒吃得熱鬧，莫千戶手下一人忽然來報，莫千戶聽到後臉色都變了，趁著大家不注意時，到衛景明耳朵邊說了兩句話。

衛景明吩咐莫千戶。「你去看著些，莫要讓人死了，明日我自有主張。」

莫千戶中途離席，去拯救剛剛惹了事的寇家大郎，寇嬪的弟弟。

說起來，這寇大郎也是倒楣，剛到戶部上任，就遇到了麻煩。帳面上的虧空也不知道怎麼成了他的貪污罪名，碰巧他這一陣子又是換宅子、又是納妾，手裡揮金如土，錢的來源他又說不清，立刻被逮捕，入了刑部大牢。他這等七品小官，刑部就能決定他的生死。

寇家人急了，到處求爺爺、告奶奶，卻找不到一個人相幫。莫千戶找到自己在刑部的老關係，託人照顧寇家大郎，囑咐切莫讓他死了。

第五十二章

待衛家酒席結束後，衛景明抱著兒子和顧綿綿商議著。

「劉家想扶平王做皇太孫，我得想辦法保住寇家。今日寇家大郎被刑部扣押，刑部右侍郎是皇后的親爹，他還能有個好？」

顧綿綿皺眉。「她都做了皇后，跟一個嬪計較什麼？寇嬪只是跋扈了些，又不會爭皇位。」

衛景明在兒子臉上親一口。「也是寇嬪不知收斂，公然和皇后叫板。皇后沒有兒子，最在意臉面，幾位高位妃子都不敢去觸怒她，寇嬪卻不知死活。」

顧綿綿對這兩個女人都沒有什麼好感，轉而囑咐。「你小心些，莫讓劉家抓到把柄。」

衛景明笑道：「放心吧，我自己可不想出頭。二皇子和三皇子最近正打得熱鬧呢，若是讓他們看到劉家的意圖，他們焉能放過平王？」

和顧綿綿打過招呼後，衛景明第二天就在京城裡悄悄放了消息，說皇后想把王老太師的嫡長重孫女定給平王做正妃。

這消息頓時讓二皇子和三皇子坐不住了，因著平王年紀小，又是大哥的獨生兒子，他們平日裡為了討魏景帝喜歡，對姪子多有照應，但這個前提是他不要搗亂，一旦他和王家女訂親，以後再想把他打趴下，談何容易？

兩位皇子忽然間開始聯手抵制平王，但平王一個小孩子，他們若貿然去欺負姪兒，魏景帝也不會答應。於是二位皇子齊齊把矛頭對準了劉家。正好，一封劉家人斂財的證據從天而降。二位皇子雖然知道這是有人想漁翁得利，但到了這個時候，若是放任不管，背後的漁翁不一定會受損，但平王可就真的要上位了。

次日早朝，忽然有御史聞風而奏，說承恩侯劉家不思國恩，放任子弟貪贓枉法，不堪其位。而且這小御史還呈上了證據，說得頭頭是道。

魏景帝臉色十分難看，他最不希望看到這種場面。

他希望皇子們都安安生生的，劉皇后和平王也莫要鬧騰，等再過一些年他老了，再定下一個合格的太子，天下太平，多好？可他們非要鬧，這些個兒子，一個個都不省心！

魏景帝不想立太子，是因為他自己做過三十年太子，他比誰都清楚，太子就是個箭靶子，而且對皇權也有威脅。沒有太子時，誰都不希望皇帝死掉，倘若有了太子，皇帝死了就死了，太子繼位就是。

況且如今平王還小，現在就立太孫，說不定會有一批牛鬼蛇神纏上來，讓小平王漸漸變成傀儡，立庶出皇子，又和皇家一貫堅持的嫡長繼承制相違背。

可他萬萬沒想到，他剛坐上龍椅沒幾個月，這些人就忍不住鬧了起來。

魏景帝當場喝斥。「先帝屍骨未寒，你們就這般鬧騰，如何對得起先帝對你們幾十年的恩典?!」他的話含糊，沒有罵任何一個人，卻彷彿又把所有人都罵了。

馮大人立刻出來勸。「陛下息怒，這家族大了，總會有幾個不爭氣的子弟。承恩侯每日謹慎當差，修身養性，望陛下網開一面。」

這話說得承恩侯臉色變了又變，馮大人看似是為他求情，實則是直接把那證據當作實情，扣到他們劉家的頭上。

馮大人看了承恩侯一眼，他不希望劉家倒臺，更不希望看到一個跋扈的外戚。

魏景帝沈默片刻，忽然轉移了話題。「朕聽聞，近來關東之地多有旱災，諸位愛卿多為百姓想一想，我大魏朝才能國泰民安。」

一場鬧劇，在魏景帝和馮大人聯手壓制下，來得快，去得也快。但劉家的事情還是被公之於眾，皇帝命承恩侯寫了自辯摺子，同時把他調離刑部，派去禮部做了尚書。

這一調令是明升暗降，讓劉皇后又摔了一套茶盞。禮部尚書看似官階高，卻是個清水衙門，更沒有多少實權。

承恩侯調離刑部，寇大郎保住了性命，而後查明虧空為上一任官員所為，寇家大郎被釋放。但寇家大郎忽然多出許多不明財產，加上寇嬪在宮中一時風頭無兩，寇家再次被御史臺盯上。

寇嬪一下急了，順藤摸瓜，找到了莫千戶頭上。

寇嬪就這一個兄弟，且她的兩個孩子還指望弟弟照看，自然不能眼看著弟弟進了監牢。

她本來想去找魏景帝，但她身邊的嬤嬤提醒她。「娘娘，您不能總是為這些小事去找陛下呀！」

寇嬪反駁道：「本宮不找陛下，誰能幫本宮解決問題呢？難道能指望外頭那個死醉鬼不成？」

嬤嬤低聲道：「娘娘，老奴說些不中聽的話，娘娘本就不是姑娘身子入的宮，也沒有得力的娘家，為何陛下喜歡娘娘？還不是因為到娘娘這裡來能放鬆快活，沒有人跟他要錢、要權，陛下覺得心裡輕鬆，這才天天過來。若是為這些小事讓陛下煩惱，娘娘得不償失啊！」

寇嬪猶豫起來。「妳說的有道理，但本宮又不認得什麼人，這事能怎麼辦呢？」

嬤嬤道：「娘娘，您使人打聽打聽，舅爺進了刑部，怎麼一直關著沒個動靜？總該有個說法。再說了，無緣無故的，誰會關注舅爺？他一個小小的七品官又不顯眼。」

寇嬪立刻咬牙切齒起來。「還能有誰？還不是看本宮得了寵，有些人心裡就過不去了！」

嬤嬤又道：「娘娘，只要您一直得寵，那些人定然不敢隨意把舅爺怎麼樣。您給家裡送話，去跑跑路子，如今京城普通人家，誰也不敢不給您兩分面子。」

寇嬪有些心動。「嬤嬤說的有道理，本宮也該自己立起來了，不能事事都麻煩陛下。」

嬤嬤趁熱打鐵。「娘娘，老奴說句讓您生氣的話，有些事情，也該斷一斷了。」

寇嬪是個聰明人，她看了嬤嬤一眼。「嬤嬤，現在還斷不得。本宮剛剛做了嬪，若是現在就弄死那個醉鬼，陛下要怎麼看本宮？且再等等吧，若是他再去找兩個孩子的麻煩……就休要怪本宮不留情面了。」

嬤嬤趕緊拍馬屁。「還是娘娘英明，老奴短視了。」

寇嬪笑著誇讚嬤嬤。「哪裡，本宮還多虧了嬤嬤處處提點。嬤嬤沒有兒女，等過個幾年本宮位分上去了，嬤嬤就出宮歇息，妳去本宮的兒子家裡，讓他給妳養老，他不敢不聽。普通人家呀！最喜歡妳們這等宮裡出來的老嬤嬤。」

嬤嬤頓時喜出望外。「多謝娘娘，老奴往後萬死不辭。」

主僕倆嘀嘀咕咕定下計策，寇嬪當即給娘家傳話。寇家如今出了個得寵的娘娘，滿京城都開始側目，如今寇家二郎去打聽消息，一打聽、一個準，很快就找到了莫千戶。

寇二郎提著禮物上了莫家的門，莫千戶按照衛景明的指示，收下了寇家的禮物，親自帶著寇二郎去刑部跑路子，沒幾天的工夫，就把寇大郎撈了出來。

寇家以前就是市井普通人家，寇大郎一個街頭給人出散工的人，忽然得了七品官，還沒捂熱呢，就莫名下了大牢，現在又被錦衣衛五品千戶救了，這一番起起伏伏的災難剛歇，他頓時把莫千戶視為救命恩人，拉著莫千戶去吃酒，還要跟莫千戶結拜。

莫千戶假裝推辭不過，雖不同意結拜，但收了寇大郎的兒子做乾兒子，兩家這樣成了親戚關係。

寇大郎把消息傳進了宮裡，寇嬪留了心，慢慢打聽，知道了莫千戶是衛指揮同知的心腹。寇嬪心裡頓時樂開了花，若是能搭上指揮同知，她在前朝也算有了依仗。她可是知道得清清楚楚，那是方太后的親女婿！

寇嬪樂得直搓手，劉皇后那邊卻緊鑼密鼓地忙活了起來。

承恩侯調去了禮部，寇大郎被順利救出，這事情漸漸被大家都知曉了。如二皇子的生母張淑妃和三皇子的生母鄭賢妃，背地裡都嘲笑皇后，偷雞不著蝕把米，被一個小小的嬪打了臉，往後還有什麼臉統領後宮。

聽了這般嘲諷，劉皇后能不生氣嗎？但她現在的養氣功夫越來越好，已經不會輕易摔茶盞了。從她爹被調出刑部那一刻開始，她就知道，寇家大郎肯定會安然無恙地出去。

也罷，寇嬪不過是一條小泥鰍，妳喜歡蹦躂，本宮往後不和妳計較便是。急什麼呢？等過兩年就要大選，年輕貌美的姑娘多得是，就算陛下喜歡小媳婦，這天下伶俐潑辣的小媳婦，也不是只有妳一個人。

後面十幾天，劉皇后不再管寇嬪，哪怕寇嬪偶爾有些不尊敬她，她仍舊該幹麼幹麼，反倒是魏景帝心裡有些過意不去，私下裡喝斥過寇嬪，要她敬重皇后。寇嬪嘴上敬重皇后，心裡卻在暗暗發誓，定要自己生個皇子！

劉皇后父親被明升暗降，妃嬪又不敬重她，她瞬間成了委屈大氣的正宮皇后，前朝、後宮的風評好了許多，藉著這個當口，她又開始和魏景帝提要求。

當日晚上，劉皇后請魏景帝至昭陽宮用晚膳，吃飯的途中，見魏景帝心情高興，劉皇后無意間提了一嘴。「陛下，繼哥兒八、九歲了，臣妾想給他找個媳婦。他不在宮裡，臣妾沒法照顧他，若是有個岳家看著些，臣妾也能放心。」

魏景帝臉上仍舊掛著笑容。「皇后看上了哪家閨秀？」

劉皇后笑著，也不掩藏。「陛下明知故問，這無風不起浪，前些日子滿朝都在傳，說臣妾相中了王家嫡長女，陛下難道沒聽說過？」

魏景帝嗯了一聲。「王家嫡長女確實不錯，皇后有眼光。」

劉皇后高興道：「陛下，您是不是也覺得王家姑娘好？老太師德高望重，王家子子孫孫都是人中翹楚，姑娘家也知書達禮。繼哥兒是個老實孩子，他娘又軟了些，要是能配個賢慧的媳婦，往後平王府也能撐得起來。」

魏景帝看向劉皇后。「皇后，結親結親，也要兩廂都願意才好。」

劉皇后愕然，在她看來，她的孫子是嫡皇長孫，天下再沒有哪個姑娘是她孫子配不上的，難道王家還敢不答應？不、不可能，那可是未來的皇帝！

劉皇后轉瞬笑道：「陛下，瞧您說的，繼哥兒哪裡不好了？只要陛下不反對，您瞧著吧，等王家出了孝，臣妾一開口，王家姑娘就是咱們的孫媳婦了。」

魏景帝繼續吃飯。「皇后，王老太師是父皇的先生，王家一門忠臣，不可以勢欺人。」

劉皇后連忙道：「陛下放心吧，臣妾娶孫媳婦，必定會給王家做足臉面。」

魏景帝看著劉皇后，心裡有些不忍，想提醒兩句，卻又放棄了。

罷了，讓她去碰碰壁吧！王家的女兒不入皇族，這是人家家裡祖訓，別說繼哥兒，朕當年想求王家女，王家也是斷然拒絕。

那個時候被拒絕，魏景帝是有些生氣，現在他做了皇帝，反倒開始喜歡這樣的臣子，不摻和黨爭，一心一意為國為民。

帝后二人吃過了晚飯，魏景帝辭別皇后，去了麗景軒。

宮外，衛景明也剛帶著妻兒吃過了晚飯。末郎白天醒的時間越來越長，這會兒正和衛景明玩耍呢。衛景明弄了兩個紅球在他眼前慢慢移動，末郎的眼珠子便跟著左右移動，玩得高興了，還會手舞足蹈。

父子倆一時間玩得不亦樂乎。

顧綿綿摸了摸兒子的頭。「你整天不在家，末郎倒是肯讓你抱。」

衛景明收起球，抱著兒子和他臉對臉，又對著他笑。「這是我兒子，當然讓我抱了！當日我還以為末郎是個醜娃娃，沒想到越長越好看。」

顧綿綿拍了他一下。「你才醜呢！」

衛景明哈哈笑。「我醜嗎？娘子，妳睜著眼睛瞎說。」

顧綿綿從他懷裡接過兒子，撩開衣襟餵孩子喝奶，衛景明見兒子吃得起勁，拉了拉他的小手。「多吃，長得壯壯的！」

顧綿綿低頭看了看兒子。「我爹娘到現在還沒見過末郎呢。」

衛景明又摸摸兒子的小腳丫。「不妨事，爹整天公務忙碌，家裡有岩嶺，他日子還好。就是娘一個人在宮裡怪孤單的，妳就算能遞牌子進宮，也不能帶著孩子進去。如今陛下可不像先帝那樣好說話，娘輕易不能出宮。」

顧綿綿輕輕幫末郎把額頭上的汗擦掉。「不急，我相信娘肯定有辦法的。」

顧綿綿說得一點沒錯，方太后正在想辦法出宮。

她入宮十幾年了，早就煩透了這座墳墓，以前是沒辦法，現在老皇帝死了，她也卸下了一切職務，是該出去溜溜了。

方太后知道，直接要求出宮，魏景帝肯定不會答應，他還想做個孝子給天下人看呢！看來……得把宮中這些美人們利用上了。

從顧綿綿出了月子開始，方太后就天天召張淑妃或者鄭賢妃到壽康宮說話，有時候還叫上二皇子妃和三皇子妃一起，一群女人在壽康宮一坐就是一上午，方太后時常拉著兩位皇子妃的手誇讚她們是有福氣的，將來前途不可限量。

張淑妃和鄭賢妃隱隱爭了起來，太后娘娘雖然不是陛下生母，但陛下在天下人面前發過誓言，要孝順太后，太后娘娘提什麼要求，陛下等閒都不會拒絕。

二人想法一致，要是皇長子還在也就罷了，如今長子死了，皇后又沒有別的兒子，輪也該輪到後面的弟弟了。因此宮裡隱隱開始謠傳，方太后要挑一個皇子支持。

方太后這樣明晃晃地打臉，劉皇后忍了又忍，還是沒忍住反擊了一次。她以中宮皇后的名義下懿旨，申斥嘉和郡主，為妻不賢，孕期不給夫君納妾。除了懿旨，她還給衛景明賜了個貌美的宮女。

宮女送到衛家時，衛景明當差去了。

顧綿綿聽見皇后給自己下懿旨，心裡十分奇怪，把孩子交給孫嬤嬤後，自己到院裡聽旨。等昭陽宮的人唸完懿旨，顧綿綿強忍住怒氣沒打人，只是自己先站了起來。

昭陽宮的太監大怒。「嘉和郡主，妳好大的膽子，如何敢對皇后娘娘不敬！」

顧綿綿瞇起眼睛看著那個太監。「你們是何人？居然敢冒充昭陽宮的人！皇后娘娘對我一向慈愛有加，怎麼可能訓斥我？」

說完，不等太監反駁，顧綿綿如一陣風一般繞著這幾人轉了幾圈，等轉完後，這些人發現，自己的衣裳都被縫了起來，頓時動彈不得。

太監大怒。「大膽顧氏，妳竟敢抗旨！」

顧綿綿高聲對外面喊道：「玉童，去報官，有人冒充昭陽宮的人，讓老爺火速來拿人！」

玉童立刻跑了，那太監還要罵，顧綿綿揮手從袖子裡拿出一根長針，走到太監面前。

「你知道我以前是幹麼的嗎？我是個裁縫，專門給死人縫皮補肉，你這張嘴太臭，就莫要說話了！」

說完，顧綿綿下手飛快，把太監的嘴巴縫了起來！

旁邊的幾個宮女都嚇呆了，頓時雙腿發抖，那太監嘴巴上鮮血淋漓，這個時候也終於知道害怕。他見過的誥命夫人都是嬌嬌弱弱，何曾遇過這樣剛烈的婦人？

衛景明火速趕回來，一進門就見到院子裡被綁起來的幾個人。

顧綿綿嘴上說他們是冒充，但心裡清楚，這幾個人就是昭陽宮的人，其中一個宮女她以前還打過照面。但劉皇后公然來罵自己，定是和太后鬧翻，不管對錯，她定然不會站在劉皇后那一邊。

衛景明看一眼就明白了事情的原由，旁邊那個被賜下來的美人見到衛景明之後，立刻撲過來抱住他的大腿。「大人，大人，求您救命，郡主要殺了妾身呀！」

衛景明本來想一抬腳把這宮女踢出去，想到這是昭陽宮的人，一腳踢死了不好，他順手抽出自己的繡春刀，手下翻花一般，沒兩下就把宮女的頭髮剃光了。「敢誣衊我家太太，就是這個下場！」

他在宮裡混了幾十年，最是了解這些宮女的心思，一心一意想找個達官貴人做妾，從此翻身做主子。仗著自己是宮裡出來的，在人家家裡沒少興風作浪。衛景明不管別人怎麼樣，他不想要這些宮裡塞過來的女人。而且這宮女一見面就挑撥他們夫妻關係，自然不能輕饒。

宮女抬手摸到了自己的光頭，立刻尖叫一聲暈了過去。

顧綿綿見狀瞠目結舌。「官人?!」

衛景明笑道：「不要緊，頭髮沒了，一年半載就能長好，只是給她些教訓，不要以為自己有來歷，就可以到咱們家作威作福。就算她真是皇后賜下來的，難道還想騎到咱們頭上不成？」

顧綿綿小聲道：「我闖禍了怎麼辦？」

衛景明想了想。「趁著皇后還沒反應過來，咱們把人送官，送到京兆尹那裡去！」

衛景明禍水東移，命人把昭陽宮的幾個人送到京兆衙門。

京兆尹嚇了一跳，居然有人敢在京城之內冒充昭陽宮的人？於是他立刻審問犯人，一審問不得了，我的娘，這幾個人真是昭陽宮的人！

京兆尹頓時把衛景明罵了個臭頭。錦衣衛果然沒個好東西！

還沒等京兆尹想明白怎麼處理手中的燙手山芋，劉皇后聽說衛家扣留了自己的人，頓時震怒。

對她來說，一個美人最多也就是噁心一下嘉和郡主，公主家裡都有妾，別說妳一個太后和前夫生的女兒了。在劉皇后看來，她這完全是為了顧綿綿的名聲著想，嘉和郡主有了兒子，她幫忙送個妾，也省去京城裡的人說嘉和郡主善妒，可劉皇后萬萬沒想到，這兩口子居然把她的人送到了京兆衙門?!

劉皇后用雙手捂住胸口，半天才緩過神來，她抖著手吩咐昭陽宮領事太監。「去、去取本宮的中宮兼表過來，本宮要給陛下上奏！」
領事太監趕緊勸道：「娘娘，此事萬不可衝動，若是傳出去，衛家夫婦挨一頓責罰也就罷了，咱們昭陽宮可就沒臉了。」
領事太監能看明白這事，衛景明不傻，自然也看得懂。他把人送到京兆尹之後，立刻進宮求見皇帝。
魏景帝有些詫異，錦衣衛的事情都是萬統領來奏，他一個指揮同知來做啥？但想到衛景明大小也是個從三品，又是方太后的女婿，便讓人宣了他進來。
衛景明進去後先行禮，然後一五一十把今天的事情奏報魏景帝。「陛下，今日有幾個賊人到微臣家裡假傳皇后娘娘的懿旨，還給微臣賜了個美人。全京城誰不知道，微臣和臣妻琴瑟和諧？什麼美人在微臣眼裡也就是一泡牛屎。娘娘一向對臣妻慈愛，定然不會棒打鴛鴦。微臣這才斷定，這幾人是騙子，已經把他們送到京兆衙門去了。」
旁邊的一眾官員們都傻眼了，萬統領更是直抽氣。
這個愣頭青，你知不知道自己在幹麼?!你用屁股想也能想到，滿天下誰敢堂而皇之冒充昭陽宮的人？皇后娘娘就是想給你賜美人啊你個蠢蛋！你就算不想要美人，你放在家裡養著就是了，怎麼能把人家的頭髮剃光了，還送到了京兆衙門呢?!
萬統領很想捂臉痛哭。他原以為衛大人是個少年英才，現在看來，他竟然是個蠢材！
魏景帝聽完後，額頭青筋直跳，一把將手裡的筆扔了，對著衛景明怒吼。「你好大的膽子，昭陽宮的人你也敢捉弄！」

衛景明嚇了一跳，猛力磕了幾個頭。「陛下，滿京城文武百官無數，皇后娘娘緣何突然給微臣賜美人？微臣不需要啊！微臣不想吃牛屎！」

皇帝大怒。「住口，萬統領，把他拖下去打二十板子！」

忽然，殿外傳來一聲喝罵。「我看誰敢?!」

第五十三章

方太后撩開簾子就進來了。

魏景帝壓下怒火，拱手給方太后行禮。「母后萬安，怎麼驚動了您？」

方太后哼了一聲。「陛下，不是我老太婆想多管閒事，你的好皇后，宮務不夠她打理嗎？那麼多皇子、皇女沒見她關心幾分，卻想著去給我女兒添堵！」

說完，方太后忽然痛哭了起來。「先帝，先帝呀！您屍骨未寒，臣妾就要這樣遭人欺辱！您睜開眼看看呀，臣妾護了他們十幾年，他們就這樣對臣妾唯一的女兒。先帝呀！您把臣妾一起帶走吧，臣妾閉上眼看不見，也就不用操心了！」

方太后直接把自己有女兒的事情捅了出來，反正先帝臨終前給正了名分，至於到底是乾的還是親的女兒，誰也不能逼問方太后。

方太后這樣一哭，魏景帝和諸位大臣們都趕緊勸她。

因她是女子，且年紀比魏景帝還小，魏景帝也不好近身，只能作揖勸解。「母后，都是兒臣的錯，兒臣沒看好家裡，讓母后受委屈了。」

方太后哭了一場，用帕子抹了抹淚。「陛下，當日先帝遺言猶在耳，諸位大人當時也聽見了。陛下若真是孝順哀家，請答應哀家一個請求。」

魏景帝趕緊道：「母后，您折煞兒臣了，您有何需求只管提，兒臣刀山火海也替母后辦了。」

方太后抬頭看向魏景帝。「哀家想出皇宮，住到清暉園裡去。」

魏景帝大驚，立刻跪了下來。「母后，兒臣不孝，豈可讓母后一個人在宮外孤苦？」

方皇后的聲音忽然軟了下來。「陛下，自哀家進宮，先帝就對哀家道，貴妃無子，太子是個孝順孩子。後來，哀家做了皇后，陛下還是告訴哀家，太子是皇后的兒子。哀家相信了，陛下對哀家也一直很孝順。先帝去世後，哀家自個兒在壽康宮無趣，本來想召嬪妃們說說話，可不管哀家召了誰，總會引起紛爭。陛下，哀家留在宮裡，對陛下不好，對皇后和諸妃不好。哀家出宮，一來可以躲開煩惱，二來還能看一看女兒和外孫，也不至於內心悽苦。逢年過節或是陛下萬壽，哀家便回宮轉轉，世人也不會胡亂猜疑，以為我們母子失和。」

魏景帝面色十分為難，旁邊馮大人見狀開口道：「陛下，太后娘娘想出宮轉轉，外頭園子多，去住一陣子也無妨。太后娘娘想子孫了，就回宮住，覺得煩悶了，就出去走走，這才是陛下的孝順之處啊！」

方太后繼續道：「陛下放心，哀家還會時常回來的，就說哀家出宮去給先帝祈福。」

魏景帝忙道：「母后言重了，既然母后想出宮轉轉，兒臣命人先將清暉園清理一番，母后過幾日再去如何？」

方太后點頭。「多謝陛下，眼見著中秋節快到了，先帝去了，哀家想帶著兒孫們一起過一個團圓，以告慰先帝在天之靈。等過了中秋，哀家再出宮也不遲。今日是哀家莽撞了，打擾了陛下和諸位大人商議國事，還請諸位見諒。」

眾人忙道不敢不敢，方太后自己起身，轉而扮黑臉對衛景明訓斥。「哀家回去了，壽安，你也回去吧。莫要再胡鬧，去把那幾個人送還給皇后。那個被你剃了頭的姑娘，給她找個好人家嫁了便是。」

衛景明趕緊道：「多謝太后娘娘，都是微臣糊塗，衝撞了皇后娘娘，微臣該死。」

方太后板起臉。「你也太膽大了，陛下不好處罰你，哀家替他罰你一年俸祿，回家思過十天，寫摺子謝罪！」

衛景明連忙道好。

眾人眼見著方太后和女婿一唱一和，把事情就這樣圓了過去，心裡都替劉皇后捏一把汗。

魏景帝也覺得劉皇后此事辦得不妥當，那可是方太后的女兒，就算要賜美人，難道不該和方太后商議後再賜？太后和嬪妃們說說話，怎麼就惹了妳的不滿。妳到底是對太后不滿？還是……對朕不滿！

魏景帝有心警告劉皇后，也默認了方太后的做法，對衛景明道：「回去好生思過，連昭陽宮的人都認不出，還怎麼做錦衣衛？」

鑒於衛景明道歉態度良好，魏景帝也沒多說，就打發他出宮了。

出宮後，衛景明又火速去京兆尹，把昭陽宮的人悄悄接出來，除了那個光頭宮女，其餘全部送還給昭陽宮。雖然他做得看似隱秘，但今日之事還是傳遍了整個後宮。

寇嬪聽說昭陽宮宮女被衛大人剃成光頭，捧著肚子笑了半天，都笑出了淚。

「嬤嬤，嬤嬤，本宮真是越來越喜歡這個衛大人了，哈哈哈哈，他可真是有本事，不知道我們的皇后娘娘現在臉色變成什麼樣子了？哎呀，笑得本宮肚子疼。」

嬤嬤趕緊勸寇嬪。「娘娘快別說了，那衛大人是個魔星，無事可要離他遠一些。」

寇嬪笑過之後開始打小算盤。「想來這衛大人是個妻奴，本宮倒是可以和這嘉和郡主打打交道。」

那頭，昭陽宮的人被送了回來，衣衫襤褸，瑟瑟發抖，劉皇后氣得當場暈倒。

宮外，顧綿綿摸了摸衛景明因為磕頭太用力而有點泛紅的額頭。「官人，我給你惹禍了。」

衛景明把她攬進懷裡哄。「沒有的事，娘子今日當機立斷，倒是給娘爭取了一個出宮的機會。妳們果真是母女，面都沒見，就能配合得這麼好。」

顧綿綿聞言頓時歡喜起來。「等娘出宮後，我就能時常帶著末郎去看她了！」

時間過得很快，一眨眼，就到了中秋節。

這天，各個衙門都放假，衛景明和吳遠三人今日恰好都不用值守，準備一起在家裡過個團圓節。

顧綿綿一大早就把末郎穿得像個小紅包一樣，然後送去了偏院。小末郎每天醒的時間比以前長多了，上午都會去偏院和兩個師祖一起玩耍。

鬼手李抱著末郎在院子裡四處晃蕩，一會兒給末郎看看會飛的小木鳥，一會兒讓末郎摸一摸小搖馬。

郭鬼影坐在正房廊下，靠在欄杆上對鬼手李調侃道：「我說師弟，你這都快要成老婆子了。」

鬼手李正對著末郎做鬼臉。「我樂意，師兄不樂意，自去闖蕩江湖就是。」

郭鬼影被噎了一口，哼一聲。「我看在壽安的面上，不和你計較。大家都說他是我徒弟，我在徒弟這裡享福怎麼了？這每天好酒、好菜的日子，過得多滋潤。等末郎長大了，我就教他功夫，也不算白吃白喝。」

漂泊浪蕩了四十多年的郭鬼影，忽然不想離開京城了。快八十歲的老頭子，雖然嘴硬，心裡卻慢慢喜歡上了這個小院子。師兄弟倆每天拌嘴，一起研究陣法，一起逗小娃兒，偶爾出去喝喝小酒，晚上陪衛景明一起練功，日子也挺不錯。不用餐風露宿，也不會因為衣衫襤褸被人當成臭要飯的。

郭鬼影看了看身上的新衣衫，中秋節家裡一人做了兩套衣衫，主子們的衣裳都是顧綿綿親手做的，針腳細細密密，大小合身，布料也是上等的。

他用手摸了摸，歡喜得笑了笑。哎！欠了這麼大的人情，走也走不了了。

正院裡，薛華善剛到。

顧綿綿見他來了，吩咐翠蘭。「把舅爺今日要用的禮品拿出來。」

說完，她把薛華善從頭到腳檢查一遍，然後對著他絮絮叨叨。「大哥，今日你去邱家過節吧。我給你準備了禮物，你吃頓午飯再回來。邱家沒有多少下人，你去了也幫著幹活。」

衛景明開玩笑。「大哥，別怕，女婿上門嘛！勤快點就好，就跟我當初在青城縣一樣，提水劈柴，什麼都幹。」

顧綿綿嗔怪他。「快住口！」

薛華善有些不好意思。「我還想今日和妹妹一起過節呢。」

顧綿綿笑道：「咱們天長日久的在一起，哪裡缺少這一天？那包袱裡頭有一樣首飾，你自己單獨送給邱大妹妹。她下個月就要過門了，你也莫總是害羞，難道還讓人家姑娘家上趕著跟你說話不成？」

薛華善的臉紅透了，正支支吾吾不知道要說什麼，後面突然傳來吳遠的聲音。「華善，嘴甜最要緊，別的都是次要的。」

衛景明立刻反駁他。「胡說，不光要嘴甜，還要會看眼色。吃飯的時候多照看弟弟、妹妹，給老丈人倒酒，主動找話，莫要冷場。」

眼見著薛華善被兩人弄得越來越緊張，顧綿綿不好說吳遠，便罵衛景明。「快別說了，各人有各人的性格，邱大人和邱太太知道大哥的性子，自然不會勉強他。要是大哥忽然變得跟你一樣油嘴滑舌，他岳丈一家子要不放心了。大哥，你該怎麼樣就怎麼樣，別聽他胡說。」

薛華善這才出了口氣。「讓我幹活行，讓我說話，我真不曉得要說什麼。」

衛景明哈哈笑。「我逗你的，你該怎麼樣就怎麼樣，你老丈人就喜歡你這樣的。」

顧綿綿笑道：「好了，先吃早飯，難得你們今日都到我這裡來了，就在這裡吃早飯吧。」

翠蘭帶著兩個丫鬟擺了早飯，衛景明請薛華善和吳遠上座，他和顧綿綿在一旁陪同。

吳遠吃飯的時候看了看顧綿綿的氣色，白裡透紅，眼底顧盼生輝，身上多了一股成熟婦人的風韻，似乎還能聞到一絲奶味，看起來很是不錯。

衛景明見他盯著自己太太看了一眼，挾了個蒸餃放到吳遠面前的碟子裡。「賢弟啊，你來京城這麼久了，在太醫院也站穩了腳跟，準備什麼時候回鄉探親呀？」

吳遠也被他說得意動，當日他剛剛考上太醫，一來不放心顧綿綿的身體，二來想盡快在太醫院立足，放棄了一個月的探親假，直接去太醫院赴任，現在也該回鄉看望父母了。

「多謝衛兄關心，我準備下個月等華善娶親後就回老家看望父母。」

薛華善忙道：「吳太醫，您不必為我耽誤時程。」

吳遠微笑。「等你娶親了，我回去見到顧叔也能多幾句話說。這一陣子天變涼了，宮裡貴人們偶有咳嗽，太醫院年紀大的老前輩們多，讓他們值夜太過辛苦，我留下來總能出一分力，等過了這一陣子，貴人們都穩定了，我告假回家後也放心一些。」

薛華善連忙稱讚道：「吳太醫果真是醫者父母心。」

顧綿綿想到薛華善娶親，又開始絮叨。「官人，大哥娶親，咱們得全力操辦。你既然是義兄，過幾日也要抽空去邱大人家裡坐坐。大哥，我想好了，婚後你就留在這家裡住吧。師叔原來說讓你們單獨住在如意巷，但邱大妹妹年紀輕輕的，你平日當差不在家裡，她一個人在家裡我們也不放心。咱們先在一起住幾年，等過幾年家裡孩子多了，再分也不遲。若是你才成了親就分家，我爹知道了也不放心。」

薛華善嗯了一聲。「那我以後每個月給妹妹交伙食費。」

顧綿綿也不見外，笑著點頭。「好，你們就住在現在那個小院子裡。」

衛景明笑咪咪地看著顧綿綿吩咐這個、吩咐那個，他覺得娘子這副小管家婆的樣子真是可人疼死了。他看著院子裡來來往往忙碌的下人，心裡覺得無比安定，這才是人過的日子，有滋有味。

幾人正說著話，孫嬤嬤把末郎抱回來了。說末郎在偏院玩了一會兒，肚子餓了開始吵著要娘。

顧綿綿見兒子餓了，抱著他就回了臥房。衛景明趁她回屋的空檔，幫她把粥吹涼了。

吳遠吃過飯就要回偏院，衛景明拉住了他。「今日過節，難道還要回去看醫書？跟我出去走走，咱們去買些好酒，你買些好茶葉，等會兒我打發人替你去送給太醫院院判。華善，你吃了飯就自己去邱家，不用急著回來。」

薛華善點點頭應了。

吳遠笑著。「多謝衛兄替我操心。」

衛景明擺擺手。「都是小事，你們年輕人拉不下臉面，不大喜歡走這些人情。那太醫院院判喜歡喝好茶，雖說不指望他幫什麼忙，但能不找你的麻煩就很不錯了。」

幾人分明同齡，吳遠心裡不禁好笑地嘀咕：你難道年紀很大嗎？

等顧綿綿再次出來時，屋裡只剩下衛景明。

衛景明低聲問：「睡了？」

顧綿綿點頭。「應當是玩累了，吃著吃著就睡了。這些沒事幹的小娃兒每天起得最早，一點不心疼大人沒睡好。」

衛景明笑了笑。「妳吃了飯也躺一會兒。」

顧綿綿拿起勺子吃粥。「不睡，家裡的事情我也要理一理。大哥娶親，各樣東西也要開始準備了。這段時間京城娶親的人家多，不提前準備，連花轎都訂不上。」

吃罷了飯，衛景明帶著吳遠出門去了，顧綿綿在家裡打理家事。宮裡今日也擺了宴席，但衛景明不是正印官，倒不用進宮。

一家子各自忙碌，中午隨意吃了些，等到了晚上，顧綿綿在家裡花廳裡擺了一大桌酒席。

鬼手李師兄弟倆在上座，其餘人團團圍坐。花廳的屏風被拿走，一抬頭往外看就可以看到天上的月亮。

鬼手李看向郭鬼影。「師兄，你說兩句吧。」

郭鬼影咧咧嘴。「說啥？來，一起吃，往後咱們年年都聚在一起吃，小的越長越大，老的越活越年輕，做官的一年比一年高！」

大家都被這樸實的話逗笑了，鬼手李端起酒杯。「咱們一起吃一盅，自你們到京城，一眨眼過去了一年多，這一年多的日子，比我之前一個人過十幾年都熱鬧。來，話不多說，都吃吧。」

三兄弟輪著給兩個老頭子敬酒，顧綿綿一個人覺得很是無聊，迫切地希望邱大姑娘快些進門，好讓她也能有個說話的人。

五個男人一起吃酒吹牛，場面越來越熱鬧，郭鬼影還帶著衛景明在院子裡比劃了一陣子。

顧綿綿讓人上了月餅，往眾人碟子裡各擺了一個。

薛華善拿起月餅，忍不住感嘆。「這月餅做得真好。」

顧綿綿笑道：「這是今日太后娘娘賞賜的，總共沒幾個，咱們一人一個倒是夠分。」

今日宮中宴席，帝后分開主持，一個在保和殿，一個在昭陽宮。

大臣們那邊且不論，昭陽宮這邊，劉皇后始終端著大方得體的笑容，招呼各位誥命。今日的宴席規格並不大，只有各衙門的正印官家的誥命以及皇族內外命婦，眾人眾星拱月一般圍坐在劉皇后身邊。

此前，魏景帝和劉皇后說在壽康宮擺宴席，讓方太后主持，方太后厭煩如此作勢，拒絕後想了個折衷的法子。晌午由劉皇后在昭陽宮招待所有內外命婦，夜裡才在壽康宮，自家人一起團聚。

晌午宴席上，王家太夫人也來了。她原在先夫孝期內，本不想出門，但劉皇后下懿旨，特意邀請王太夫人進宮赴宴，王太夫人年齡大了，便帶上兩個孫媳婦一起進宮。

劉皇后在吃宴席的途中，一直和王太夫人說笑，不經意間說了一句。「太夫人家裡家風正，太太、奶奶們都是賢淑良德好典範，想必姑娘們也是不錯的。」

王太夫人微笑道：「多謝娘娘關心，臣婦的孫女們早就出閣了，最大的重外孫都要娶親了，這些年倒沒有哪個孫女在婆家因為規矩被挑剔過。」

劉皇后笑道：「那是太夫人教得好，孫女們都這般好，重孫女就更好了。」

王太夫人奉承劉皇后。「臣婦不及娘娘萬一，諸位公主們被娘娘教導得十分得體。」

劉皇后看著幾個庶女，心裡也不禁得意起來。

這些個庶女，生母不是死了就是位分不高，個個都乖順得很，不敢惹事。她嘴上仍舊謙虛。「承蒙陛下厚愛，本宮自然要教導好公主們，她們日子和和美美，本宮也算沒有辜負陛下。公主們的前程都是好的，本宮現在就愁平王還沒定下媳婦呢。」

旁邊的誥命們都奉承。「有娘娘在，平王殿下定然能娶個賢婦。」

雲氏坐在一邊默默不說話，她心裡清楚，兒子的親事自己是插不上話的。

劉皇后笑著看了王太夫人一眼。「要是本宮的孫媳，能像太夫人家裡的後輩那樣好，本宮作夢都能笑醒了，也能對得起死去的大郎。」

在場許多人都是人精，劉皇后這話的意思十分明顯，所以旁邊張淑妃等人都品出了這話的意思，皇后居然想讓孫子與王家姑娘訂親？

王太夫人紋風不動，裝作沒聽懂，仍舊笑著勸劉皇后。「娘娘多慮了，平王殿下龍子鳳孫，前程豈能差了。臣婦家裡孩子們憨厚，除了會讀兩本書，人情世故上不大通透。老爺子臨終前說，要給孩子們擇讀書的人家婚配，這樣才算門當戶對，切莫要錯了門第。」

劉皇后聽出了王太夫人話裡的拒絕意思，心裡有些不高興。

王家再清貴，難道還能比皇家還貴重？繼哥兒哪裡不好了？哼！不識好歹。

氣氛頓時尷尬起來，眾人都覺得劉皇后瘋了，就算要提親，不能私底下說？這樣堂而皇之地說出來，萬一被拒絕，豈不是丟了正宮娘娘的臉？

但劉皇后有自己的想法，她知道魏景帝現在最不喜歡后妃們背地裡有小動作，她乾脆把事情都擺在明面上，省得魏景帝懷疑她。

別以為王太夫人拒絕了劉皇后的提親就能擺脫，她還有後手呢，娶不到王家姑娘，王家的兒郎那麼多，給公主招個駙馬，還是可以的。

於是劉皇后把五個公主輪流看了一遍，大公主、二公主已經成親，三公主已經訂親，婆家也算不錯，自然不肯成為劉皇后的附庸，四公主有些呆笨，只剩下五公主了。

五公主忽然被劉皇后盯上，嚇得一哆嗦。她自小喪母，和兄長七皇子相依為命長大，天生就會察言觀色。劉皇后雖然只是輕輕掃了一眼，五公主卻敏感地察覺到了異常，肯定有大事要發生！

五公主雖然膽子小，但人還算聰明，她把劉皇后剛才的話翻來覆去想兩遍，心裡頓時豁然開朗。

是了，母后想娶王家姑娘，王太夫人拒絕了，母后肯定不會放棄王家這塊肥肉。直接聯姻不成，間接的倒是不錯。如今王家肯定不肯和劉家結親，那麼只能從別的皇子、皇女身上打主意了。七哥的婚事有父皇做主，我和四姊姊到了年紀，按照父皇的個性，招駙馬的事情肯定會問母后的意思，難道母后要拿我去做人情？

思及此，五公主心裡慌亂地怦怦直跳，沒有親娘護著，他們兄妹倆就如同砧板上的肥肉，人人都能剁兩刀。

五公主仍舊和幾位姊姊們說笑，心裡卻開始想主意。

劉皇后這邊在替孫子操心，魏景帝那邊也在替幾位兒子操心。五、六、七三位皇子都到了年紀，該婚配了。

魏景帝心裡從來沒想過這幾個小兒子能繼承皇位，只想給他們找個合適的姑娘配上，往後安生過日子就行。小五似乎看上了舅家表妹，省得朕操心；小六給他說個讀書人家；只有小七難辦啊，親娘沒了，性子還倔，文武皆不突出，說個好一些的吧……怕人家姑娘家裡不願意，要是太差了，這好歹是朕的兒子，也不好看。

魏景帝暫時把心事放下，一心一意主持宴會，在聊天的間隙打聽打聽誰家有好姑娘、好少年郎。魏景帝如今想做個好父親，不想兒女們婚後日子過得不順遂。

等到了夜裡，帝后帶著子孫們齊聚壽康宮。

方太后看著一屋子的小娃娃，心裡十分高興，她抱抱這個、親親那個，面上喜氣洋洋。雖然這些孩子沒有一個和她有血緣關係，但瞧見孩子們奶聲奶氣地喊太祖母，方太后覺得他們可愛極了。

等過一陣子，我就可以看到我自己的親外孫了。想到這件事，方太后又高興地給了每個孩子賞賜。

魏景帝笑道：「母后這般喜歡孩子，往後讓他們多來給母后請安。」

方太后抱著一個兩、三歲的小娃娃，頭也沒抬。「胡說！孩子們正小，是貪睡的時候，又要讀書，每天來請安可不得累壞了？有這份心意就好。」

劉皇后看著比自己還年輕的婆婆，心裡怎麼也提不起勁。只要魏景帝不死，她就得一直敬著這個婆婆，說不定等本宮死了，她還活得好好的。都說皇家子嗣最重要，方氏一個蛋沒下，卻得到了所有後宮女人想要的尊榮，上天何其不公！

方太后是習武之人，立刻察覺到了劉皇后散發出的憤怒氣息。她笑著看向劉皇后關懷。「皇后每日操勞宮務辛苦了，今日哀家讓人做了妳最喜歡吃的菜。幾位皇子、公主又將要婚配，往後妳還得多操心。你們這些孩子們，多敬你們母后一杯酒。」

劉皇后趕緊陪笑道：「多謝母后關心兒臣。」

酒席熱熱鬧鬧地呈了上來，皇子、皇女們輪流給方太后和帝后敬酒，一家子吃酒賞月，皇子們吟詩作對，公主們奏樂，好不熱鬧。

方太后看著小心翼翼跟在姊姊們身後的五公主，內心陷入了沈思。

前日壽安放出一道虛影進宮，讓我照看五公主，難道這中間有什麼原由？也罷，這孩子沒有親娘，照看她兩分倒也可以。

第五十四章

中秋一過，方太后催著魏景帝讓人收拾清暉園，魏景帝讓人花了快半個月的工夫，把清暉園從裡到外打理得妥妥帖帖，命二皇子和三皇子奉方太后去清暉園。劉皇后想著這個年輕的後婆婆終於要走了，往後這宮裡就是她最大，剛剛要鬆口氣，誰知方太后臨行前卻要把五公主帶走。

劉皇后心裡十分不樂意。她還準備把五公主籠絡過來，招個好駙馬給繼哥兒當幫手呢！難道方氏這賤人打了一樣的主意？

劉皇后臉上帶著厚厚的妝容，皮笑肉不笑地勸方太后。「母后，您出去散心，兒臣不能隨侍左右，內心已十分不安，豈能再讓孩子去吵著您呢？」

說完，她微笑著看向五公主。「小五，妳皇祖母出去給妳皇祖父祈福，妳要聽話，留在宮裡，莫要去吵鬧妳皇祖母。」

皇祖母怎麼忽然要帶我出宮？

五公主正迷糊著，聽見劉皇后這樣說反倒清醒過來。五公主十分為難，要問她的意思，她當然想跟方太后出宮，在宮裡日子多難熬啊？皇祖母又不是那等刻薄性子，總比母后好相處。可母后這意思，看來是不想讓我出宮。

方太后看向劉皇后。「皇后，妳每日辛苦，我替妳帶帶孩子也無妨。小五沒了生母，全仰仗妳的關心才能長這麼大，她是個懂事的好孩子，清暉園那麼大，哀家一個人住在那裡偶爾也會覺得寂寞，有這孩子陪著說話也好。哀家原來想把四丫頭也帶上的，但她捨不得她親娘，就只帶上小五吧。」

方太后態度堅決，魏景帝自然不會計較這些小事，況且有個女兒陪著，也省得別人說自己不孝順，劉皇后只能咬牙讓方太后帶走了五公主。

九月初二那天，方太后在兩位皇子的護駕下，帶著五公主一路前往清暉園。

劉皇后看著方太后的車駕，心裡直罵：老賊婆，專門和本宮作對！

方太后高興極了，她拉著五公主的手道：「小五別怕，到了清暉園，妳玩妳的，不用管我。」

五公主見方太后口裡稱妳我，表情又和善，心裡也放開了一些。「多謝皇祖母。」

方太后來了興致。「我讓妳父皇在清暉園裡弄了個馬場，妳小姑娘家家別整天規矩板板的，回頭跟著我在馬場裡跑一跑，身體好了往後日子才能好呢。妳也十五歲了，馬上就要說人家，我也不避諱妳。妳看宮裡妳那些庶母們，一個個嬌弱得風一吹就倒了，生孩子的時候多遭罪。」

五公主紅了紅臉。「皇祖母，孫女聽您的吩咐。」

方太后的車十分大，等出了內城，她悄悄掀開了簾子，忍不住和五公主道：「一眨眼就過去二十多年了。當年我像妳這麼大的時候，一個人到京郊跑馬，那日子多滋潤啊！」

方太后想起年少時的恣意時光，又想到自己的父親，鼻頭忍不住有些發酸。她看著晴朗的天空，心裡忍不住道：爹，女兒終於又得了自由。這二十多年，女兒為了這個、為了那個，往後女兒就只能為自己、為孩子們了。爹，方家很好，女兒也很好，您放心吧。

五公主自然也聽說過方家曾經的榮耀，輕聲勸方太后。「皇祖母，往後您還可以像以前一樣的。」

方太后轉頭笑道：「我老啦，往後只管安享尊榮就好。」

五公主又輕聲回道：「皇祖母不老，比我母妃才大了一歲。」

方太后一愣，接著哈哈笑起來。「整日聽妳們叫我祖母，我總以為自己七老八十了，說起來，我還不到四十歲呢！好孩子，往後就跟著我過吧。可憐見的，小小年紀就沒了娘。」

這話說得五公主差點掉下眼淚。「皇祖母，孫女真好命，小時候有七哥，往後還有皇祖母照看。」

方太后想到自己女兒也是從小沒娘，心裡不免起了一絲同情之意，摸了摸她的頭髮。「別怕，妳最難的日子都熬過來了，往後都是好日子。」

祖孫倆一路說笑到了清暉園，方太后讓二位皇子進園子吃了杯茶，打發他們回去當差了。

方太后挑了園中最大的院子，五公主住在旁邊的一個小院子裡。

之後，方太后拉著五公主把清暉園整個察看了一遍，哪裡有皇帝的人，哪裡有劉皇后的人，她心裡一清二楚。

把園子逛完，五公主累得氣喘吁吁，方太后仍舊腳步輕鬆。

五公主羨慕極了。「皇祖母，您身子骨兒真好。」

這園子很漂亮，方太后十分喜歡。她的院子旁邊是一個大湖，湖心有個亭子，需要坐船才能過去。

方太后看向五公主。「咱們晌午在亭子裡吃飯吧！」

五公主點頭。「孫女去吩咐人做飯。」

方太后笑道：「這等小事，哪裡需要咱們動手？走，祖母帶妳去看看亭子。」

說完，她摟起五公主瘦弱的腰，凌空飛起兩丈高，如一隻輕盈的飛燕一般，眨眼間便落在湖心亭中。

五公主頓時傻眼了，半天才穩住呼吸。「皇祖母，您莫不是神仙？」

方太后坐在亭子的欄杆上，折了一根柳枝逗湖心的魚兒。「這世間的事，莫要想太多，玩得高興就好。」

方太后帶著五公主在清暉園安居下來，當天就給顧綿綿送了信，讓她第二天帶著孩子去清暉園。

顧綿綿得到信，第二天火速帶著末郎到清暉園看望方太后。

馬車一路行駛，到了清暉園門口，她抱著末郎下車，入眼就是一座富麗又典雅的皇家園林，大門口牌子上面三個燙金大字熠熠生輝，門口站的侍衛威風凜凜。

顧綿綿遞上了牌子，裡面立刻有人來帶她進去。

她才用小被子把末郎包裹好，末郎剛好醒了，他已經不滿足每天躺著，也想看看外面新奇的世界，一雙眼好奇得到處轉。

顧綿綿抱著兒子，身後帶著翠蘭，跟隨來人一路繞過許多假山和花草樹木，終於到了方太后的居所。她抬頭一看，是一塊匾額，靜心居，這是一座前後五進花園式的院子。

太監很客氣地把顧綿綿母子交給前來接應的方嬤嬤。

方嬤嬤一臉歡喜地看著顧綿綿和她懷裡的孩子。「郡主來了，這是哥兒？哎喲，長得真好！郡主快隨老奴進去，娘娘都等不及了。」

顧綿綿笑著問方嬤嬤。「嬤嬤近來身子骨兒可好？我給您帶了些家裡吳太醫開的方子，調養身子最好了。」

方嬤嬤笑道：「多謝郡主，往後老奴隨著娘娘住在這清暉園裡，日子別提多愜意呢。」

說話間的工夫，二人就進了正院。

還沒等顧綿綿行禮，方太后立刻站了起來，歡喜地將雙手在身上擦了擦，伸頭看了看末郎。「這是末郎？我的小乖乖，可想死外婆了。」

她想去抱孩子，又怕自己身上的生人之氣驚著了孩子。

末郎正睜著眼睛到處看，不時哦一聲，彷彿在表達自己的歡喜。方太后看得眼底都濕潤了起來。「這孩子長得真好！」

顧綿綿笑著問道：「娘，這園子住得可好？」

方太后抬頭笑看女兒。「很好，我搬出來了，往後你們可以經常過來。是不是呀？我的小乖乖。」末郎白白胖胖的，小臉肉嘟嘟，眼睛烏黑，睫毛很長，看起來就讓人恨不得抱住親兩口。

聽見有人說話，末郎又哦了一聲，方太后頓時止不住歡笑起來。

顧綿綿把孩子遞給方太后。「娘，您抱抱他，家裡每天這個抱過來、那個抱過去，他不認生。」

方太后像捧著什麼寶貝一樣接過小外孫。「乖乖，我是你外婆。」說完，她在末郎臉上親了一口，末郎忽然笑了起來。

方太后見狀更高興了，又讓女兒坐在自己身邊，連聲問她。「這些日子怎麼樣？妳的身子都恢復了沒有？家裡人都好？」

顧綿綿笑著回道：「都好得很，我身子早就恢復了。就是大哥還有十天就要娶親，我這些日子還得忙著。等辦完了大哥的親事，我再多來看看娘。」

方太后欣慰道：「一眨眼，妳也是能理事的當家主母了。」

顧綿綿也有些唏噓。「娘，我來的路上看這園子不錯，倒是個養老的好地方。」

方太后嗯了一聲。「陛下孝順，給了我這個園子。這院子離內城遠，能避開紛擾，且又不是很大，我一個人住很好，礙不著別人。」

說完，她吩咐方嬤嬤。「去把小五叫來。」

等五公主來了後，顧綿綿一眼就認了出來，這是上輩子的寧國公主，二十多歲還沒嫁人，最後慘死在宮宴上。

等五公主走到跟前，顧綿綿主動行禮。「臣婦見過公主殿下。」

五公主往旁邊側了側身子。「嘉和郡主多禮了。」

方太后讓她們兩個都坐下，然後對顧綿綿道：「我一個人住在這裡也無聊，就把小五叫了過來陪我。」

顧綿綿微笑著看向五公主。「多謝公主殿下。」

五公主連忙道：「郡主不必客氣，伺候皇祖母是我應該做的。」

方太后看向五公主。「今日妳表姑不回去了，留他們母子在這裡吃飯。小五妳去看著些，讓廚下的人做些清淡的飲食。」

五公主心裡一驚，都說皇祖母喜愛嘉和郡主，看來果然不假，讓我叫表姑，看來是想讓我和嘉和郡主交好。五公主腦子飛快地轉了起來，我如今投靠了皇祖母，婆媳總是冤家，母后那裡怕是再也落不著好了。皇祖母年輕，嘉和郡主是她義女，衛大人年輕有為，若是能交好，往後七哥也能少為我操些心。

五公主趕緊站了起來，主動向顧綿綿行禮。「見過表姑。」

顧綿綿立刻起身。「殿下客氣了。」

方太后在一邊打圓場。「剛才是國禮，妳該給小五行禮，如今是家禮，妳是長輩，小五給妳行個禮也正常。」

五公主笑道：「皇祖母，我去看看晌午的菜色。」

方太后微微點頭。「去吧，莫要怕，拿出妳公主的氣派來。方嬤嬤，妳跟著小五一起去。」

方嬤嬤笑咪咪地陪著五公主走了。

顧綿綿看著五公主的背影消失在門外，這才回過神來。

方太后低聲問道：「壽安緣何讓我照顧五公主？」

這個人，整天嘴上胡言亂語，心裡卻總想救人性命。

顧綿綿心裡好笑，她卻不好和方太后說太多，只能含糊著道：「想來也是怕母后孤單，如今諸皇子除了七皇子，各自都有生母。我聽說七皇子極為疼愛這個胞妹，娘若是能多照看她幾分，七皇子定然會孝順您。我說句挨雷劈的話，陛下年紀比娘還大，以後不管誰登基，和娘還能有多少情分？若是能自己栽培一個，也能多幾分情分。」

方太后笑著搖頭。「我一個整天吃閒飯的人，還要你們替我操心。」

顧綿綿心裡有些愧疚，不管是平王之事還是五公主之事，自己夫妻二人似乎都在利用不知內情的老母親。轉瞬她又釋然，如今大家都知道我們是母女，一榮俱榮、一損俱損，我們好了娘才能好，娘好了我們才能好。娘就算知道內情，肯定也會毫不猶豫這樣做。

想開了，顧綿綿又歡喜起來，從翠蘭手裡接過一個包袱打開。「娘，我給您做了兩件常服，也不知合身不合身。」

方太后雙眼發亮地看著包袱。「我知道妳針線活好，定然是很合身的。」

顧綿綿抖開其中一件，暗紅色長袍，上面用金線簡單地繡了幾朵牡丹花，看起來內斂又不失華貴。

顧綿綿接過孩子，方太后立刻換上了衣裳。「看！我就說合身得很。妳每天打理家事、帶孩子，還要給我做衣裳，可別累著了。」

顧綿綿笑道：「中秋時，我給師父、師叔都做了衣裳，心裡就想著娘呢。」

方太后歡喜地坐了下來。「你們放心吧，小五我會照顧好的，這孩子很聽話。」

母女倆正說著話呢，外頭忽然有人來傳，七皇子來了。

方太后看了一眼顧綿綿。「妳抱著孩子到屏風後頭去。」

顧綿綿抱著末郎坐到屏風後的一張凳子上拍哄。末郎正好累了，顧綿綿便餵他吃了兩口奶，再輕輕拍了兩下，末郎很快就睡著了。

孩子剛睡著，隔著屏風，顧綿綿看到外頭進來一位挺拔的少年郎。

十六歲的七皇子神色嚴肅，不苟言笑，他進屋後先規規矩矩跪下向方太后行禮。「孫兒見過皇祖母，皇祖母萬安。」

方太后微笑道：「七郎不必多禮，起來說話，今日沒去當差嗎？」

七皇子起身，坐在旁邊的一張椅子上。「回皇祖母的話，今日衙門無事，孫兒便向承恩侯告假，來看望皇祖母。」七皇子在禮部當個閒差，平日裡沒有多少事情。

方太后點頭。「你們小孩子家，你父皇就是想讓你們歷練歷練，自己的兒子自己心疼，肯定不會讓你們累著。跑了這麼遠的路過來，累著了吧？」

七皇子連忙道：「多謝皇祖母關心，孫兒騎馬來的，倒不覺得累。皇祖母在這裡住得可還習慣？」

方太后讓他吃茶。「這院子裡有山有水，十分漂亮，哀家住得很習慣。晌午哀家有客，讓小五去幫著看一看菜單，七郎晌午也留在這裡吃飯吧。」

七皇子抬眼掃到屏風後面影影綽綽有一道影子，連忙客氣道：「孫兒不請自來，驚擾了客人，是孫兒莽撞了。多謝皇祖母留飯，只是孫兒下午還要處理一些公文，不能與皇祖母一起用膳了。」

方太后笑道：「無妨，你能來清暉園，哀家高興。你去忙你的吧，有空過來看看小五。」

七皇子拱手道：「五妹妹年紀小不懂事，全賴皇祖母教導。」

方太后微笑著看向七皇子。「沒有，小五很懂事，哀家喜歡小五。」

七皇子抬頭看了一眼方太后，又低下了頭。「多謝皇祖母，孫兒前兒在外頭蒐羅了一些小玩意兒想送給皇祖母，還請皇祖母莫要嫌棄。」

說完，他送上了一包東西。有婦人們玩的雙陸，小姑娘們玩的毽子，還有幾樣小娃兒玩的東西。

方太后心裡了然，知道七皇子必定已經猜出了什麼。

方太后拿起那個小陀螺。「可惜末郎還小，暫時玩不得。我替他收著，等他大了再給他玩。你有心了，東西哀家都收下，你去看看小五吧。」

七皇子依禮告退，去看望自己的胞妹。

顧綿綿抱著孩子從屏風後頭轉了出來。「娘，這七皇子倒是個聰明人。」

方太后把東西收好。「從小沒娘的孩子，又要照顧妹妹，不聰明怎麼能活得下去？」

那頭，七皇子見到正在看菜單的妹妹。

五公主欣喜地站了起來。「七哥！七哥你來了。」

在五公主面前，七皇子的臉上才露出一絲微笑，他摸了摸妹妹的頭。「我來看看皇祖母和妳，這邊怎麼樣？」

這一問，五公主小嘴立刻說個不停。「七哥你別擔心我，我好得很。皇祖母早上不讓我來請安，還讓我睡到日上三竿再起來。說我每天想吃什麼就吃什麼，白日去湖裡遊船，或是去山上玩耍，院子裡還有鞦韆架，皇祖母還說回頭要帶我一起去菜園裡種菜。我在這兒自由自在的，除了陪皇祖母吃兩頓飯，什麼差事都沒有。」

七皇子知道，妹妹肯定是在報喜不報憂，他小心提點妹妹。「也別憨玩憨吃，父皇讓妳過來，是伺候皇祖母的。」

五公主點頭。「七哥放心，我準備給皇祖母做針線，回頭跟廚娘學廚藝，給皇祖母做飯吃。我還準備學騎馬，跟皇祖母到馬場跑馬。皇祖母喜歡玩，我就陪皇祖母玩。」

七皇子看著懂事的妹妹，心裡又心酸、又欣慰。「別怕，這裡除了皇祖母就是妳最大，該有的架子莫要丟了。不過皇祖母是個隨性的人，妳也莫要太拘謹。」

五公主處理完了菜單，拉著七皇子去自己的院子裡轉了一圈。「七哥你看，我一個人住這麼大的院子呢！我的吃穿用度和皇祖母是一樣的，你就別擔心我了。」

七皇子是個細心人，到了這院子，一眼就看出方太后並沒有苛待妹妹。想到這裡，他把下人屏退，低聲問五公主。「今日來的，可是嘉和郡主？」

五公主點頭。「皇祖母還讓我叫她表姑。」

七皇子了然於心。「妳多和嘉和郡主交好，皇祖母會更照顧妳的。」

五公主轉了轉眼珠子。「七哥，這裡面是不是有什麼我不知道的事情？」

七皇子看了妹妹一眼。「聽說，嘉和郡主和皇祖母長得有些像？」

五公主回道：「有五、六分像，難道皇祖母是因為這個原因認的義女？」
七皇子沈默片刻，忽然低聲道：「那不是義女，那是皇祖母的親生女。」
五公主呆愣片刻，忽然興奮起來。「七哥，你早就知道了是不是？」
七皇子示意她安靜。「此事怕是連皇祖父都知道，方家當年被抄家，皇祖母流落民間，二十歲才回來，有了孩子也正常。有皇祖父默認，一個郡主的虛銜，父皇和母后自然不會在意。皇祖母只此一女，自小不在身邊長大，定然十分疼愛，妳在嘉和郡主面前，莫要擺公主的架子。」
五公主點頭。「七哥放心吧，我這個公主，從來都是沒架子的。」
七皇子被妹妹逗笑，搖搖頭。「別胡說，既然要做針線，給那孩子也做兩件。」說完，他從懷中掏出一塊玉珮。「妳叫了表姑，等會兒給表弟一份見面禮，也不為過。」
五公主收下玉珮。「七哥，你別為我擔心了。我聽說最近父皇要給你和五哥、六哥訂親，你也要看著些，不說要最好的，至少不能太差呀！」
妹妹關心自己的婚事，讓七皇子有些不大自在。「妳不用操心我的事情，我心裡都有數。我走了，妳好生伺候皇祖母，過幾日我再來看妳。」
五公主笑道：「我送送七哥。」
兄妹倆從五公主的院子門口一直走到清暉園二門口，七皇子告別妹妹，翻身上馬，往京城而去。

五公主折回靜心居。「皇祖母，我都看好了，保管表姑喜歡。」

方太后和女兒說了半天的話，心情十分高興。「小五辛苦了。」

五公主並沒有變得諂媚，仍舊落落大方地和顧綿綿說話，顧綿綿也有些想和這位苦命的公主交好，跟著五公主越說越熱鬧，從珠寶首飾說到京城哪裡有好吃的、好玩的，還有京城外面的一些有趣的事情。

五公主以前何曾聽到這些？越聽越高興，兩人都多了幾分真心。

而方太后只管抱著白胖的外孫逗弄，一直笑呵呵的。

清暉園一日遊，顧綿綿十分滿意。臨走的時候，方太后給女兒帶了一大車的東西，吃的、穿的、玩的、戴的，還有她給外孫的見面禮。

顧綿綿把五公主給的那塊玉珮仔細看了看，是塊好玉，但並不是內造，猜測應當是七皇子的手筆。

等到了夜裡，衛景明歸家，顧綿綿幫他換掉官服。「衛大人如今越來越有主意了，居然支使我娘幹活，都不跟我商量一聲。」

衛景明一聽就明白她說什麼。「那天我在宮中值夜，放了一道虛影去看了看娘，說了一聲五公主的事情，回來後倒是忘了告訴妳。」

顧綿綿哼一聲。「哪裡是忘了告訴我？是不想告訴我吧！」

第五十五章

見顧綿綿神色不快，衛景明趕緊抱著她認錯。「好綿綿，都是我的錯。我見妳整日帶孩子、操持家務忙碌個不停，實在不忍心讓妳再跟著憂心。於娘來說，這不過是小事，別的事情我再沒有隱瞞的。」

顧綿綿拍了他一下。「我難道不可憐五公主？有娘照顧她，希望她能好好的。」

衛景明上輩子沒能救下寧國公主，這回不想她再次殞命，只能請方太后幫忙，為免顧綿綿再多想什麼，他乾脆主動挑起話頭。「今日我見到七殿下了。」

顧綿綿詫異道：「你也見到七殿下了？今日七殿下去了清暉園，說了幾句話就走了。五公主給了末郎一塊玉，我看像是七殿下的手筆。」

衛景明看了看那塊玉，輕笑道：「看樣子是七殿下自己佩戴過的，他只是客氣地跟我打了個招呼，多的話也沒說。」

顧綿綿收回玉珮。「是個聰明人。」

衛景明點頭。「怕是他已經知道了妳的身分，見娘照顧他妹妹，投桃報李。這樣也好，我正愁找不到機會和他搭話呢，娘可是幫了我的大忙。」

顧綿綿忽然有些難過，她摸了摸衛景明的臉。「官人都是為了我，不然誰做皇帝和我們又有什麼關係呢？」

衛景明在她額頭上親一口。「也不全是，娘子去得早，不知道後來的事情。七殿下繼位後，勤政愛民，是個好皇帝。我不敢肯定別的殿下繼位後會怎麼樣，至少知道七殿下不會太差，這於大家都是好事。」

顧綿綿依偎在他懷裡。「我們接下來要怎麼做呢？」

衛景明把她攬住。「等。陛下剛繼位，還有十幾年呢。七殿下羽翼未豐，我們也不能干涉太多，怕過猶不及。」

顧綿綿半晌後才道：「看來這世間萬物都有定數，我們得了末郎，就要付出別的代價。」

衛景明笑道：「有娘和師父、師伯的幫忙，我們幸運多了。」

顧綿綿抬頭對著他笑。「咱們去看看兒子吧。」

衛景明拉著她的手進了臥房，夫妻倆一起趴在床上，看小末郎敞著肚皮呼呼大睡。

衛景明拿起兒子的腳，隔著襪子輕輕咬了一口，末郎一點反應都沒有。這張大床上到處都是父母的氣味，他睡得十分安心。

顧綿綿雙手托腮，看著兒子的睡顏，也低頭忍不住偷偷親了一口。

末郎被娘親了一口，忽然在睡夢中努著小嘴吸了兩下，好像在吃奶一樣。

衛景明對顧綿綿道：「咱們兒子真是最可人疼的娃。」

顧綿綿連忙道：「可不要在外面這樣說，讓人笑話。」

夫妻倆一起嘀嘀咕咕看孩子，整個臥房裡溫馨安寧。

時間過得很快，一眨眼就到了薛華善娶親的日子。這一天，衛景明和顧綿綿天沒亮就起床了。

新房早已布置好，裡面是邱家送來的家具，薛華善也打扮一新，等著去迎親。家裡的事情顧綿綿早就安排好了，各人管各人的事情，雖然忙碌，倒不會混亂。

偏院兩個老頭子今日也穿戴一新，雖然不會幫著迎客，也能鎮鎮場子。

一大早，金家人和莫家人都來了。莫太太是媒人，今日也是主角。顧綿綿又是妹妹、又是嫂子，這身分複雜，但不管哪一種，忙碌都是肯定的。

顧綿綿今日穿著全套的郡主服飾，帶著金太太和莫太太迎客。薛華善娶親，他的同僚來了許多，衛景明的一些親近的同僚也來了，客人不少，好在衛家夠大，能坐得下。

等到新人迎接了過來，顧綿綿在薛華善的院子正房明間擺上了薛班頭的牌位，兩位新人對著牌位磕頭，算是全了禮數。

一整天下來，顧綿綿覺得自己臉上的肉都笑僵了，到了晚上，漱洗完畢後，她面無表情地坐在床頭餵孩子。

衛景明笑著捏了捏她的臉。「郡主緣何不高興？」

顧綿綿一把拍掉他的手。「大哥娶親，我高興得很，我就是不想笑了。」

衛景明卻哈哈笑。「娘子今日辛苦了。」

顧綿綿輕輕哄孩子睡覺。「這下子好了，平日你們不在家，我也有個說話的人。」

衛景明把末郎悄悄移到裡面去，然後摟住顧綿綿。「娘子，今日別人洞房花燭，咱們也再來一次洞房花燭。」

顧綿綿忍不住笑。「胡說八道，你兒子都多大了。」

衛景明開玩笑。「妳別看末郎，假裝咱們沒有兒子就是了。」

說完，他把帳子一放。「好綿綿，妳也疼一疼我，不能光疼兒子。」

轉天早上，薛華善帶著邱氏來了正院。

夫妻倆都不是多話的人，邱氏臉上微微帶著紅，薛華善一臉正經。

顧綿綿主動打招呼。「大哥、大嫂來了。」

邱氏連忙道：「妹妹，家裡有什麼事情是我能做的？」

顧綿綿笑道：「大嫂別忙，先跟我們去見過偏院的兩位長輩。今日妳入門第一天，咱們一起陪長輩吃飯，往後你們就單獨在你們院子裡吃。」

邱氏點頭。「多謝妹妹教我。」

四人一起帶著末郎來了偏院，鬼手李笑咪咪接過孩子。「咱們的小末郎一天一個樣，長得真快。」

顧綿綿讓人放了跪墊，薛華善拉著邱氏跪下。「二位前輩，我自幼喪父，義父不在京城，平日多得二位長輩照顧，今日攜新婦給二位長輩請安。」

說完，他帶著邱氏一起給二人磕頭。

鬼手李趕緊扶起了薛華善，並示意邱氏自己起來。「你是個好孩子，自來了京城這一年，孝順懂禮，踏實肯幹。既然你把我當作自家長輩，我也囑咐你一句話，往後和你媳婦好生過日子。」

說完，他從懷裡掏出兩個紅包遞給薛華善。

郭鬼影見狀，也不甘示弱地掏出兩個紅包。「華善，末郎整天被老二抱著，我插不上手，你也生個兒子給我玩。」

鬼手李不禁笑了。「師兄又胡說，孩子是用來疼的，不是用來玩的。」

見邱氏羞得脹紅了臉，顧綿綿趕緊打岔。「翠蘭，讓人擺早飯，再讓人把吳太醫叫來。官人，你吃了飯就去衙門。」

吃飯的時候，郭鬼影不停地往吳遠碗裡挾吃的。「可憐見的，就剩下你一個光棍了。」

吳遠微笑著抬頭。「怎麼會？有二位前輩陪著我呢。」

郭鬼影一噎，鬼手李看了哈哈大笑。「師兄，你莫要欺負遠哥兒是個老實人，他近來越發伶牙俐齒，你再胡說，當心丟了老臉。」

郭鬼影並不生氣。「我們打光棍那是不想娶親，你不一樣，年紀輕輕的，長得也不賴，可不能打光棍。」

吳遠說笑了一句後就看向衛景明。「衛兄，我準備回鄉一趟。」

衛景明道：「好，我給你我的名帖，派兩個人跟著你一起。太太，妳帶著大嫂一起替賢弟收拾行李，要是有什麼東西想帶給爹和二娘的，讓賢弟一起帶回去。」

顧綿綿點頭。「官人放心，交給我吧。」

薛華善婚後，吳遠定下出行的日子，顧綿綿又忙碌起來。

顧綿綿帶著邱氏一起，幫吳遠收拾了滿滿一車行李。

九月十八的早上，吳遠乘著微涼的秋風，在藥僮和衛家兩位下人的陪同下，南下往青城縣而去。他出發的時候，衛景明的一封信已經沿著官道提前發往青城縣。

等吳遠到青城縣時，時間已經到了十月初七，青城縣的天比京城要暖和一些，吳遠一路南下，衣物倒不用增減。

還沒到青城縣城門口，藥僮就忍不住開始叨叨。「少爺，老爺、太太肯定等了多日了，少爺定要在家多住幾日。」

吳遠並未回答藥僮，而是催促他快些趕車。

吳家的下人在城門口蹲守了多日，等見到主僕二人，立刻飛奔過來。

吳遠對著家裡的下人揮揮手。「先回家吧。」

其中一個已經飛奔著往吳家而去，吳太太聽說兒子回來了，慌忙往外跑，頭上的金釵都差點要掉了。

等到了門口，看到心心念念的兒子，吳太太卻忽然有些不敢靠近，她怔怔地看著兒子，他似乎有些不一樣，不像以前那樣沈悶，身上的鬱氣也消失不見了。

吳遠先開口。「娘，兒子不孝，回來遲了。」

吳太太頓時歡喜起來，衝過來拉著兒子的手。「遠兒，你回來了！」

說完這句話，吳太太的眼淚就掉了下來。兒子長這麼大，還是第一次離開她呢。

吳遠掏出帕子，幫吳太太擦了擦眼淚。「娘別擔心，兒子好得很，如今我已經是七品太醫了，娘高興不高興？」

吳太太一邊哭、一邊笑。「高興！接到你的信，我和你爹在家裡喝了一壺酒，我兒有出息，娘當然高興呢。」

吳遠拉著吳太太的手往屋裡去。「娘，兒子給您帶了些京城的東西，等爹回來了，咱們一起聚一聚。」

話音剛落，吳大夫就回來了。「遠兒，遠兒在哪裡？」

吳遠從屋裡伸出頭，對著吳大夫微笑。「爹，您回來了。」這語氣彷彿他從來沒出門，一直在家裡一樣。

吳大夫哈哈大笑，摟著兒子的肩膀。「我兒真爭氣，重振咱們吳家的門楣了。小小年紀就做了太醫，爹這輩子沒白活。」

一家子高高興興地團聚，那邊，阮氏也很快得知了消息。

聽到吳遠回來，阮氏坐不住了，她吩咐家裡婆子看好家，提著兩樣禮物，親自登吳家的門。

吳太太趕緊出來迎接。「顧太太來了，遠哥兒才進門，我還說等會兒就打發他去太太家裡呢。」

阮氏笑著回道：「嫂子，我可是等不及了。我們姑奶奶和姑爺出去一年多沒回來，我們老爺惦記得不行。我知道吳太醫遠道而歸，本不該這個時候來叨擾嫂子一家團聚，是我失禮了。」

吳太太笑道：「顧太太客氣了，都是做娘的，我哪裡不知道妳的心思？況且你們家姑奶奶還有了外孫，顧大人和顧太太定是日夜惦記的。」

吳遠出來給阮氏鞠躬行禮。「臨行前，衛兄讓我轉告叔叔、嬸子，他們在京城一切都好，孩子也很康健，請叔叔、嬸子保重身體。衛太太還讓我給嬸子帶了許多禮物，都在車裡，我還說稍後給嬸子送過去。」

阮氏連忙道：「恭喜吳太醫考入太醫院，吳家果真是世代名醫，小小年紀就能在成千上萬人之中脫穎而出，吳太太真是教子有方。」

阮氏和吳太太兩個婦人相互誇讚了一番，吳太太當即打發吳遠送阮氏回家。剛好，顧季昌也從衙門回來了。

見過禮之後，顧季昌拉著吳遠說話。「原以為你考過試之後就會回來，沒想到你竟是直接去就職了。這樣也好，別人都回鄉探親，你反倒能先站穩了腳跟。」

吳遠對著顧季昌拱手。「在京城，承蒙衛兄和衛太太照顧，一切都比較順利。衛太太讓我轉告顧叔，當差雖然要緊，也要照顧好身體。」

顧季昌心裡何嘗不思念女兒？但想到女兒一切都過得好，又有生母照看，他也能放心。

顧季昌知道吳遠剛回家。「你先回家去，好生和你父母團聚幾日，等你要走的時候，再幫我帶些東西去京城。」

於是吳遠留下一車顧綿綿託他帶回來的東西，便自己回吳家去了。

吳遠離去後，阮氏從車裡一樣一樣往外拿東西，綢緞布疋、茶葉乾果、筆墨紙硯、古玩玉器……樣樣都有。

阮氏忍不住道：「姑奶奶這是把整個家搬回來了？」

顧季昌見女兒給自己準備的茶葉以及女婿送給他的一把好刀，心裡忽然泛起一股酸意。他知道，自己這輩子都不大可能去京城，往後餘生，只能靠這樣傳書信和女兒保持聯繫。

阮氏見他情緒低落，趕緊安慰他。「老爺，你看孩子們多孝順。我聽吳太醫說，哥兒小名叫末郎，長得玉雪可愛，老爺做外公了呢。」

顧季昌又高興起來。「等遠哥兒走的時候，咱們給末郎備些禮物，也是咱們的心意。」

阮氏又一樣樣和顧季昌商量這些禮物的用處，哪些自己用，哪些拿去送人。縣太爺楊大人那裡定然要送一些，齊縣丞那裡也要顧個面子，正商量著，顧季昌的老娘岳氏來了。

岳氏一看到一大車的東西，一拍大腿道：「老大，是不是綿綿讓人送回來的？」

顧季昌驚詫。「娘消息這樣靈通？」

岳氏歡喜地跑過來看，這個翻翻、那個摸摸。「我就是趕巧過來看看，倒不知道綿綿送東西回來了。這丫頭真是出息了啊！這麼多好東西你們也用不完，這料子不錯，給你舅舅做一套外衫，這茶葉真好，給你表弟一些吧……」

阮氏一臉無奈，顧季昌慢悠悠開口道：「娘，綿綿來信了。」

岳氏停下翻東西的手。「她說什麼了？有沒有問候我？你給她回信，你表姪到現在也沒個差事，孫女婿不是做了大官，讓他給你表姪安排個官當當吧。」

顧季昌忍不住反駁。「娘，就算安排，也是安排我親姪子。」岳氏眼裡，孫子是比不上娘家姪孫的。

她撇撇嘴。「你們一個個的狠心賊，有了好處也不說想著我娘家人。」

顧季昌又道：「娘，有件事我得告訴您。」

岳氏坐了下來。「你說吧。」

顧季昌低聲道：「娘，您當年成天罵綿綿的生母，如今她舅舅家又做了官，人家說要來找娘的麻煩呢！」

岳氏嚇了一跳。「方氏還有娘家？她娘家不是死絕了？」

顧季昌咳嗽一聲。「娘，您快別嚷嚷了。綿綿她舅舅原是侯爵呢，您不知道，她有個姨母如今做了老封君，人家聽說咱們原來刻薄人家姊妹，說要來給她撐腰呢。」

岳氏忽然一笑。「老大，這你就不知道了。親戚親戚，就算原來我罵了她兩句，我總是她婆母，她姊妹好了，難道還能來找我問罪？」

見岳氏還是不明白，顧季昌嘆了口氣。「娘，您可別這麼想，兒子問您，方氏沒了，您照看過綿綿一天嗎？」

岳氏不服氣。「我就算沒照看她，她也是我孫女。」

顧季昌只能道：「娘，您是綿綿的祖母，人家自然不會把您怎麼樣。但您不知道，這些大戶人家對付女眷就一個法子，弄死她娘家人。您是無所謂，舅舅和表弟可要危險了。」

岳氏立刻緊張起來。「胡說，有你在呢，你難道能看著你舅舅被人欺負？」

顧季昌哼了一聲。「娘，您養了舅舅一輩子，把我女兒的東西拿去送給表弟的兒子，表弟還要賣了我女兒給他兒子還賭債，這樣的舅舅和表弟，我為啥要救他們？」

岳氏急了。「老大，那是你舅舅和表弟，看在我的面上，你怎麼能不管他們？」

顧季昌慢悠悠地從岳氏手裡把女兒送的茶葉拿了回來，放進自己的茶葉桶裡。「娘，兒子特別想問您，兒子和弟弟是您撿來的不成？為啥在妳心裡，表弟比我們還重要？」

岳氏被問住了。可她沒做錯啊！從她懂事開始，爹娘就教她，弟弟是她的責任，有了好東西要第一個想到弟弟，以後嫁人了，婆家有的東西也要分一半給弟弟，這樣才是好姊姊。她活了幾十年，一直沒有違背父母的意志，她是個孝順女兒。

她看了一眼兒子。「難道你不應該幫我一起對你舅舅好？」

顧季昌知道，老娘的心歪了，除了恐嚇，沒有別的辦法能讓她停下照顧娘家的瘋狂行為。她活著的意義就是照顧她弟弟，哪怕把兒子貼進去都行。

顧季昌嚴肅道：「娘，這些東西都是綿綿送給我和她二娘的，別人休想得到半分！」

岳氏愣怔地抬起頭。「老大，真沒有我的份嗎？」

顧季昌點頭。「贍養娘是我和老二的責任，和綿綿無關。兒子決定了，娘還是搬回來跟我們一起住。」

岳氏急道：「那不行，你舅舅腿腳不好，我要照顧你舅舅。」

顧季昌寒著臉。「既然娘想在舅舅家裡當老媽子，舅舅也不能不管飯，往後我就不給娘生活費了。」

岳氏更急了。「你敢?!」

顧季昌看都不看她一眼。「娘只管看看我到底敢不敢，娘要是再這樣，我只能把舅舅和表弟送給方家了。方家歷代從軍，殺個人就跟切菜一樣，娘可別心疼。」

岳氏不答應，母子倆吵了一架。岳氏想把顧綿綿帶來的東西拿回娘家，顧季昌氣急，直接跑到岳家把表弟和表姪揍了一頓！並且揚言，從此和岳家一刀兩斷，再不給岳家一文錢！

岳氏並不擔心。那是她親兒子，難道敢不養老娘？

哪知顧季昌說到做到，真的一文錢都不給，且把家裡的欠條都拿了出來，讓岳家還錢。

顧季昌原來不想計較這些，但現在岳家把主意打到他女兒頭上，他不能讓舅舅和表弟去影響女兒、女婿。一向好說話的顧季昌忽然硬氣起來，三天兩頭去向表弟要錢。岳氏哭也哭過，罵也罵過，可她發現一旦兒子要計較起來，她是一點辦法都沒有。

到了這個時候，岳氏哪裡還記得什麼讓孫女給姪孫安排差事的事？只想著該怎麼讓大兒子恢復正常才是首要。

顧季昌這樣，岳家老太爺開始逼迫姊姊岳氏。

一日晚上，岳老太爺和岳氏商議。「姊姊，大外甥鬼迷了心竅，不肯孝順姊姊，姊姊還是要拿個主意才好。」

岳氏流眼淚。「我有什麼辦法？這個孽障吃了秤砣鐵了心，我罵也罵過，他不聽啊！」

岳老太爺摸了摸鬍鬚。「姊姊，我有個辦法，但看姊姊敢不敢去做。」

岳氏抬頭看他。「你有什麼好辦法？」

岳老太爺低聲道：「姊姊，既然大外甥想和妳斷絕母子關係，妳生養了他一場，豈能這樣隨便斷了？讓他給二百兩銀子，了斷母子關係，往後讓大郎和二外甥給妳養老。」

岳氏一聽，頓時覺得這個主意不錯，反正大兒子和她不親，只要能要到錢，往後各自安生也就罷了。大兒子做了縣尉，二百兩肯定能拿得出來。

岳氏又歡喜起來，只要我把錢拿到手，給二郎一半，給姪兒一半，我養老就不用愁了。

岳氏說幹就幹，第二天就去找顧季昌要錢。

顧季昌一聽就知道是自己那個吸血鬼舅舅想的主意，他二話不說就同意了。「娘，錢我可以給您，但您既然決定在舅舅家養老，錢就給舅舅吧。」

岳氏頓時喜笑顏開。「你這孩子，原來心裡面還是想著你舅舅的，既然這樣，何必前幾日做個惡人？」

顧季昌立刻讓阮氏拿了二百兩銀子，叫上縣衙裡的兩個書吏，又請了兩個德高望重之人，一起去岳家。

眾人聽說顧季昌要和老娘斷絕母子關係，不住地勸他慎重，要為了兒子的前程著想，這世道要是老子不孝，兒子連考科舉的資格都沒有。

顧季昌把手一擺。「諸位不用擔心，我自有辦法，請諸位幫我做個見證就行。」

在岳家院子中，顧季昌親自寫了一封文書，他給二百兩銀子，往後岳氏生老病死和他無關，由舅舅和表弟負責。

岳老太爺一見文書和自己想的不一樣，立刻反駁道：「大外甥，你不願意管你娘，那也不能讓你弟弟也不管你娘啊！」

顧季昌笑了笑。「舅舅，我娘這麼多年都和舅舅在一起，有什麼好東西都先想到表弟，我家二弟附庸在你們家，他哪裡有說話的餘地？一切事情還不是舅舅和表弟做主。我把錢給舅舅，請舅舅和表弟往後代我照看老母親和二弟。」

說完，顧季昌把二百兩銀票往桌上一拍，岳老太爺祖孫三個看見眼睛都紅了。

岳老太爺道：「外甥放心，我和你娘是親姊弟，別說你給了銀子，就算你不給錢，我還能不照看她？」

說完，他抖著手把二百兩銀票收入了懷裡。

顧季昌首先在文書上簽字，岳老太爺祖孫三個和各位見證人也留下了手印。

做完這些，顧季昌先看向親弟弟囑咐。「娘往後留在舅舅這邊，你多照看些，有難處了就去找我。」

說完，他又掏出二十兩銀票給顧老二。

顧老二眼見著大哥把二百兩銀票給了舅舅，有些著急，拿著二十兩又不知如何開口。

顧季昌只是拍拍他的肩膀。「莫要急，沈住氣。」

岳氏全然沒注意兩個兒子的互動，看著弟弟拿了二百兩，滿心以為自己從此迎來了好日子，喜笑顏開的。

第五十六章

吳遠回家後，吳大夫思來想去，終於做出了個重要決定——他要跟著兒子上京城。

吳太太又憧憬、又害怕。憧憬的是一家子去了京城能在一起團聚，因為她實在受不了和兒子分開的日子，每日是提心弔膽的；害怕的是自己年紀大了，若是去了京城，也不知道這輩子還能不能回家來，那麼家裡這一大攤家業該怎麼辦呢？

吳大夫比較果斷，勸說道：「娘子啊，咱們兒子難道沒有這些家業重要嗎？」

吳太太趕緊搖頭。「老爺，您誤會我了，我自然想日日和遠哥兒在一起。但是我聽說京城樣樣都貴，咱們在青城縣，好歹還能守住家業，能支持遠哥兒。若是都去了京城，以後事事都指望遠哥兒，他才多大，豈不是要把他壓垮了？」

吳大夫失笑搖頭。「娘子啊，男兒大丈夫，不給他肩上壓些擔子，他如何能長大？再說了，遠哥兒在京城，不能總是靠著衛家生活。咱們把家業處理了，才能早些在京城給遠哥兒安家。娘子別怕，我好歹懂幾分醫理，到了京城，我揹著箱子當遊醫也能養活娘子，保證不會給遠哥兒扯後腿。」

兒子沒成家，這是吳太太的心病，總希望能親眼看見兒子成家，聽見吳大夫這樣說，她咬了咬牙。「那就聽老爺的，咱們也上京城！」

吳遠聽說後並不反對。「爹娘隨著兒子上京城，兒子雖無用，勉強也能養得活爹娘。不然兒子一個人在京城吃山珍海味，爹娘不在身邊，兒子心裡也不放心。」

一家人說定後，吳大夫開始處理家裡的產業。吳家最大的產業是藥房和田產，藥房裡的藥，吳大夫準備賣掉大部分普通藥材，將名貴藥材都帶到京城去，他就算不能開藥房，當個行腳大夫還是可以的。至於田產，這個最不愁賣。吳家一放出風聲，立刻有好幾家登門。吳家把田產拆成幾份賣了，只留下一部分託族人打理。

等吳家人準備上京城時，顧家和岳家又鬧了起來。

岳氏本來對顧季昌給了二百兩銀子開心得很，她滿心以為自己從此迎來了好日子，她都給弟弟掙來這麼大一筆銀子，弟弟還能對她不好嗎？

可事情卻完全不是按照岳氏的想像發展。

岳老太爺得了銀子，心裡知道姊姊徹底失去了作用。剛開始幾天，岳家人還願意給岳氏肉吃，再過幾天，只有普通的飯菜，等岳家人發現顧季昌真的不再管親娘，岳氏便只能每天喝兩碗粥了。

岳氏從剛開始的驚愕到失望、痛哭，她去找岳老太爺。「說好了讓大郎給我養老，你怎的每日雞鴨魚肉，我卻只能吃稀粥配鹹菜？我也不是圖你吃的，你怎能這樣對我？」

岳老太爺甩開她的手。「我說姊姊，妳有兩個兒子呢，怎麼能讓娘家唯一的姪兒給妳養老呢？」

岳氏罵他。「老大不是給了你二百兩銀了，拿出五十兩也夠我好酒、好菜吃十年了。」
岳老太爺一個字不提銀子。「稀粥配鹹菜難道不好？咱們老了，就得吃清淡些。」
岳氏心裡清楚，自己手裡沒銀子，弟弟肯定不會聽話，她拉著岳老太爺的領子。「你把銀子給我！那是我兒子給我的！」
岳老太爺一把推開她。「什麼銀子？我不知道，我不欠妳的。妳在娘家白吃白住了多少年，我還沒向妳要錢呢！」
岳氏心裡涼了半截。「我什麼時候白吃白住了？老大每個月給我的養老銀子，我全部拿給了你們，我一個人能吃多少？老二媳婦天天住在娘家一樣幫你們幹活，還要我們怎麼樣才好？」
岳老太爺哼一聲。「妳的孫女金的銀的花不完，這二百兩就把妳打發了？」
岳氏看著眼前的弟弟，覺得十分陌生，從弟弟懂事起，她有什麼好東西都給弟弟，每次弟弟都會笑咪咪地說姊姊真好。可這次自己給他掙了二百兩銀子，他卻絲毫不知感恩。
岳氏不敢跟岳老太爺說自己當初得罪了方家，可能會連累娘家，她只是一味哭泣，見岳老太爺這裡說不通，又去找小兒子。
顧老二因為和兄長不和睦，這才隨著親娘回到舅舅家裡，還娶了表妹，以前有顧季昌供養，岳家人對顧老二還算不錯，但自從顧季昌給了二百兩買斷銀子，岳家人立刻翻臉，顧老二早就受不住了，這幾日和他婆娘小岳氏已經吵了好幾次嘴。

見岳氏來哭，顧老二撇撇嘴。「娘，二百兩銀子，您就這樣送給舅舅了。」
岳氏捶了一下兒子。「你舅舅難道對你不好？不要一文錢就把閨女許給了你。」
顧老二心裡有些煩悶。「那現在怎麼辦？舅舅拿了銀子不認帳，根本不想管我們了。」
岳氏擦了擦眼淚。「你大哥是我兒子，他不能真的不管我！」
顧老二想到現在官威越來越重的大哥，連連擺手。「娘自己去找大哥吧，我不去。」
岳氏果真去找了顧季昌。
顧季昌問岳氏。「娘想清楚了嗎？以後要怎麼辦呢？」
岳氏哭了半天道：「只要讓你舅舅跟以前一樣對我，別的也就罷了。」
顧季昌見岳氏不知悔改，鼻子都氣歪了。「娘，您的意思是說，我還要繼續像以前一樣養著舅舅？那我二百兩銀子打水漂了？」
岳氏為難道：「你舅舅家裡也不容易。」
這話讓顧季昌的心徹底死了，他閉上了眼睛，再張開後滿臉冷漠。「娘，往後您莫要埋怨兒子，都是您逼迫兒子的！」
岳氏心裡有些發慌。「老大，你要做什麼？」
顧季昌哼一聲。「娘，既然兒子要給您養老，那兒子的東西自然該拿回來了！」
岳氏急了。「老大，你閨女那麼有出息，你何必跟你舅舅計較那二百兩銀子？」
顧季昌頭也不回，大步流星往外走。「我閨女給我的錢，我就算拿去餵狗，也不給那個沒良心的舅舅。」

岳氏氣了個倒仰，見顧季昌走了，立刻去罵阮氏出氣。「都是妳這個黑了心肝的賊婦人在中間挑撥！」

阮氏忍著怒氣沒說話，命家裡婆子往娘家送信訴苦。老實了許久的孟氏聽說顧家老太婆欺負自己的小姑子，立刻搓搓手上了門，把岳氏罵了個狗血淋頭。

那邊廂，顧季昌馬上去岳家要銀子，岳老太爺不給，顧季昌以搶占民財的理由拘捕了岳老大父子倆，又查出這對父子調戲民女、小偷小摸，顧季昌命人痛打了他們一人二十板子，且不給上藥。

岳家父子在牢裡被折磨得只剩下半條命，顧季昌這才允許岳家人去探監。岳老太爺還是捨不得銀子，去找岳氏，才一到顧家大門口，就被孟氏一口唾沫吐在臉上。

「不要臉的東西！虧你也是個站著撒尿的，誰家男人像你一樣沒剛性？就算占姊妹便宜，也該有個限度。我家老爺是縣尉的正經舅兄，還不是每天老老實實在街上殺豬賣肉？你家裡倒好，每日坐在家裡屁股都坐爛了，等著人家送吃的給你，也不照照鏡子，你也配！」

岳老太爺氣急，就要打孟氏，阮老大往那裡一站，岳老太爺頓時又孬了，如今他連姊姊的面都見不著。不是阮氏不讓岳氏出門，而是顧季昌直接把老娘軟禁了，每日好吃好喝供著，但不許出門，等他要到了銀子再說。

岳老太爺眼見著兒子、孫子就剩半口氣了，只能吐出了二百兩銀子，顧季昌這才鬆口把岳家父子倆放了。

頓時，滿青城縣都開始私底下傳小話，縣尉顧大人鐵石心腸，親表弟和姪兒被他抓到牢裡痛打一頓。眾人見他連親舅舅都不放過，許多想來拉關係、走後門的人頓時也歇了心思。

顧季昌要的就是這個效果，他不希望任何人去打擾女兒的生活。女兒的身分太過敏感，萬一被人扯了出來，全家都沒法活。

等吳遠走的時候，顧季昌已經用雷厲風行的手段收拾好了岳家，阮老大和孟氏見他這樣對親舅舅，更加聽話，老老實實賣豬肉，一個字不敢多說。倘若岳氏想欺負阮氏，孟氏還會立刻捋起袖子過去罵人。

岳氏被兒子關了幾天，每天哭罵不停，但並不能換來兒子的一絲心軟。等銀子還回來後，顧季昌允許岳老太爺見了岳氏一面。岳氏本以為弟弟會心疼自己，誰知岳老太爺兜頭就是一陣痛罵，罵她沒用管不住兒子，罵她沒本事不能給娘家掙來好處，罵她自私自利只管自己兒孫過好日子，不管姪兒死活。

岳氏被罵傻了，等岳老太爺走後，她在院子裡痛哭了一場，從此變得有些呆呆的，不再折騰了，只是每天嘴裡不停地念叨「弟弟，這個給你」、「弟弟，你別急，萬事有我呢」……

顧季昌讓阮氏收拾了一些東西，託吳家人送給女兒，並親自把吳家人送出縣城好遠。

吳遠見出了縣城快二十里路，一再勸顧季昌。「叔父，時辰不早了，還請叔父回去吧，東西我一定會帶到的。」

顧季昌止住腳步，對著吳大夫拱手。「吳兄，往後孩子們多賴您照顧了。吳兄放心，您家裡的事情，我也會替您看著的。」

吳大夫也對著顧季昌拱手。「顧大人，送君千里終須一別，往後我家裡剩下的田產和宅子，煩勞您幫我看著些。至於衛大人那裡，但凡有需求，我吳家人定是不遺餘力。」

最後，顧季昌只說了兩個字。「保重。」

吳家的車隊漸行漸遠，顧季昌打馬回家。他的家在青城縣，京城裡的風起雲湧，和他沒有太多關係。但京城卻經歷了一場動盪，這場動盪，也徹底讓衛景明和二皇子、三皇子站在了對立面。

吳遠剛離開京城沒兩天，秋闈剛結束，魏景帝就忽然要去皇家獵場狩獵，還要帶著自己選出來的新科狀元一道去。

因著先帝身體不好，皇家的狩獵停了好多年。魏景帝要去狩獵，說明他有尚武之心，武官們自然都舉雙手贊同，文官們見他在別的事情上並不昏頭，也沒阻攔。

出去狩獵就狩獵吧！當皇帝的一年到頭被關在皇宮裡，煩悶了也正常。

狩獵的旨意一出，各處都忙碌起來。衛景明作為指揮同知，此次要負責獵場安全守衛，更是忙得腳不沾地。

他提前十天去獵場檢查，皇家獵場在京郊，範圍包括三座山，一座主峰，兩座附峰，裡面散養了大量的獵物。衛景明親自帶著金大人和莫大人一起，把獵場裡裡外外清理得乾乾淨淨，草叢中一塊多餘的馬蹄鐵都沒有，樹枝上可能對人造成危險的尖銳枯枝也大多清理掉。除此之外，狩獵之時，錦衣衛派出六百人配合御林軍將整個獵場圍起來，裡面再加派二百人在各處把守。

這幾天衛景明一直沒回家，顧綿綿在家裡帶著邱氏打理家事、帶著末郎玩。末郎一天天長大，現在已經可以把頭抬起來了。

自從可以抬起頭看人，末郎是一刻也不肯閒著，只要醒來吃過了奶，就要到處逛、到處看，顧綿綿經常抱著他把家裡四進院子逛個遍，逛完之後他還不滿意，只得交給兩個老頭子遛了。

鬼手李見末郎長結實了一些，便開始抱著他出門。到了大街上，面對人來人往，小傢伙一點不怵，好奇地看看這個、看看那個。郭鬼影跟在後面，一會兒給他買個波浪鼓，一會兒給他買個泥娃娃，每天都能帶回來幾樣小玩意兒。

末郎最喜歡出門了，只要一看到大門，他立刻雙眼發亮，在外頭逛得不願意回家，直到餓極了才想找娘，或是直接在鬼手李肩頭上睡著了被扛回來。

家裡人多，每天輪流帶他，小末郎每天吃了睡、睡了玩，小日子甭提多滋潤了。

狩獵前兩天的夜晚，衛景明終於回家了。

顧綿綿抱著末郎迎了上去。「官人回來了，這幾日辛苦了。」

衛景明本來想抱一抱自家娘子和兒子，想到自己好幾天沒洗澡，連忙忍住了。「我就動動嘴，幹活的是底下人，我不在家，娘子一個人管著家裡辛苦了。翠蘭，讓人燒水，我要洗洗。」

末郎睜著兩隻滴溜溜的眼睛看著衛景明，忽然想起這是自己的爹，立刻咧嘴笑，兩隻小手伸出來要衛景明抱。

這下子衛景明顧不得自己身上不乾淨了，一把抱過自己的胖兒子，左右親兩口。「我的小乖乖，可想死爹了！」

末郎興奮地拍打他，顧綿綿見狀笑道：「頭兩天晚上你不在，他還找你來著。」

衛景明輕輕摸了摸末郎的頭頂。「他的頭髮又黑了些。」

顧綿綿得意地笑。「我每天喝芝麻糊，他吃我的奶，肯定頭髮也黑。」

衛景明看了一眼顧綿綿的頭髮，眼神深了下來，笑得意味深長。「娘子的頭髮真好看。」

顧綿綿見他眼睛裡冒火，生怕他又要不正經，趕緊把兒子接了過來。「你快去洗洗，洗過了先給長輩們請安去。」

衛景明笑著去漱洗，兩刻鐘後，他把自己打理乾淨，換上一身常服，頭上的官帽換成玉釦。自從做了指揮同知，權力的增大讓衛景明不再掩飾自己，前世衛指揮使的風采再次展露，不管到哪裡都是讓人無法忽視的存在。

顧綿綿看了之後十分歡喜，忍不住誇讚他。「衛大人真是玉樹臨風、風流倜儻！」

衛景明走到顧綿綿身邊後坐下，輕輕把母子倆一起攬進懷裡。「過兩日狩獵，娘子去不去？」

顧綿綿笑道：「當然要去，我要帶著末郎一起去。前兒我去看娘，娘說她也去，我可從來沒和我娘一起出過門呢！」

衛景明點頭。「娘子到時候跟緊娘，看好五公主，我預計可能有人會在狩獵中鬧事。」

顧綿綿心裡一驚。「這麼快嗎？陛下才登基不到一年呢。」

衛景明低聲道：「這也只是我的猜想，娘子別怕，女眷那邊應該問題不大。」

顧綿綿點頭。「那我走到哪裡都抱著末郎，說起來，要不是看娘的臉面，誰家誥命跟著去還讓帶孩子呢？都是放在家裡。」

衛景明在兒子臉上親一口。「末郎這麼乖巧，不怕。」

顧綿綿推他。「你快去給師父、師伯見禮。」

衛景明在顧綿綿臉上也親一口。「好幾天沒回來，除了想末郎，我還想娘子。」

顧綿綿紅著臉罵他。「大白天的沒個正經，快去！」

衛景明笑著去了偏院。

和兩個老頭子說了幾句閒話後，衛景明又回了正院，他的時間不多，很快就要去萬統領那裡報到。

顧綿綿讓人做好了午飯，招呼衛景明上桌子。「在外頭肯定吃不好、睡不好，我讓廚房做了你喜歡吃的菜，多吃點再出去，晚上還回來不回來？」

衛景明坐在她身邊。「我吃了飯就走，今天晚上就要去京郊那邊搭帳篷，提前駐守在那裡。陛下出行那一天由萬統領隨行，我只負責獵場的守衛。」

顧綿綿往他碗裡挾菜。「多注意些身體，你別擔心我，後天我和娘一起，還有金太太幫我看孩子，問題不大。」

衛景明又囑咐她。「娘子是個聰慧人，我就不多說了，宮裡的事情，咱們暫時少沾手。」

顧綿綿笑道：「好好好，我曉得了，衛大人快吃飯吧！」

顧綿綿把孩子給了孫嬤嬤照料，一心一意陪著衛景明吃飯。

衛景明忽然有些感慨。「原來在青城縣當衙役，每天早晚都能陪著妳一起吃飯，不當值的時候還能去城外玩耍，現在官越大越忙，都沒法陪妳了，娘子也吃。」

說完，他挾起一塊肉餵給顧綿綿吃。

顧綿綿一邊吃、一邊道：「都是為了這家，你在外當差又不是玩，當差多累。」

兩口子一起親親熱熱吃了頓飯，才放下碗，顧綿綿就催衛景明。「你快去吧，莫讓萬統領久等了。」

衛景明卻一把抱起了她往臥房裡去。「娘子好狠的心，我才回來就趕我走！」
顧綿綿立刻去拍他。「快放下我，大白天的。」
衛景明把層層簾帳放下。「我和自家娘子在一起，又不礙著別人。」
顧綿綿又推他。「你莫要遲了，我又沒洗澡，剛才末郎吃的奶都灑到衣襟上去了。」
衛景明把頭拱了過去。「無事，讓我也吃兩口。」
外頭，末郎吃得飽飽的，正差使大人帶他滿院子玩呢。
過了一會兒，衛景明從屋裡出來了，已經換上了官服，孫嬤嬤這才把孩子抱了進去，衛景明抱了抱兒子，又轉身溫和地和顧綿綿說了兩句話，這才離去。
顧綿綿頭髮還散著，臉上帶著紅暈，衣襟上似乎有些奶漬。
小夫妻嘛，原就該這樣！孫嬤嬤了然，她對翠蘭道：「燒些水給太太洗洗。」
顧綿綿有些不大好意思，接過孩子餵奶。「嬤嬤，剛才官人告訴我，已經讓人去打聽妳兒子的下落了。」
孫嬤嬤立刻歡喜道：「多謝老爺，多謝太太。」
顧綿綿微笑。「嬤嬤不必謝，往後幫我多看著些孩子就好。」
第二天，顧綿綿帶著翠蘭一起把去獵場要用的東西收拾好，並把家裡的事情一一交代給邱氏。「大嫂辛苦看家，有什麼事情只管找孫嬤嬤和玉童，誰敢不聽話，大嫂只管拿出妳主子奶奶的氣派。」

邱氏細聲細氣的。「妹妹放心，我會把家裡看好的。」

到了狩獵那一天，顧綿綿抱著孩子，一大早就往皇宮而去。到了皇宮門口，百官和誥命們分了兩隊等候，金太太見了連忙迎過來，此次狩獵，四品及以上誥命才能去，故而只是個五品的莫太太沒來。

誥命們都詫異，怎麼衛太太還帶著孩子？

劉家一位年輕的奶奶輕笑一聲。「諸位不知道，衛太太是親自帶孩子的，走到哪裡都撒不開手。」

眾人立刻明了，衛家沒有請奶娘，衛太太親自餵孩子。許多誥命頓時臉色都變了，看來這衛太太果然是小戶女出生，連個奶娘都不請，自己奶孩子也太不體面了。況且京郊狩獵，她一個人帶著個孩子來，也太不像話了！

顧綿綿根本懶得去理那些人，又沒有規定不允許帶孩子，好多家裡不還是帶了姑娘和少爺們，沒道理小一些的就不能帶。

沒過多久，皇城大門打開，打頭是一隊身穿飛魚服的錦衣衛，兩側各有一隊御林軍護衛，錦衣衛後面是皇帝的龍輦，龍輦後頭是劉皇后的鳳輦，然後是方太后，再後面是張淑妃和鄭賢妃，最後是寇嬪和幾個低位嬪妃，三位未出閣的公主，兩個跟著生母，一個跟著方太后，其餘諸位皇子妃們各自上了自己的車駕。

皇家的車隊浩浩蕩蕩，後面跟著百官和誥命，另外一隊御林軍和錦衣衛在後面壓陣。顧綿綿和金太太共同乘一輛小車，翠蘭和金太太的丫鬟在外頭走路跟著。

金太太看了一眼末郎。「衛太太，孩子不怕吧？」

顧綿綿笑著回道：「他每天都出門，膽子大的很。」

金太太笑道：「衛太太莫要聽那些蠢人的話，自己的孩子就是該自己帶，母子關係才能親密。」

顧綿綿輕輕幫兒子調整好睡姿。「金太太放心，我本來就是小戶人家出生，人家也沒說錯，我不在意這個。」

兩個人一路說說笑笑，走到半路，魏景帝讓車隊停下來稍事歇息。

外頭忽然有人來問：「郡主可在？」

金太太掀開了簾子，顧綿綿一眼認出是李公公，趕緊道：「公公安好。」

李公公笑道：「太后娘娘讓老奴來問，郡主和哥兒好不好？這小車狹小，娘娘讓太太到前面去，和娘娘共乘一輛車。」

顧綿綿想了想道：「公公，請轉告太后娘娘，我這邊有金太太照應，暫時能支應。前面都是皇親國戚，我去了未免太顯眼。等到了獵場，我再過去娘娘跟前請安。」

李公公笑著點頭。「娘娘猜到郡主必定會這樣說，既然這樣，小蔡，你留在這裡伺候郡主，萬事要用心，不可偷懶。」

李公公叫了一個小太監過來。「郡主，這是我的徒弟，您只管差遣。」
顧綿綿謝過李公公，李公公笑咪咪地走了。
顧綿綿看了一眼翠蘭，翠蘭立刻給了蔡公公一個紅包。「多謝公公一路上照應。」
蔡公公笑著收下了紅包。「多謝郡主，郡主有事只管吩咐奴才。」
歇息的途中，末郎醒了，顧綿綿抱著他下車站了一會兒，末郎頭一次看到郊外的景色，忍不住哦哦叫了起來。

第五十七章

很快，車隊再次出發，因著女眷多，走得慢，到獵場的時候，已經到了午飯時間。

這回方太后不管顧綿綿願意不願意，直接打發李公公來把母子倆帶到她的大帳篷，顧綿綿離開前只能囑咐金太太去跟緊萬太太。

顧綿綿抱著孩子進了帳篷，裡面只有方太后、五公主和方嬤嬤，其餘人都在帳外伺候。

顧綿綿要行禮，方太后讓她趕緊坐下。「這裡沒有外人，小五妳也熟悉，快坐下吧，讓我看看孩子。」

顧綿綿把孩子遞給方太后，自己和五公主說話。「公主這幾日氣色不錯。」

五公主笑道：「有皇祖母照看，我自然樣樣都好，昨兒四姊姊來看我，還說我長胖了一些呢。」

顧綿綿笑看五公主。「公主年少，太瘦弱了不好，長點肉才好看。」

五公主嬌嗔。「表姑才比我大幾歲，倒是老氣橫秋的。」

顧綿綿微笑。「公主這個時候是最好的年紀，沒有拖累，只管玩就是。」

五公主哈哈笑。「明兒我要告訴衛大人，表姑嫌棄他是拖累。」

因著要和帝后一起從皇宮出發狩獵，方太后前幾日回宮居住，七、八天沒看到末郎了，想得要命，抱著孩子不肯撒手，任由顧綿綿和五公主說話。方嬤嬤讓翠蘭把顧綿綿的行李就放在這個帳篷裡，又命人去取了午飯過來。

出來狩獵，吃的自然比不上家裡，但方太后這裡的伙食是這裡最上等的，顧綿綿也跟著沾光。吃飯的途中，帝后還分別讓人各送來了一道菜，表示自己的孝心。

剛吃了飯，劉皇后打發身邊的大太監來問候方太后的起居，並問方太后下午可要一起去獵場看看。

方太后告訴來人。「回去告訴皇后，下午哀家也要去獵場看看，還有小五在哀家這裡好得很，她照顧一大家子費心了。」

打發走了太監，方太后吩咐顧綿綿和五公主。「趕緊歇一會兒，不養好了精神，待會兒去獵場如何能熬得住？」

方太后把其餘人都打發出去，讓顧綿綿和五公主一起躺在自己的大床上，她自己卻沒歇，光顧著抱末郎在一邊玩。

等二人睡了一覺起來後，方太后吩咐顧綿綿。「妳把末郎餵飽，給他留一點飯，再把他哄睡著，我讓方嬤嬤和翠蘭在帳篷裡守著，把孩子帶去獵場不合適。」

顧綿綿一一照做，很快，玩夠了的小末郎吃飽後又睡著了，顧綿綿用自己的一件衣裳把他包好，放到翠蘭懷裡，自己跟著方太后往獵場去。

等她們到的時候，獵場上已經列陣齊全，帝后升座，方太后來了之後坐在了帝后旁邊，顧綿綿站到了萬太太身後，對金太太點點頭，表示自己很好。

魏景帝身邊站著新科狀元、幾位皇子、一些皇親、六部一些年輕的官員和萬統領，至於衛景明卻不在此地。

顧綿綿來的時候，魏景帝往這邊看來，顧綿綿想到上輩子的經歷，對此人極其厭惡，抬起頭和他對視，眼底全是淡漠，彷彿眼裡根本沒看到他。

魏景帝想到衛景明的相貌，心裡哂笑，女人家就是眼皮子淺，光長得好看有什麼用？

方太后察覺到魏景帝的異常，心裡有些憤怒，她知道魏景帝喜好貌美的小媳婦，竟然連自己唯一的女兒也要看兩眼。

魏景帝收回眼光，問候過方太后之後，與大家說了一些勉勵的話，親自上馬帶著一群年輕人開始在獵場裡跑馬。

劉皇后心裡幸災樂禍，魏景帝那一眼，她看得清清楚楚。「母后，天氣這麼好，母后要不要去獵場轉轉？」

方太后如何看不出劉皇后眼裡的戲謔，她立刻站起身。「皇后自己坐吧，哀家去跑一跑，這山上畜牲多，打兩頭回去剝了皮，心裡也爽快！」

眾人都倒抽一口涼氣，方皇太后說話如此不客氣，看來和劉皇后只剩下個面子情了。

劉皇后並不生氣。「母后自便，兒臣不懂打獵，靜候母后的好消息。」

方太后今日穿著騎裝，她走到人前，叫出顧綿綿和五公主。「隨哀家一起去。」

方太后和顧綿綿縱身上馬，後面一些會騎馬的誥命也跟了上來，一行人打馬前行。走出沒多遠，方太后就射到一頭鹿，顧綿綿也射到一隻兔子，其餘人少有斬獲。

大夥兒玩得很盡興，忽然，不遠的地方傳來一聲驚呼，聲音很小，旁人聽不見，但方太后和顧綿綿卻都聽見了。

母女倆彼此看了一眼，顧綿綿對方太后道：「娘娘，我看那樹頂上的一片葉子真好看，我去摘了給娘娘。」

說完，她輕輕一躍上了樹頂，抬眼一看，只見平王和兩個侍衛在不遠的地方，平王似乎受了傷，顧綿綿想到剛才劉皇后的話，垂下眼簾，摘了那片樹葉，像一隻輕盈的燕子一樣落回馬上，把那片樹葉遞給方太后。

旁邊一位武官家的誥命誇讚道：「郡主這一身功夫真是好。」

顧綿綿忙和她客氣起來，完全不提剛才看到的事情，方太后也不去問，用腳趾頭也能想到，肯定是那群便宜孫子們幹了什麼好事情。

那邊廂，正巡查的衛景明遇到了魏景帝一行人，他仔細一看，驚覺不好，平王不見了。

等大家走了之後，衛景明說自己要出恭，躲到了旁邊幾棵樹後面，趁兩個侍衛不注意，分出一個替身去尋找平王。替身走了之後，衛景明立刻帶著兩個侍衛，不遠不近地跟著魏景帝。

魏景帝正玩得高興，他一路過來收穫頗豐，身邊新科狀元一首接一首的詩誇讚他，這讓壓抑了幾十年的魏景帝龍心大悅。

這樣跑了一截路，魏景帝讓大家自去打獵，不用都圍在他身邊，眾人三三兩兩離去。

然而，沒過多久，忽然有人來報，平王被毒蛇咬了。

魏景帝大驚。「這獵場如何會有毒蛇？」

萬統領立刻叫衛景明。「衛大人，不是說這獵場裡裡外外清理得乾淨？」

衛景明立刻上前。「回陛下，臣敢保證，在陛下到來之前，這獵場乾乾淨淨。若真有毒蛇，也定是誰帶進來的。」

兩個侍衛抬著平王上來，眾人一看，平王的一根手指已經呈現黑紫色，連面龐都有些發黑，魏景帝連忙喊道：「太醫，快叫太醫！」

很快，太醫來了，看了一眼被打死的蛇之後，心裡一緊，這可是劇毒蛇。他立刻給平王擠毒血，剜爛肉，上藥，忙活了半天終於結束。

魏景帝問太醫。「如何？」

太醫擦了擦額頭的汗水。「陛下，微臣無能，平王殿下這根手指頭，怕是要廢了。」

魏景帝大怒。「胡說八道，蛇咬一口，能有多厲害，怎麼就要廢手指？」

太醫磕頭道：「陛下，這蛇劇毒，若不是有人提前幫殿下處理過，這會兒殿下怕是都……」

剩下的話他不敢說下去。

平王旁邊的侍衛道：「剛才衛大人幫殿下打死了蛇，又擠了毒血。」

萬統領皺眉。「衛大人一直在這裡，何曾去見過平王？」萬統領敏銳地察覺到今日之事有些異常，而衛景明是錦衣衛的人，自然不能平白被這群皇子、皇孫們牽扯進去。

侍衛愕然不解。因為剛才那明明就是衛大人，彈指間就把毒蛇殺死，又幫殿下擠了毒血，還擺手讓他們趕緊帶殿下回來救治。

就在這時，平王悠悠轉醒，他看向魏景帝。「皇祖父，二叔要殺我！」

魏景帝皺起了眉頭，看向平王。「莫要胡說，你怎麼樣了？」

平王哭道：「皇祖父，孫兒的右手整個都麻了，孫兒想吐，頭暈。」

魏景帝又問：「好好的，你一個人怎麼就帶著侍衛跑那麼遠？」

平王道：「皇祖父，二叔說那邊有狐狸，孫兒想給皇祖父和皇祖母獵兩隻狐狸，做個毛領，誰知就遇到了毒蛇，多虧了衛大人救了孫兒。」

魏景帝看向衛景明。「獵場裡如何就有毒蛇？」

說話間的工夫，出去打獵的皇子們和官員們都聚了過來。

二皇子第一個喊冤。「繼哥兒，是你自己說想獵一些好東西孝順祖父、祖母，我才告訴你那邊有狐狸，你自己不小心被蛇咬了，怎麼能賴到我頭上來？父皇，這獵場有毒蛇，是錦衣衛失職，好在衛大人救了繼哥兒一命，也能抵些罪過。」

衛景明立刻道：「二殿下，臣敢拿人頭作保，這蛇定是今日有人帶進來的。再者，臣從未單獨行動過，也未去救過平王殿下，不敢居功。」

平王年紀小，被蛇咬了心裡很害怕，衛景明救了他，他心裡正高興有人肯親近自己，沒想到他現在卻不認帳了，平王一臉委屈道：「衛大人，你救了我，為何不敢說？你怕什麼呢？」

衛景明搖頭。「殿下，臣確實未離開過這裡半步。」

魏景帝皺眉。「速速查明，毒蛇是從哪裡來的。」

衛景明上前看了看那毒蛇，心裡冷笑。「陛下，這蛇是被人豢養的。」

魏景帝的臉沈了下來。「你莫要胡說！」

衛景明繼續解釋道：「陛下，這種豢養的蛇能認主，現在被人打死了，也無法找到主人，死無對證了。」

旁邊太醫忽然道：「陛下，這蛇身上有一股藥味。」接著太醫把死蛇拎過去仔細聞了聞，大驚道：「陛下，這和七殿下手上的藥味一模一樣。」

魏景帝看著那條死蛇。「怎麼又扯到小七身上去了？」

太醫道：「七殿下前兒手上長了個瘡，好多天消不去，臣親自給他開的藥，裡面有一味不常見，是臣家裡珍藏了好多年的藥，這藥材氣味奇特，這蛇身上的味道，和七殿下用的那味藥一模一樣。」

魏景帝立刻喝斥道：「住口！」

這一條條下來，他心裡漸漸清楚，今日他的那群好兒子，怕是共同做下了這樁醜事，兩個兒子、一個孫子被牽扯進去，怕是還有別的人要被牽連。

旁邊的七皇子走了出來。「太醫，我今日用的是別的藥。」

七皇子把手伸了出來。「太醫的藥用了好多天，瘡快要好了，今日來陪父皇狩獵，我怕熏著父皇，就換了一種味道淺的藥。」

太醫一聞，果然如此。「那就奇怪了，為何這蛇身上也有這種味道？」

衛景明思索後道：「蛇在大山中穿梭，難免會碰到一些藥草，染上味道也正常。陛下，臣提議，徹查今日到蛇出沒附近的所有人，定能查到結果。」

魏景帝沈默了片刻道：「蛇要冬眠了，可能提前進了洞，你們之前沒找到也正常，朕不怪你們。」

衛景明明白了魏景帝的意思，這是準備大事化小、小事化了，讓他揹黑鍋了事。可惜了，只有平王廢了一根手指頭。

魏景帝又道：「把平王送到皇后那裡去，所有人都回帳去。」

劉皇后聽說孫子的一根手指廢了，那眼珠子瞪得彷彿要吃人，她立刻大喊起來。「把獵場負責守衛的人拿來，本宮要砍了他的頭，怎麼皇家獵場會有這麼毒的蛇！」

負責守衛的就是衛景明，可是魏景帝卻不讓查，劉皇后頓時知道，這肯定是那群小婦養的庶子幹的。
孫子手指廢了，還要怎麼繼承皇位？沒有哪個皇帝有殘疾的！
劉皇后如同困獸一般，看到旁邊的張淑妃和鄭賢妃，她抬起手一人給了一個巴掌。「賤人，妳們休要得意！」
張淑妃立刻哭了起來。「娘娘，您心裡著急臣妾知道，如何能拿臣妾撒氣！」
鄭賢妃心裡罵張淑妃，定是這賤人的兒子幹了什麼好事。
劉皇后壓下心裡的怒火，立刻吩咐身邊人。「回宮。」
劉皇后盛怒之下，誰也不敢留，魏景帝聽說後，也只是點了點頭表示知道了，並未責怪劉皇后，好好的一場狩獵，忽然發生這樣讓人敗興的事。
魏景帝想息事寧人，方太后卻不幹了。
你不想查，這豈不是說我女婿沒有清理好獵場？你自己兒子幹的好事，憑什麼讓我的女婿來揹黑鍋？
方太后立刻命人叫來所有當事人，她要親自查蛇的來源，魏景帝火速趕了過來。「母后，此事已過，不必再查了。」
方太后搖頭。「陛下，錦衣衛怠忽職守，未清查獵場，才釀成大禍，豈能輕饒？」
魏景帝心裡憋屈得快要吐血，他當然知道不是衛景明的錯，能帶進毒蛇，除了他那些好兒子，也沒別人了，但他不知道到底有幾個兒子牽扯其中，他賭不起。「母后，非是錦衣衛之錯，毒蛇從地洞鑽出，想來是上天警告朕，不可貪圖享樂，都是朕的錯。」

聽魏景帝把錯誤往自己身上攬，方太后這才鬆了口。「陛下勵精圖治，偶爾出來放鬆，也是為了告誡皇家子弟，君子六藝一樣不可荒廢，陛下不必自責。」

魏景帝點頭。「多謝母后，母后歇著，兒臣回去了。」

所有人都無心再打獵，各自回了帳篷。

二皇子和七皇子臨走前都看了衛景明一眼，二皇子心裡恨不得把衛景明凌遲，若不是此人作梗，平王那個小崽子今天就死了，鍋扣到老七身上，誰也翻不了案。

七皇子心裡卻疑慮重重，衛大人如果一直在父皇身邊，那剛才救平王的是誰？把我身上的藥材換掉的又是誰？他看得清清楚楚，衛景明換了身青衣到了他面前，用沾了水的帕子把他手上的藥全部擦掉，又抹了另外一種藥材。青衣人一句話不說，抹完藥材後，如同一陣風一樣颳走了。

衛景明像沒事人一樣跟著萬統領走了，萬統領心裡嘀咕：也不知是誰冒充了衛大人，這蛇來得蹊蹺啊！陛下怕是回去後會暗中追查。

那邊廂，方太后帶著顧綿綿進了帳篷，低聲問道：「妳今日看到了什麼？」

顧綿綿道：「我看到平王受傷。」

方太后點點頭。「妳做得對，和咱們沒關係，可不能被他們夾在中間。妳今日就當什麼也沒看到。」

天已經黑了，魏景帝只能帶著所有人在這裡住了一個晚上，第二天就回了京城。狩獵結束，衛景明的緊急差事也結束，萬統領給他放了兩天的假。

他一進門，顧綿綿就問他。「昨兒到底是怎麼回事？」

衛景明拉著她進了臥室，接過兒子道：「我猜蛇應該是二殿下帶進去的，若是咬死了平王，利用藥材之事扯到七殿下身上，七殿下有五張嘴也說不清，劉皇后震怒下，七殿下定然活不了。」

顧綿綿道：「也是巧，七殿下今日換藥了。」

衛景明神秘一笑。「我去打那條蛇的時候，仔細看過蛇，聞到那身上的味，心裡覺得蹊蹺，才繞去看了看七殿下。好在我怕有人在狩獵中受傷，提前備了一些藥材在那裡，沒想到居然能派上用場。」

顧綿綿有些不齒。「二殿下這手段也太下作了。」

衛景明笑了笑。「沒了平王，他就是長子。他也費了不少心思，連七殿下用的什麼藥都查得清清楚楚，還用同樣的藥養蛇。捏柿子挑軟的，七殿下在諸皇子中勢力最弱，被冤枉了也沒人替他說話。」

這事還有蹊蹺，他心中有其他猜測，只是如今沒有證據，他也不願顧綿綿擔憂太多。

顧綿綿又問：「真是你救的平王殿下？」

衛景明點頭。「是我的替身，可惜昨兒獵場人太多，我不好召喚他回來，他出去的時間太久，功力又弱，已經徹底消散了。」

顧綿綿嚇了一跳。「你沒事吧？」

衛景明搖頭。「我無事，只是白白損耗了一成功力。」

顧綿綿嘆氣。「今日之事太過危險，若是你去遲一些，平王死了，我們大家都要受牽連，七殿下也變得不清白。」

衛景明卻高興道：「平王的手指廢了，無緣帝位，咱們終於不用擔心他剋著末郎了。」

顧綿綿低聲道：「這也不是壞事，他退出爭奪，還能保住一條命，若不然，面對一群虎狼一樣的叔叔，只有劉皇后幫忙，哪裡能看得住？」

兩口子正在說話，忽然，外頭人來傳，平王太妃雲氏讓人上門送禮，感謝衛景明救了平王一命，衛景明自然不能認，又把禮物退了回去。雲氏著急兒子的傷勢，也沒有精力和衛家拉扯。

不過雖然衛景明不認，但別人卻都相信了平王的話。

衛景明的假日還沒結束，宮裡忽然傳來消息，平王的食指被截掉了。

據說截肢當時，劉皇后和雲氏婆媳倆親自抱著平王，太醫手起刀落，砍下那一截手指。那手指上的肉都爛成了死肉，若不切除，反倒會影響上面的地方。

手指砍掉後，平王立刻疼得暈了過去。雲氏早就哭成淚人，抱著兒子撕心裂肺地喊。劉皇后卻十分冷靜，她看著那一截黑糊糊的斷指，立刻撇開眼神，吩咐太醫。「好生照看平王，若是後面還要截肢，本宮就截了你的腦袋。」

棄了一根手指，太醫把斷指處包紮好，漸漸止住了血。魏景帝聽說孫子的手指斷了，長嘆一口氣，從私庫裡拿出許多東西，賞賜給平王。

魏景帝一動，各宮都行動起來，張淑妃硬著頭皮往昭陽宮送東西，劉皇后原封不動地全部丟了出來。

魏景帝知道，此事若是不給皇后一個交代，怕是過不去了。

魏景帝立刻叫來萬統領，屏退左右問道：「查得怎麼樣了？」

萬統領跪下回話。「回陛下，臣暗中讓人遍訪京中最近誰家有人養蛇，查到了五家。」

魏景帝嗯了一聲。「繼續說。」

萬統領的聲音毫無波瀾。「其中一家莊子，在三殿下一位小妾的娘家人名下。這一家開了家酒樓，酒樓裡有一道菜，叫雙龍戲珠，早些年用的是兩條黃鱔和一隻肉丸，後來黃鱔換成了蛇。最開始是沒有毒的蛇，也不知什麼時候興起的規矩，開始用有毒的蛇，誰吃了有毒的蛇就是誰膽子大。而後這家酒樓就開始自己養蛇，偶有別人家想要，也會從他這裡買。一個月少說也能賣給別人家一、二十條，大多是無毒的。」

皇帝想了想問道：「他們用什麼養蛇？」

萬統領繼續回道：「什麼都有，單看買家喜好，從小蛇裡頭挑了，單獨養。」

皇帝的心往下沈。

那日那條蛇，可不就是條小蛇？若是大蛇，救的人去得晚一些，平王危矣。

皇帝過了好久又問：「可查清那蛇是誰帶進去的？」

萬統領的聲音更低了。「查出來是從七殿下的車底下帶進去的，到了獵場後，不知被誰放到了山上，碰巧被平王殿下碰到。」

皇帝當了幾十年太子，被弟弟們算計過無數次，自然明白嫁禍的路數，忍不住冷笑起來。「你去查繼哥兒身邊兩個侍衛。」

萬統領就等著這句話。若不是皇帝開口，他現在也不能隨意去查平王殿下的人，他要是亂動，劉皇后能活吃了他。

皇帝想到七皇子。「還有小七身邊的人，一個都不能放過，給朕查得清清楚楚。」

萬統領領命而去。恰好，衛景明的假期也結束了，準備回去當差。

顧綿綿有些不放心，一再囑咐他。「若是問你，可千萬不要承認，反正你一直跟在陛下身邊。」

衛景明笑道：「娘子放心吧，我就說有人假冒我。」

顧綿綿親自把他送到二門口。「晚上若是不能回來，給我送個信。」

衛景明拉著她的手，也不管身邊下人來來去去的。「娘子也別總是待在家裡，得空出去玩玩。」

顧綿綿笑著掙脫開來。「你快去吧，別囉嗦了。」

衛景明笑著離開了家，才一進衙門，就被萬統領拎去查案。

「你若是想洗刷自己的冤屈，只能親自去查案了。」

說罷，他把自己查出來的結果拿給衛景明看。果如衛景明所料，二皇子不過是個幌子，三皇子才是那個隱藏的弄權高手。

衛景明回答得斬釘截鐵。「大人放心，下官定會查個清清楚楚！」

萬統領嗯了一聲，想了想還是提醒了他一句。「記得，陛下讓查的就查，不讓查的也莫要多事。」

衛景明點頭。「多謝大人。」

第五十八章

萬統領把事情都交給衛景明，衛景明花了五天的工夫，沿著萬統領之前查出的結果，順藤摸瓜，摸到了平王身邊的侍衛身上。平王其中一個侍衛，是二皇子的人。不僅如此，七皇子身邊有個老嬤嬤也不清不楚，待要再查下去，老嬤嬤竟自我了斷。衛景明從自殺的老嬤嬤查起，發現老嬤嬤家裡有個兒子欠了巨額賭債，是有人幫忙還了。

與此同時，衛景明查出了那個專門養蛇的酒樓，近來幾個月所有的出入紀錄上面，赫然可以看到七皇子身邊人買蛇的紀錄，但蛇卻並未入七皇子府。

到了此時，事情已經很明朗。三皇子養蛇，二皇子買蛇，利用那個老嬤嬤放到了七皇子的車駕裡，而平王的侍衛見機讓蛇咬了平王……

事情的脈絡衛景明理得很清楚，卻被萬統領叫停了。

衛景明把所有的東西都交給了萬統領。「大人，賭場裡的人魚龍混雜，要想弄清楚這件事情，且還需要花些工夫。」

萬統領點頭。「衛大人辛苦了，如今已經洗清了你的冤屈，剩下的事情，問過陛下之後再說。」

魏景帝看到萬統領呈送上來的東西，忍不住冷笑。「朕的這些好兒子，真是不錯，個個都是弄權的好手。」

萬統領只說了四個字。「陛下息怒。」

魏景帝把東西收起來。「你去忙你的，朕自有主張。」

萬統領走後，魏景帝讓人把三皇子叫了過來。

三皇子腳步輕盈地進了屋，彷彿沒事人一樣向魏景帝請安。「兒臣見過父皇，父皇萬安。」

魏景帝坐在位置上寫什麼東西，淡然問上一句。「蛇肉好吃嗎？」

三皇子愣了一下，立刻又笑著回道：「父皇，兒臣不喜歡吃那個東西，蛇冰冷冷，又無情得很，兒臣想想都覺得嚇人。」

魏景帝抬起頭，忍不住笑了出來。「你還知道那個東西無情？朕以為你不知道呢。」

三皇子驚愕地問道：「父皇，發生了何事？」

魏景帝不知道要說什麼，他把錦衣衛查的結果全部扔給三皇子。「自己看看吧。」

三皇子很快翻完了那疊紙。「父皇，這、這莫不是查錯了？二哥定然不會有害繼哥兒的心思。」

魏景帝知道，這個兒子手段高超，想抓住他真正的尾巴，怕是需要費一番工夫，有這時間，說不定他早就把尾巴清理乾淨了。

魏景帝摸了摸下巴。「你這是替你二哥求情嗎？但朕怎麼覺得，你在給他扣帽子。」

三皇子尷尬地笑了笑。「父皇，兒臣不懂破案，就是瞎胡說的。」

魏景帝忽然起身，走到案下，三皇子正跪在地上看那些東西，抬頭笑看魏景帝。「父皇，天氣涼了，您要多添件衣裳。」

魏景帝忽然抬腳對著他胸口踢了一腳。「你是朕的兒子，朕才登基不到一年，朕不想大費周章去查你，但你不要以為朕不知道你屁股上有屎。你有如此好手段，不知報效君父，不知為國為民，卻拿來坑害兄弟。你這個樣子，讓朕感到害怕，朕擔心自己哪天一個不小心，就被你悄無聲息地弄死了！」

三皇子嚇得立刻磕頭。「父皇，冤枉啊，兒臣真的什麼也沒做，兒臣是冤枉的！」

從目前的證據來看，三皇子確實是什麼都沒做。

魏景帝轉過身。「你回去吧，好生修身養性，差事就不用做了。」

但凡帝王都討厭這樣的弄權高手，但這是自己的兒子，魏景帝也不想鬧得太難看。

不論三皇子怎麼求，魏景帝都不肯饒他，硬生生奪了他的差事。

三皇子一走，二皇子又被叫了過來。魏景帝毫不客氣，劈手就是一巴掌。「繼哥兒吃你的肉了？你居然要害死他！」

二皇子嚇得撲通跪在地上。「父皇，兒臣不敢，兒臣從來沒有害繼哥兒的心思。」

魏景帝也踢了他一腳。「若不是你良心發現，還知道讓人去給繼哥兒擠毒血，朕定不輕饒！」

衛景明呈上的結果是說有人冒充自己，魏景帝把那個替身當成是二皇子的人。

魏景帝哼一聲。「滾回去面壁思過，差事就不要想了，每天寫一百篇大字交上來。」

魏景帝絲毫不給二皇子解釋的機會，直接把他關在了二皇子府裡，不許他出門。

中斥完了兩個兒子，魏景帝開始琢磨如何安撫劉皇后。封劉家？魏景帝捨不得。承恩侯身上有爵位，又做了禮部尚書，不能再封劉家子弟，不然劉家以後越發心大。封雲家？雲家一時半刻沒有出息的子弟，硬扶也扶不起來。

魏景帝想了想，寫了一封差點讓劉皇后吐血的聖旨，他把雲氏娘家的姪女指給平王做正妃，待成年後再完婚。

聖旨傳到昭陽宮，劉皇后氣得渾身發抖，雲氏雖然心裡高興，卻有些不知所措，還是病中的平王讓人接下了聖旨。

等魏景帝的人一走，劉皇后一巴掌把雲氏打到了地上。「妳個賤人，繼哥兒的前程就這樣被妳斷送了！」

雲氏忽然號哭了起來。「母后，您為何還看不清楚，是二皇子害了繼哥兒嗎？是七皇子害了繼哥兒嗎？都不是，是父皇不想封繼哥兒。他若是想封繼哥兒，早就封了，哪裡還用等到現在？母后，父皇忌憚劉家、忌憚母后，他如今不想封太子，也不想封皇太孫，他只想自己春秋鼎盛！母后，認命吧，繼哥兒傷了一根手指，至少能保住命。幾位殿下如狼似虎，母后有多少把握繼哥兒在這場爭奪中能勝利？母后，兒臣只剩下一個繼哥兒，他還沒長大，還沒娶妻生子，求母后給他留一條性命吧！」

說完，雲氏跪在地上開始砰砰磕頭。

平王自從沒了爹，特別心疼他娘，見雲氏磕頭磕到額頭流血了，掙扎著要從床上下來。「皇祖母，求您莫要懲罰母妃，是孫兒自願的，孫兒喜歡雲家表妹，她和母妃一樣斯文賢慧，從來不會大聲說話。」

劉皇后抖著手指著雲氏。「賤人，為了妳娘家，妳連繼哥兒都不顧了？」

雲氏今日有些破罐子破摔。「在母后眼裡兒臣算什麼？這麼多年，兒臣做什麼都是錯的，就算死了母后怕是也不會滿意。繼哥兒是我的兒子，我為何不能替他做主？母后為何心心念念要繼哥兒去爭皇位，為的是什麼，難道不是為了劉家?!」

劉皇后勃然大怒，劈手把旁邊的茶盞扔到雲氏身上，好在雲氏穿的衣裳厚，倒沒燙傷。

平王撲到雲氏身上，母子倆抱在一起哭。

哭了一陣子，平王忽然回頭看向劉皇后。「皇祖母，兒臣就剩下母妃了，求皇祖母莫要再打她了。」

劉皇后眼底也有了淚意。「繼哥兒乖，你還有皇祖母呢。」

平王愣了一下，半天後道：「可是皇祖母，孫兒是母妃十月懷胎生下來的。」

這一句話如同晴天雷劈，讓劉皇后的眼底迅速冰冷了下來。這是她最不想提及的事情，自從兒子沒了，她越來越討厭雲氏，她討厭雲氏和她搶孫子，她討厭孫子惦記雲氏，若不是理智還在，她早就一碗藥毒死了雲氏。

現在，平王自己把這話說了出來，劉皇后的心如同受到了重創，她木然轉過身，一個人回了正殿。

雲氏反應過來，又有些後怕。「繼哥兒，快、快去哄你皇祖母高興，你不能說那話傷她的心。」

平王搖頭。「母妃，咱們出宮吧，往後咱們安安生生過日子，兒子不想去和叔叔們爭，兒子爭不過他們的。」

雲氏又哭了出來。「若是你父王還在，我們何至於此？」

平王又搖頭。「母妃，父王在也不一定會比現在好。若是父王做了太子，皇祖母肯定會逼他納妾，到時候皇祖母有一堆的孫子，兒子也不一定能出眾。再說了，做了太子也不一定就能贏，覆巢之下無完卵，兒臣也是一樣要死。」

雲氏見兒子小小年紀這樣懂事，哭得更厲害了。

母子倆當日就搬回了平王府，魏景帝賜了一堆的東西，派了太醫住在平王府。

衛景明當日晚上回家後，忍不住和顧綿綿分享今日的消息。「雲家要起來了。」

顧綿綿一聽就明白。「陛下這招夠損，抬了雲家，平王肯定滿意，但劉皇后自然不高興了，她看雲家就是眼中釘、肉中刺。皇后和平王太妃爭奪，平王就只能忙於家事了。嫡長子沒了，嫡長孫廢了，往後朝堂上，他就是一言堂了。」

衛景明哼一聲。「難道人人都要圍著皇后的心思轉不成？平王太妃好歹是個太妃，在她那裡連個宮女都不如，哪個孩子也不能忍受自己親娘受這樣的侮辱。」

顧綿綿又問：「陛下可有責難你？」

衛景明搖頭。「我把屁股擦得乾淨，將救平王的事也推到了二皇子身上。不說他們了，末郎呢？」

顧綿綿笑道：「大哥抱走了，他這些日子又喜歡上了大舅和大舅媽。」

衛景明坐了下來。「吳兄弟也快回來了。」

顧綿綿嗯了一聲。「既然平王出了局，後面的事情我們也少操些心。」

衛景明嘆了口氣。「還是不能放鬆啊，誰知道他們什麼時候就作妖。」

顧綿綿又道：「二皇子和三皇子這回也沒什麼損失，差事沒了，往後再領不是一樣？」

衛景明低聲道：「我懷疑陛下要動後宮了。」

顧綿綿頓時了然。「陛下要打壓張淑妃和鄭賢妃？這時間也有些太早了吧，我記得貴妃是兩年後冊封的。」

果然不出夫妻二人所料，沒過幾天，魏景帝忽然下旨，冊封寇嬪為貴妃，居咸福宮。這一道聖旨，如同在熱油鍋裡倒了一瓢水，整個後宮都沸騰起來。

劉皇后自從那天被孫子傷了心之後，這些日子一直冷冷的，聽說寇嬪封了貴妃，她也只是冷笑了兩聲，說了兩句好。張淑妃心裡有鬼，但想到寇貴妃沒兒子，也就罷了，鄭賢妃不知道三皇子做的事情，心裡有些不服氣，卻也不敢說什麼。

就這樣，寇嬪一步登天做了貴妃，更加囂張起來，但魏景帝似乎就喜好她這一口，一時間，寇貴妃風頭無兩。

顧綿綿懶得去管那群女人的事情，她上輩子一個人在宮裡獨居，生活無趣，每天跟聽笑話一樣聽這群女人爭寵，現在她有了自己的小日子，連笑話都不想聽。

毒蛇案的風波剛過，吳家人終於到了京城。

吳遠帶著父母一路直接到了衛家門口，吳太太看著這麼大的宅子，門口燙金的匾額，上頭赫然寫著衛府二字，她忽然有些膽怯。

顧綿綿很給面子，親自到二門口迎接。

吳太太見到顧綿綿，正正經經行了個禮。「民婦見過郡主。」

顧綿綿一把拉起吳太太。「吳太太多禮了，都是自家人，何須如此？」

吳太太心裡感慨萬千，那個她曾經看不上的不規矩的丫頭，現在已經做了二品郡主，丈夫也做了三品官，自己千里迢迢來京城，還要靠著衛家才能立住腳跟。

吳太太瞬間有些羞愧，顧綿綿心裡卻不這麼想。她十分感謝吳太太當日的小心眼，不然自己哪裡能和官人一起過這樣和和美美的日子？

顧綿綿親自帶著吳家人去了吳遠的那個客院。「不知吳老爺今日要來，我家老爺去衙門了，等夜裡他們回來，再給吳老爺和吳太太接風。」

吳大夫十分客氣，吳太太悄悄看兒子的臉色，見吳遠和顧綿綿說話時大大方方，心裡又歡喜起來。衛太太有了孩子，遠兒說不定就能看開了呢！

當天晚上，顧綿綿準備了兩桌酒席，男人們在前院喝酒，顧綿綿帶著邱氏給吳太太接風。

吳太太看著白白胖胖的末郎，眼饞得要命，掏出一個小金鎖掛在末郎脖子上。「哥兒長得真好。」說完，她又看向邱氏。「我來的時候，顧太太請我轉告薛大奶奶，家裡薛老爺墳塋他們會照看，大奶奶只管和薛大爺好生過日子。」

吳太太看得出來，邱氏是個老實人，但顧綿綿的精明吳太太早就領教了，這姑嫂兩個性子南轅北轍，倒是能合得來。罷了，我操心人家的事做什麼呢？

吳太太對顧綿綿道：「先前我們遠兒在京城，多謝郡主照顧。」

顧綿綿親自給吳太太挾菜。「吳太太客氣了，吳太醫住我家裡，我們看大夫都方便多了。我爹和我二娘怎麼樣了？我弟弟是不是長高了？」

說到顧家，吳太太立刻來了精神，把那時岳家的事情原原本本說給顧綿綿聽。

顧綿綿一時間不知道說什麼才好。「祖母願意到我家裡住，往後我爹也不用操心了。」

吳太太笑道：「郡主不用擔心，我走的時候，聽說老太太每日只管吃喝，並不管別的事情，家裡還是顧太太做主。顧小爺現在在讀書，聽說很有天分。顧小爺還讓我告訴郡主，郡主養的小狗，他照看得很好呢。」

顧綿綿想到小烏龜，忍不住笑了起來。「多謝吳太太，您這一路風塵僕僕，眼見著天越來越冷，要是不嫌棄，就先住在我家裡吧。」

吳太太並沒有客氣。「一時半刻的，肯定要靠著郡主過日子。雖然靠著大樹好乘涼，但遠兒也不小了，我家老爺說想給他置辦一套宅子，往後成家了也有個地方。」

顧綿綿點頭。「太太說得是，只是這宅子也不大好買，我先託人幫太太看著，若有合適的就告訴太太。」

吳太太歡喜道：「多謝郡主，往後就要多叨擾您了。」

就這樣，吳家人正式在衛家居住了下來。

吳遠每天去太醫院當差，吳太太每天把自己院子裡的一些小事情打理好，還非要給顧綿綿生活費。顧綿綿知道吳太太是個要強的人，給錢就接著，家裡有什麼好吃、好用的，少不了吳家人的一份。

吳大夫眼見著兒子俸祿那麼低，揹著藥箱開始出門做遊醫。吳大夫的醫術雖然比不上兒子，但做個普通郎中綽綽有餘，不過有些人想上門看病，一看到錦衣衛指揮同知家的大門，嚇得立刻回了家。誰敢去錦衣衛官老爺家裡看病啊？

吳太太看在眼裡、急在心裡，幸好顧綿綿經過多方打聽，終於幫吳家人看到了一棟宅子。

小三進的院子，離太醫院不是特別遠，雖然小，但因為地段不錯，價錢也不便宜。

吳太太看到宅子後，心裡十分滿意，地段好，兒子當差不用跑太遠，還可以在前院給吳大夫開個診室，省得他一把年紀整天揹著藥箱到處跑。

吳太太歡歡喜喜地搬家，吳遠沈默地收拾好了行李，也跟著搬離了衛家。

吳家人走的那天，顧綿綿派人幫他們搬東西，又送了許多暖灶的禮物，還留下許多吃食，讓吳太太能快速支應起來。

雖然搬家了，吳遠每隔幾天還是會往衛家跑一趟，給末郎看看脈，給偏院兩個老頭子看看身體。吳太太看在眼裡、急在心裡，她真是恨不得馬上能從天上掉下個兒媳婦來。

日子悠悠地往前走，忽然，京城又下了場大雪。顧綿綿有經驗，採買了大量的炭火和糧食。今年她有了幾個莊子，莊子裡不時會送一些蔬菜進城，她再也不用每天吃大白菜和蘿蔔。

衛景明每天早起出門當差，他現在沒多少上進心，除了分內的差事和萬統領安排的活兒，他從來不攬事。萬統領很喜歡這樣的下屬，年輕有活力，但是不爭強好勝。不當值的時候，衛景明就在家裡和顧綿綿一起研究吃食。

大雪天，兩口子一起在院子裡的雪地上玩踏雪無痕，比一比誰能不踩雪飛得更遠，衛景明卻總是在顧綿綿快要落地時拉她一把，最後反倒是他自己先落了地。

小末郎裹得像隻小熊一樣，在廊下看父母玩耍，高興得啊啊直叫。

這場大雪持續了近二十天才終於結束，等到冬月底，天上終於又出了大太陽。

這日早晨，衛景明走得很早，顧綿綿一個人帶著末郎吃了頓早飯。快半歲的末郎開始想吃飯了，顧綿綿用筷子尖挑了一點點蛋黃給他吃。大人覺得沒滋沒味的煮蛋黃，末郎卻吃得津津有味。吃了一口後，雙眼發亮地看著顧綿綿，哦哦叫兩聲，表示他還要吃。

顧綿綿笑著把半個雞蛋黃都餵給了他，末了又餵了兩口溫水，末郎這才心滿意足地要去偏院找兩個爺爺玩。

吃過了飯，顧綿綿吩咐翠蘭。「前些日子天不好，今日太陽出來了，妳等會兒把被子都拿出去曬曬。」

翠蘭帶著人曬被子、曬末郎的尿布，又幫顧綿綿把保存的料子都翻一翻，察看有沒有受潮。顧綿綿剛吃了飯不想坐著，自己帶著月蘭打理院子裡的一株梅花。大冷天的，偶有寒風吹過，被太陽一照，倒不覺得冷。

眾人正忙著，孫嬤嬤笑著來了。「太太，喜事，喜事。」

顧綿綿把一枝梅花插進瓶子裡。「嬤嬤遇到什麼喜事？」

孫嬤嬤年前收到獨子已經在外地成家的消息，主家待他不錯，便沒入京來。不過，知道兒子安好，孫嬤嬤每日都喜笑顏開，她笑道：「太太，舅奶奶早上吃飯的時候不得勁，舅爺便讓人請了大夫來看，大夫一摸就道喜，舅奶奶有身子了。」
顧綿綿立刻歡喜起來。「大嫂才進門多久，這就懷上了？看來是進門喜了！」
說完，她把剪刀遞給月蘭，立刻去看邱氏。
邱氏正在不好意思呢，她的陪嫁丫鬟雪蘭眼尖。「奶奶，郡主來了。」
衛家的丫鬟都叫老爺、太太，雪蘭原來想叫姑奶奶，後來邱氏讓她改口，直接叫郡主。人家雖然年紀小，但已經是掌家太太，叫奶奶似乎矮了一些，但叫姑太太，這輩分又不對。
顧綿綿腳步快，還沒等月蘭打簾子，自己就先進了屋。「大嫂，妳感覺怎麼樣了？」
邱氏微微紅臉。「也不是什麼大事，怎麼勞動妹妹過來了。」
顧綿綿拉著她的手。「怎麼不是大事？大哥自幼喪父，家裡如今缺的就是人，大嫂才進門就懷上了，可見是薛伯父在天保佑呢！」
孫嬤嬤開玩笑。「太太，不光是薛老爺保佑，也是舅爺和舅奶奶夫妻恩愛。」
邱氏的臉更紅了，顧綿綿趕緊道：「孫嬤嬤，妳去吩咐廚房，讓廚房往後每天給大嫂單獨做些軟糯清淡的。」
孫嬤嬤應聲而去，顧綿綿拉著邱氏坐下。「大嫂這孩子才懷上，千萬莫要累著。妳這裡只有一個雪蘭肯定不夠，等會兒我再支個婆子過來幫妳做些粗活。冷水一概不要沾，涼東西也別吃。剛開始肚子會有些不大舒服，胃口也會不好。想吃什麼一定要說，可千萬別忍著。我自幼和大哥一起長大，小時候大哥經常給我梳辮子，他衣服破了，也是我隨便縫兩針湊合穿。雖然我們不是一個爹娘生的，比親兄妹也不差什麼，大嫂可千萬別把自己當客人。」

邱氏微笑。「我知道，妹妹放心吧，我想吃什麼了就管妹妹要。」

顧綿綿又和邱氏說了幾句養孩子的話，便怕吵著她休息，又回了主院，還吩咐人去告訴邱太太。

邱太太聽到消息後，火速帶著小女兒跟著衛家的下人一起過來。

顧綿綿親自把邱太太送到邱氏的院子，自己回來抱著剛從偏院回來的末郎親一口。「等明年，就有弟弟、妹妹陪你玩了。」

末郎啥都不懂，就知道傻乎乎地笑。笑著笑著，忽然，一滴口水順著嘴角流了下來。

顧綿綿快速用帕子接住，擦乾淨他的嘴角，然後哄著他張開小嘴，仔細一看，兩顆白白的下門牙開始冒頭了。

顧綿綿笑了起來，又親了末郎一口。「我的小乖乖，開始長牙了啊，長牙會有些疼，你是好乖乖，可不能咬娘。」

末郎繼續咧著嘴笑，全然不知自己開始了冒牙大業。

第五十九章

衛家的日子歡歡喜喜，宮裡面今日也很是祥和。

平王的病終於好了，被截掉一根手指後，他的右手保住了，太醫下了猛藥，漸漸止住了他身體裡的毒，調養了這麼久，總算徹底好了。

一大早，雲氏把兒子打扮得十分精神，向宮裡遞了牌子，得到帝后的允許。

一進宮，雲氏還沒來得及帶兒子去給劉皇后請安，平王就被魏景帝接走。魏景帝剛剛下朝，聽說大孫子來了，立刻讓人叫了過去，先是親切地問了他的身體，又安撫了他一番。等看到孫子的右手少了一根食指，魏景帝心裡所有的憐愛都冒了出來，又當場給了許多賞賜，還把他留在自己身邊帶著。魏景帝和大臣們商議國事的時候，平王就坐在一邊吃點心，有不懂的就問，魏景帝都會和顏悅色地向他解釋，二皇子看了心裡直冒酸水，但看平王缺了一根手指，便不在乎了。

那邊，雲氏本以為迎接自己的會是劉皇后的冷漠和刁難，沒想到劉皇后雖然沒有多少熱情，但也沒有怒氣，平淡的表情彷彿雲氏只是一個來請安的普通宮妃。

雲氏心裡有些惴惴的。「母后，繼哥兒被父皇叫去了。」

劉皇后嗯了一聲。「本宮知道了，請安也請過了，妳自己回去吧。等繼哥兒從陛下那裡回來，本宮帶他一起吃午飯。」

雲氏用腳趾頭都能想到婆母會跟兒子說什麼，但她也沒辦法，只能低聲道好，一個人離開了昭陽宮。姪女定下正妃名分，雲氏知道婆母很不高興，等兒子長大娶親，說不定婆母還會塞人過來。雲氏一邊擔心、一邊走，在路上遇見了寇貴妃。

雲氏給寇貴妃行禮。「見過母妃。」

寇貴妃抬抬手。「平王太妃這就要走了？要是閒著沒事，去本宮的咸福宮坐坐呀！皇后娘娘忙得很，本宮有工夫。」

雲氏扯了扯嘴角。「多謝母妃，府裡一大堆事情，兒臣先走了。」

寇貴妃笑得輕狂。「太妃也莫要多慮，妳還年輕呢，好日子還在後頭。這天底下打兒媳婦的婆母能有幾個呢？娘家姪女做了兒媳婦，妳往後也能多個貼心人。」

雲氏想到那天被劉皇后一巴掌打到地上，頓時覺得臉上火辣辣得疼，再次行個禮就頭也不回快步走了。

寇貴妃在後頭哼一聲。「婆媳倆整日烏眼雞一樣鬥，平王能成事才怪。」

魏景帝不想管女人之間的事情，他抬舉了雲家，兒媳婦肯定不會再鬧事，孫子是個懂事的，往後自己多疼他一些，未必不如做個皇太孫。

兒媳婦和孫子都消停了，魏景帝又在想兒子的事情。這次，魏景帝一口氣挑了三個兒媳婦。大皇子死了，二皇子、三皇子已經娶妻，四皇子很小就沒了，五、六、七三個皇子都還打著光棍呢。魏景帝便從書香門第挑了三個兒媳婦，其中七皇子的正妃是御史臺五品御史中丞林大人家的嫡次女。

五品官家的嫡次女做正妃，官階雖然不配，但林大人名聲很好，當年也是一甲榜眼出身。七皇子對此很滿意，他無權無勢，母妃娘家只是普通家庭，早就搬離京城，能有個五品讀書人家做岳家，七皇子覺得很合適。

衛景明晚上回家就跟顧綿綿分享了這個消息。

顧綿綿一聽人家，點頭道：「林家倒是不錯，當年我出宮時，林娘娘還幫我遮掩來著。」

說完，她又歡喜道：「別管這些了，大嫂有了身子，我準備給我爹寫信。」

衛景明也笑道：「爹知道了肯定高興。」

顧綿綿幫他換下官服。「那可不？薛伯父當年死得多慘，活生生被狼把腿上的肉都撕掉了，爹好多年都不能想，一想就恨不得自己替薛伯父而去。在我爹心裡，大哥跟我們姊弟一模一樣。看吧，等以後爹分家，岩嶺有的，大哥肯定也有。」

衛景明也十分敬佩薛班頭。「滿朝文武，有幾人能為同僚以身飼狼？那些整天嘴上喊著忠君愛國的百官們，坑蒙拐騙無惡不作，你算計我，我算計你，反倒是一個小小的縣衙班頭如此高義，無怪乎人常說仗義每多屠狗輩。」

顧綿綿從旁邊的榻上抱起末郎。「如今大哥總算苦盡甘來，當年薛伯父去世，薛伯母改嫁，大哥驟然失去父母，一個人跟小可憐一樣無人照料，剛到我家時，頭上都是蝨子，我爹燒了兩鍋水才把他洗乾淨。」

衛景明嘆口氣。「這年月，一個女人帶著孩子也難過。不過這薛太太也有些狠心，就是要走，也要提前把孩子安頓好。」

顧綿綿小聲道：「我們從來不提這事，就怕大哥傷心。」

衛景明摸了摸兒子的小臉。「華善當差還可以，再熬兩年，說不定也能升一升。」

夫妻倆拉拉雜雜說著些家常話，顧綿綿晚上讓人做了道三鮮湯，下的麵條，夫妻倆就在榻上擺了個小桌吃飯，末郎在一邊咿咿啞啞，邊說話邊流口水，也不知是長牙還是看到父母吃飯嘴饞。

顧綿綿只能繼續給他吃蛋黃，又告訴衛景明。「末郎長牙了，往後這口水一天不閒地往下淌。」

衛景明立刻放下碗看了看，果然，兩顆白生生的小牙。「這牙齒怎麼這麼薄？這冒出來的一點跟刀片一樣，我的天，這是硬生生把肉割開冒出來啊！」

顧綿綿用帕子擦了擦末郎的口水。「剛出來的都是這樣薄，慢慢嚼東西磨一磨就變厚了。這只是冒門牙，等冒大牙時，一個牙的四個小尖尖一起扎出來，牙邊上經常掛著一小塊肉肉。大人都說小娃兒每天吃了睡、睡了吃很享福，其實小娃兒也不容易呢，學坐、學爬、學走路、學說話，冒牙疼、換牙疼，磕磕絆絆、摔跤跌倒，哪一樣都不容易。」

衛景明把胖兒子抱過來親一口。「我的乖乖，你是男子漢，別怕，要是疼狠了，你就跟爹哭一哭。」

等吃過了飯，衛景明去偏院找鬼手李。

鬼手李也正想找他。「你說的那個瞞天過海陣法，我琢磨出了一點門道。」

衛景明立刻問道：「師父，可能用？」

鬼手李道：「我也不知道，得試一試。」

衛景明趕緊道：「我每日忙碌，有勞師父在家裡替我操心。」

鬼手李摸了摸鬍鬚。「你真要擺這個陣？」

衛景明點頭。「雖然現在綿綿沒什麼大礙，但誰也不知道意外何時來，我扛得住。」

鬼手李點點頭。「明日晚上開始，你跟著我擺陣。陣擺好了之後，把你媳婦的頭髮給我幾根，我敗一敗她的氣運，若是你立刻倒楣了，說明這陣法管用。」

旁邊的郭鬼影來了興趣。「師弟，你要怎麼敗氣運？」

鬼手李摸了摸鬍鬚。「師兄到時候就知道了。」

說完，他拿出一大堆紙，帶著二人開始研究陣法。直等到子夜時分，衛景明才回正院，此時，顧綿綿已經抱著末郎睡著了。

衛景明稍微漱洗之後就鑽進了被窩。

第二天晚上開始，鬼手李帶著衛景明開始擺陣，此次的陣還是以衛家為中心，怕家裡下人不小心碰到了陣，鬼手李把正院裡的各個屋子的房頂利用上，在屋檐、屋脊等地方擺了一些東西，一些瓦片的擺法也略有變化。

顧綿綿悄悄把衛景明拉到一邊問：「師父這是做啥？」

衛景明哄她。「我讓師父給我擺個福祿壽喜陣，往後我升官發財比較快。」

顧綿綿呸了一聲。「滿口胡說，我怎麼不知道有這個陣！」

衛景明不想讓她知道自己的目的。「這是我和師父才研究出來的，擺好了之後，我不一定能升官發財，卻能給末郎多一些庇護。」

提到兒子，顧綿綿這才不再追問，轉身自己進了廚房，親自給三人做一頓豐盛的宵夜。

鬼手李帶著二人花了四天的工夫才把陣布好，布好當天，衛景明從床上撿了幾根顧綿綿的頭髮悄悄送給鬼手李。

鬼手李拿著那幾根長頭髮。「沒弄錯吧？」

衛景明點頭如搗蒜。「師叔放心，不會錯的。」

鬼手李點頭。「明日你自去衙門，若是遇到什麼倒楣事，莫要生氣。」

衛景明咧嘴。「師父，求您手下留情。」

郭鬼影在一邊哈哈大笑。「壽安你只管去，我替你看著你師父。」

轉天，衛景明忐忑地去了衙門，才一進衙門，萬統領就叫他過去。衛景明也沒多想，隻身一人去了統領衙門。

萬統領交代衛景明。「眼見著要過年了，京城各處也要清理清理，那些不像話的事情該管的要管一管。你這幾日把東城和南城清理兩遍，那些江洋大盜和坑蒙拐騙比較厲害的頭兒，一個都別留。」

衛景明為難道：「大人，如今這京城，要說不成器的子弟，還是各大豪族家裡多，皇親國戚裡的紈袴子弟更是數不勝數。」

萬統領吃了一口茶。「衛大人年輕有為，你想讓陛下看見你，可就得做出些功績。」

萬統領始終覺得衛景明留在錦衣衛不是回事，他這麼年輕就做到了指揮同知，若是不把他弄走，說不定自己這個指揮使早晚都要被他頂了，與其如此，不如幫著他立些功勞，早日送他上去，不用留在這裡跟自己爭。

衛景明心裡嘀咕：我一點不想讓他看見我，讓他看見我了，要是將來讓我去幫他弄小寡婦，我弄還是不弄？

但上峰有命，衛景明只能遵從，他立刻撥出近三百人，分兩批分別前往東城和南城，把那些不法之徒全部清理出來，該關起來的關起來，該教訓的教訓，該攆出京城的攆出京城。

衛景明做事情從不當甩手掌櫃，他自己也帶著一隊人馬親自去往城南最大的煙花巷，那是整個京城最難啃的硬骨頭之地，那裡魚龍混雜、往來如織，權貴子弟出沒無數，號稱京城的富貴窩。

誰知事情就是這麼不湊巧，衛景明剛查了第一家，就抓到了寇貴妃的親弟弟寇大郎。

衛景明覺得肯定是那陣法起了作用，往年錦衣衛也不是沒幹過這種活，他還是第一次抓到這樣級別的皇親國戚。要說往常也就罷了，寇大郎一個七品小官，大白天尋歡作樂，抓了就抓了，但寇貴妃剛剛封了貴妃，又寵冠後宮，寇家頓時門庭若市，寇大郎這個七品官越發有分量起來。

衛景明看著眼前倨傲的寇大郎，故意問旁邊人。「這是何人？」

自然有人告訴他此人身分，衛景明點點頭。「青天白日的，朝廷命官出入煙花之地，帶走。」

寇大郎急了。「姓衛的，你要抓我？」

衛景明點頭。「怎麼了，本官抓不得你？」

寇大郎一時語塞，他知道不能給姊姊惹麻煩，只能恨恨道：「你莫要不識抬舉。」

衛景明揮揮手。「帶走，交給莫千戶處置。」

寇大郎頓時歡喜起來，莫千戶是他義兄，那就好辦了。

莫千戶一聽說寇大郎被衛景明親自從窯姐兒的被窩裡抓了出來，忍不住直罵。「這個憨貨，到了年底還不老實，御史臺和錦衣衛到處都在揪官員的小辮子，他自己倒送上門來。」

人都抓了，莫千戶也不能不管，只能親自把寇大郎打了一頓，然後放他回了家，轉頭又讓莫太太給寇家大奶奶送了一份禮，安撫寇家。

衛景明這一日越發小心起來，但還是不小心打碎了一個茶盞，差點燙到了一位指揮僉事，手下人又弄丟了一份重要的公文，害得他被萬統領罵了兩句……

到了晚上，衛景明火速往家趕，路上有人忽然對著他衝了過來，幸虧他躲得快。一進家門，他不像往常一樣去正房和娘子說悄悄話，而是直奔偏院。

到了鬼手李的屋裡，他忍不住抱怨。「師父，您這陣法也太厲害了，我今日真是倒楣事一樁連著一樁。」

鬼手李仔細聽了他今日的經歷。「照理來說，你媳婦平日不大出門，你就算替了她，也不至於遇到很多麻煩。多半是我壞了她的氣運，陣法又剛剛生效，有些逆反作用，等過一陣子，只要逆天盤不反噬，就和平常無異。」

衛景明鬆了口氣。「那就好。」

鬼手李忽然摸了摸鬍鬚。「還有另外一樁倒楣事在等著你！」

衛景明頓時覺得汗毛豎了起來。「師父，何事？」

鬼手李同情地看了他一眼。「也不是多大的事情，你挨兩句罵就是。」

忽然，外頭傳來郭鬼影的聲音。「壽安回來了？」

衛景明趕緊過去問：「師伯，發生了何事？」

郭鬼影把自己最珍愛的酒葫蘆拿了出來丟給衛景明。「說吧，你前兒買的酒是什麼酒？怎麼裝了你的酒，我這葫蘆就破了個洞？」

衛景明看了看酒葫蘆，那葫蘆旁邊彷彿被什麼東西漚爛了一樣，他仔細看了半天，才道：「師伯，別是您不小心拿它裝醋了？」

郭鬼影瞪起了眼睛。「胡說八道，醋能弄成這樣？我這個酒壺是你師祖給我的，我用了幾十年，從來沒壞過，你哪裡買的假酒糊弄老頭子也就罷了，還把我的葫蘆燒壞了！」

衛景明咧嘴。「師伯，您息怒，回頭我給您再買一些好酒。我再給您換個酒葫蘆，一定比這個還好。」

郭鬼影鼻孔裡哼了一聲。「滿天下也找不到比這還好的酒葫蘆！」

衛景明正在為難，顧綿綿抱著孩子進來了。「這是怎麼啦？師伯，可是官人哪裡做得不對，我替他給您道歉。末郎，快去，讓大爺爺別生氣啦。」

末郎嘿嘿笑著對郭鬼影伸出手，讓他抱，郭鬼影拒絕不了，只能抱過他，誰知末郎一伸出手就揪住了他的鬍子，越扯越高興。

郭鬼影疼得齜牙咧嘴。「快住手，快住手你個臭娃娃，你老子才弄壞了我的酒葫蘆，你又來扯老頭子的鬍子，你們姓衛的沒一個好人！」

鬼手李摸著鬍子笑。「師兄何必跟小孩子計較？師父當年傳了兩個葫蘆，我把我那個送給師兄。」

郭鬼影這才高興起來。「那還差不多，師父的東西，誰也比不上。反正你也不愛喝酒，留著也是白落灰，不如送給我。」

末郎扯得高興，哈哈大笑起來，郭鬼影撓他癢癢，一老一少玩得不亦樂乎。

衛景明帶著顧綿綿離開了偏院，走前哀怨地看了鬼手李一眼。

鬼手李笑了兩聲，等衛景明夫婦走後，他便把顧綿綿的那幾縷頭髮燒掉了。

正房的顧綿綿還不知道實情，聽說了衛景明今日的遭遇，忍不住用自己學的半瓢水本事給衛景明看了看手相，看完後她皺緊了眉頭。「官人近日怕是諸多麻煩纏身，還是少出門為妙。」

雖然遇到了許多麻煩，但衛景明還是很高興。今日之事說明陣法有效，如今逆天盤不知我已經替換了綿綿，往後再有什麼反噬，都衝著我來吧。

他收回手。「人哪能一輩子順風順水？不妨事，有麻煩一樣樣解決就是，大不了辭官不做，還能餓死我不成。」

顧綿綿笑道：「胡說，大丈夫不可一日無權，雖是玩笑話，也是有道理的。」

她又看了看自己的手相，發現自己氣運極好。顧綿綿開始動腦筋，若是能把我的好運氣借一些給官人，他在外頭也能少些麻煩。

當然，顧綿綿不想告訴衛景明這事。

第二天早上，衛景明剛出門，顧綿綿就去找鬼手李。「師父，我有件事想求您。」

鬼手李奇怪。「妳有何事？缺錢花了？」

顧綿綿搖頭，她把孩子遞給郭鬼影，伸出自己的手給鬼手李看。「師父，您看我的手，是不是氣運極佳？」

鬼手李心裡嘀咕：壽安把妳所有的災難和不順都擋走了，妳的氣運自然是世上最好的了。

顧綿綿滿臉憂慮。「師父，我昨晚看了官人的手相，發現他近來氣運不是很好，我想請師父把我的好運氣渡一些給他。」

鬼手李愣怔住了。他忽然有些明白逆天盤為何會感應到衛景明的執著，送這二人逆天而來。氣運關係到一個人的健康和前程，等閒誰也不能把好運勢借給別人。這夫妻倆卻不同，一個要入陣擋逆天盤的反噬，一個要把好運氣渡給對方。

旁邊的郭鬼影本來在逗孩子，聞言也安靜了下來。他忽然有些後悔。要是我老頭子年輕時也娶媳婦，不知道會不會有這樣好的娘子？罷了罷了，這事看運氣，天底下同床異夢的夫妻那麼多，又有幾個能做到這樣，不說別的，這世上除了壽安，再也找不到第二個男人願意為未婚妻自宮的。

郭鬼影繼續逗孩子，假裝沒聽見。

顧綿綿又看向鬼手李。「師父，可以嗎？」

鬼手李嘆了口氣。「我勉強一試，妳要想好了，氣運不能隨便借的。」

顧綿綿高興起來。「我在家不出門，能有什麼事？官人行走在外，官場凶險，若是霉運纏身，怕是有性命危險，我們一個極好、一個極差，我借他一半，有難我們一起當，這樣才好呢。」

鬼手李摸了摸鬍鬚，心裡卻開始思索，人這一生，有好事、有壞事，原來逆天盤同時管著他們兩個人，雖然反噬在他媳婦身上，他也不是完全置身事外，如今他一個人扛下來，官場上爾虞我詐，勢必更加艱難，既然瞞天過海陣已經成功，再把他媳婦的好運氣借他一些也無妨。夫妻夫妻，同甘共苦才叫好夫妻。

鬼手李立刻行動起來，在正院的瞞天過海陣底下又加了一道陣，把顧綿綿的好運氣渡了一些給衛景明。

當日，在衙門裡的衛景明終於鬆了口氣，今日總算沒有遇到太多倒楣事，雖有些麻煩，也都是不費什麼力氣能解決的。

一個臘月，彷彿一瞬間就過去了。

大年三十那天，京城的天有些陰，衛景明今日不當值，留在家裡。兩口子一大早就忙活開了，衛景明親自在大門口放了一長串鞭炮，顧綿綿和邱氏一起下廚房給一家子做早飯。

邱氏的肚子剛剛滿三個月，顧綿綿本說讓她好好歇著，邱氏不肯。「妹妹起個大老早給二位伯父做早飯，我如今過了三個月，豈能還是每天不動彈？我進門的時候，給二位伯父磕了頭，伯父們給了見面禮。平日也就罷了，今日是大年三十，我也想盡一盡自己的心意。」

顧綿綿手腳麻利地做了幾種味道的澆頭，然後按照京城人的方法做了幾碗麵，按照個人口味澆上澆頭，一起端到了偏院，今日早上眾人都在偏院吃早飯。

薛華善給兩個老頭子各端了一碗麵，所有人都圍坐在一起。衛景明抱著胖兒子，一邊餵他吃東西，一邊和眾人說話。

末郎已經能穩穩當當地坐著，他已經不滿足於吃幾口蛋黃，還要吃米糊糊。

薛華善有些歉意地對顧綿綿道：「妹妹，今日我還要去當值，明天晌午才能回來，不能和你們一起吃年夜飯了。」

顧綿綿點頭。「大哥只管去，大嫂這裡有我照看，晚上我讓人給你送一些吃的過去。今明兩天當值，後天就可以陪大嫂回娘家了。」

薛華善吃了早飯後就走了，家裡人一起熱熱鬧鬧地準備過年。

晌午時分，她抱著末郎在屋裡敲小鼓，末郎伸出兩隻小手，在小鼓上啪啪敲兩下，聽到咚咚的響聲後，他自己高興得哈哈大笑。玩過了小鼓，衛景明又讓末郎騎在他的背上，他在地上鋪的地毯上來回爬，讓末郎興奮得格格直叫。

一家三口正玩得高興，孫嬤嬤忽然來報。「老爺，太太，外頭來了個蓬頭垢面的婆子，說是什麼薛家太太。」

顧綿綿心裡一緊，又問：「此人是誰，來做啥的？」

孫嬤嬤一臉為難道：「這婆子說自己是舅爺的親娘，來投親的。」

顧綿綿拉下臉。「胡說！薛家太太早就改嫁，哪裡還有什麼薛太太？」
衛景明抱著末郎從地上爬起來。「娘子，能尋過來到咱們家來認親，看來假不了。」
顧綿綿半晌後道：「把她帶到後罩房安頓下來，莫要驚動了大嫂。」
孫嬤嬤正想走，衛景明又道：「告訴她，若是敢冒認官親，可是要吃牢飯的。」
孫嬤嬤道了一聲是，然後去招呼外頭的薛太太。
薛太太一路風塵僕僕，她帶著女兒趕了幾百里的路，終於在大年三十這天到了京城。她抬頭看了一眼衛府的匾額，心裡有些膽怯，她想起當年自己走的時候，兒子才七歲，如今十幾年過去，也不知他還肯不肯認自己。
旁邊有個十歲左右的姑娘低聲問道：「娘，這就是大哥家裡嗎？」
薛太太小聲喝斥她。「莫要亂說話，妳大哥姓薛，這家主人姓衛。」
小姑娘趕緊低下頭，母女倆這一路餐風露宿，吃盡了苦頭，到現在，盤纏耗盡的薛太太只想有個住處，有頓熱飯好吃。京城的天實在太冷了，她搓了搓手。
母女倆身上都有些髒，臉好多天沒洗了，薛太太抱緊了懷裡的包袱，拉著女兒站在衛家門口，來來往往的人都往這裡看，讓母女倆有些侷促。

第六十章

孫嬤嬤很快又出來了。「薛太太，請隨我來。」

錦衣衛本來名聲就不好，讓這母女倆長時間站在門口，別人未免又要猜疑。

薛太太急忙拉著女兒跟上了孫嬤嬤，一路上低著頭。

孫嬤嬤帶著母女倆到了偏院的後罩房，讓人給她們送了些熱水，又把自己和另一個小丫鬟的衣服拿了一身送給她們，孫嬤嬤的聲音冷淡。「今日大年三十，家裡都忙得很，這衣裳雖是舊的，但乾乾淨淨，請薛太太先洗洗換上吧。」

薛太太接下了衣裳，對著孫嬤嬤說了一堆感激的話。

等孫嬤嬤一走，那姑娘小聲對薛太太道：「娘，我看那婆子穿的衣裳很不錯，咱們好歹是親戚，怎麼給我們穿這衣裳？」

薛太太立刻又喝斥她。「住口！妳要是不想穿，就繼續穿妳身上的衣裳。」

姑娘聽見薛太太罵自己，立刻紅了眼圈低下頭，似乎很委屈的樣子。薛太太拉著女兒漱洗，換上了乾淨衣裳。

顧綿綿只讓人把這母女倆安置在後罩房，然後再也沒管過她們。到了夜裡，顧綿綿假裝沒這兩個人似的，自顧張羅年夜飯。

衛府年夜飯開始之前，衛景明再次放鞭炮、祭祖，雖然他連自己爹娘長什麼樣都不記得了，但如今做了三品官，好歹得有個樣子，家裡弄了個小祠堂，把爹娘的牌位和薛班頭的牌位一起擺上，今日大過年，給幾位長輩上了一些貢品。

做完這些事情，衛景明親自到偏院請二位長輩，等三人到正院，顧綿綿也擺好了年夜飯。桌子中間是個熱鍋子，葷的、素的、冷的、熱的，桌上擺了十幾個菜，這還只是一部分，等會兒吃到一半還要繼續上。

郭鬼影嘖嘖兩聲。「這年夜飯真是豐盛，我老頭子去年一個人在外頭，年夜飯只吃了一個紅薯。」

衛景明趕緊請兩個老頭子坐了上席，顧綿綿抱著末郎坐下，又讓邱氏坐在自己身邊。

衛景明給二位長輩倒酒。「今日大年三十，師父往年在外受苦了，師叔這兩年整日為我操心，我敬二位長輩三杯酒。」說完，他自斟自酌，一口氣喝了三杯酒。

郭鬼影端起酒杯聞一聞，讚道：「這酒不錯！」

三人吃酒吃得越來越熱鬧，顧綿綿和邱氏帶著末郎玩，邱氏最近特別喜愛末郎，顧綿綿怕末郎沒輕沒重踢到她，也不敢讓她抱，邱氏只能摸摸他的小手小腳。

後罩房裡，薛太太正帶著女兒吃簡單的飯菜。

薛太太改嫁後找了個富戶，當家老爺姓史，史老爺家底豐厚，家裡有三個兒子，薛太太做了填房沒兩年，生了個姑娘，就是這位史姑娘。後來等了好多年，她都沒有再生一個。

史老爺對她還算不錯，誰知天有不測風雲，史老爺去年忽然ˋ病死了。他這一死，薛太太頓時從風光的當家太太變成三個繼子的眼中釘。沒多久，薛太太的私房錢被繼子們搜走，連史老爺留給史姑娘的嫁妝也被三個哥哥分了。

薛太太以前在史家十指不沾陽春水，三個繼子說她和女兒整日閒著不做事，把她的丫鬟、婆子都賣了，母女倆開始自己做飯吃。熬到今春，薛太太眼見著幾個繼子商議著要把女兒半賣半送許出去，立刻帶著女兒悄悄離開了家。

薛太太先回了青城縣，她不敢明目張膽去找，只能悄悄打聽，聽說兒子去了京城做了官，薛太太又帶著女兒北上尋找兒子。母女倆沒有路引，在路上吃盡了苦頭，費盡千辛萬苦終於找到了兒子，誰知兒子也是靠著別人過日子。

薛太太心裡不停地盤算，等見到了兒子她該怎麼說，再一看身邊的女兒，她皺緊了眉頭。「在路上連餿飯都能吃，怎麼現在開始挑揀了？」

史姑娘被她爹寵壞了，嘟著嘴道：「娘，您都來了這麼久，大哥怎麼也沒來見您，就讓下人送了點飯菜過來。」

薛太太把她的碗奪走。「糟蹋糧食天打雷劈，妳要是不想吃就算了。」

史姑娘哭了起來，薛太太不去管她，自己一個人慢慢吃飯，這個女兒過於驕縱，路上還好，現在一見到這家裡的富貴，小姐脾氣立刻出來了。

吃過了飯，薛太太想找人打聽打聽兒子的事，可後罩房住著的所有丫鬟、婆子沒有一個人理她，不管她說什麼，人家只是對著她笑，一個字不肯透露。

薛太太氣悶地帶著女兒胡亂睡了一夜，第二天早上是大年初一，顧綿綿仍舊讓人給她們母女倆吃僕婦的飯菜，不許人和她們搭話。顧綿綿讓人照看著邱氏，自己進宮朝賀去了。

下午，顧綿綿和衛景明一起從宮裡回來，薛華善也剛剛到家。

薛華善吃了頓飽飯，正在和邱氏說話，聽見孫嬤嬤親自來喊他。

邱氏推他。「你快去，妹妹肯定有事，不然不會這麼著急來叫你。」

薛華善起身。「那妳在屋裡歇著，明日咱們一起去看岳父、岳母。」

邱氏笑著點頭。「你去吧。」

薛華善到了正院後和妹妹、妹夫相互拜年，還塞給末郎一個紅包。

衛景明問了問他差事上的事情，說了幾句閒話後，他看向顧綿綿。

顧綿綿把末郎交給翠蘭。「抱他去給二位太爺。」

等翠蘭一走，顧綿綿看向薛華善。「大哥，昨日你娘尋來了。」

薛華善以為她說的是邱太太。「明日我們就過去，怎麼大年三十來了？可有什麼事情？妳大嫂也沒告訴我。」

顧綿綿搖頭。「大哥，我說的是你的生母。」

薛華善愣住了。「妹妹，妳說誰？」

顧綿綿再次道：「你的生母，後來改嫁的薛太太。我還沒讓大嫂知道呢。」

薛華善臉上的表情彷彿凝固了一番，他的呼吸變得很輕，衛景明看著他雙手抓緊了椅子的扶手，低聲道：「大哥，薛太太彷彿受了些災難，衣衫襤褸，已經在後罩房住了一天了。」

薛華善緩過神來。「她來做啥？」

顧綿綿搖頭。「我一直晾著她呢，還沒去問，薛太太還帶著個姑娘，說是來投親。」

薛華善半晌後道：「多謝妹妹安頓她們，莫要讓她們在外頭鬧起來，影響衛大哥的官聲。」

顧綿綿心裡有些難過，到了這個時候，大哥顧及的還是官人的官聲。「大哥，要不要叫她來問問話？剛才後院幾個婆子來報，薛太太一直在找你，她倒還好，就是那個姑娘似乎有些……」

顧綿綿不知道要怎麼說下去，那畢竟是薛華善一母生的妹妹，衛景明接下了話。「無妨，一個小姑娘，眼皮子淺愛慕富貴，也是正常的。」

薛華善點頭。「煩勞妹妹讓人帶她們過來，總是我的生母，也養了我七年，我不能假裝不認識她。妳大嫂那邊，我回頭自個兒和她說。」

顧綿綿讓人去叫，很快，薛太太母女倆進了正房。

一進正房，薛太太看到兩男一女，坐在主位的男子丰神俊美，雖然長得很好看，但氣勢有些凌厲，旁邊的男子臉上毫無表情，身上倒沒有那逼人的氣勢，另一邊的女子表情淡漠，容貌極佳，薛太太一眼就認出這是當年顧家的長女。

孫嬤嬤給薛太太引薦。「這位是我們老爺，錦衣衛從三品指揮同知衛大人，這位是我們太太，先帝親封的嘉和郡主。」

薛太太立刻帶著女兒給衛景明和顧綿綿磕頭，她多少懂些規矩，行禮的姿勢也很標準。

顧綿綿還記得小時候，薛班頭剛去世時，她偶爾去薛家，薛家伯母還會照顧她，十幾年過去，薛太太反倒要給自己磕頭。

但顧綿綿沒有免薛太太的禮，她得讓薛太太知道，往日的情分，隨著她離開薛家就煙消雲散，顧家是欠薛班頭的人情，不欠她的。

等薛太太母女行過禮，孫嬤嬤又道：「這是我們舅爺薛大爺。」

薛太太抬起頭，一眼不眨地看著薛華善，她記憶中那個有些軟弱的小男孩，現在看起來很是剛毅，也很是陌生。

薛華善也看著薛太太，她老了很多，曾經眼裡爭強好勝的神情都不見了，只剩下落魄和卑怯。

母子都沒人開口，反倒旁邊的史姑娘先高興地喊了一聲大哥。「我和娘找你找了好久啊，我們昨天就來了，一直在後頭沒出來。」

薛華善沒有說話，薛太太眼底有些動容，想到今日是大年初一，在別人家裡掉眼淚不好，她拉住女兒示意她別說話，自己對薛華善道：「華善，娘當年對不起你，但如今無家可歸，只能厚著臉皮來找你。」

薛華善撇開了眼，他沈聲問道：「娘，是那家人欺負您嗎？」

薛太太搖頭。「蘭溪她爹死了之後，她幾個哥哥就把我趕出來了，連你妹妹，他們也容不下。」

眾人一聽就明白了，爹死了把後娘攆走的事，哪裡都有，但連一個親妹妹都容不下，就有些過了。

薛華善看著一旁衛景明手裡茶盞上面的花紋，輕聲問道：「娘有什麼打算？」

薛太太低聲道：「我和蘭溪吃得少，有個落腳的地方就行，我能幹活，洗洗刷刷都可以。」

薛華善不知道要怎麼回答，從禮法上來講，薛太太已經改嫁，與薛家人無關，從情感、血脈上來講，這是他的生母。

顧綿綿知道薛華善為難，主動接過話題。「妳問大哥，他一個大男人自然不知道該怎麼辦。如今家裡內事都是我做主，既然妳尋來了，便由我來安排，大哥看看如何？」

薛華善忽然道：「妹妹，讓我先問她幾句話。」

顧綿綿點頭，薛華善看向薛太太。「娘，當年家裡也不是過不下去，義父把自己每個月的俸祿給了咱們一半，您為何要拋棄兒子呢？」

薛太太的眼淚忽然忍不住掉了下來，她立刻擦掉。「我知道，世人都說是我的錯，我拋棄幼子去享福，可從來沒人問問我當年是怎麼過來的。」

薛華善道：「娘有什麼委屈，現在可以說清楚。」

薛太太哽咽了一聲。「都說你爹是個大英雄，他為了同僚把自己餵了狼，可他餵狼的那一刻，他想過我嗎？他想過他兒子嗎？華善，你不知道，給一個大英雄做老婆，心裡有多難過。我沒有那麼大的心胸，我只想有個家，過安安生生的日子。原來你爹活著的時候，他今天為了救人打架，明天為了接濟窮人把自己的俸祿都散光。華善，你爹是個英雄，我只是個普通人，我大概是配不上他的。」

薛太太的話讓顧綿綿心裡堵得慌。

是啊！薛班頭是青城縣的大英雄，若是他以前真是這樣的義士，家裡的女人確實需要一顆寬大的心胸，可薛太太不是。

薛華善心裡十分難過，他心裡引以為傲的父親，在生母眼裡卻是個不顧家的人，他忍不住反駁薛太太。「爹臨終前，強撐著一口氣，託義父照看我們，他並不是心裡沒有我們。」

薛太太的聲音變大了一些。「你知道什麼？本來你爹是為救顧老爺而死，他月月把自己的俸祿送過來，天長日久，我反倒像欠了他的人情一樣。我每次接他給的錢，心裡有多難過誰知道嗎？我希望給錢的人是你爹，不是他。後來有人說，讓我和他在一起，反正我是個寡婦、他是個鰥夫，可他一口拒絕。人家都說寡婦門前是非多，我要是還在青城縣待著，等他以後再娶了填房，我還怎麼好意思要他的錢？索性我走了算了，他就可以把你接過去全心全意照顧。」

說著說著，薛太太忍不住啜泣了起來。「你恨我我能理解，都是我該得的，但我並不是為了去享福才拋棄你！」

顧綿綿聽到這兒忽然冷笑一聲。「照妳這話的意思，妳改嫁，還是為了大哥了？薛伯父為救我爹而死，我爹要不是因為要照顧老小，也恨不得追隨他而去。我爹給錢，是為了照顧薛伯父的遺孀和幼子，不是為了讓妳記他的人情。妳聽信外頭那些小人的閒言碎語，卻不肯相信自己丈夫的好兄弟。薛伯父手裡散漫不假，但他在青城縣積累了多少好人緣？大哥小時候沒了爹娘，青城縣的人誰看到他不從家裡抓一把吃的給他，這難道不是薛伯父的臉面掙來的？」

薛太太有些愣怔，旁邊史姑娘忍不住開口。「郡主，我娘原來也想過去找大哥的。」

顧綿綿並不理她，繼續對薛太太道：「人這一輩子，有了這一樣，必然會丟失那一樣。薛伯父一個縣衙班頭，有了好名聲，自然不會再有多少錢財。妳看滿朝文武，哪個大清官的家裡金銀財寶無數的？我家老爺做了三品官，可這宅子和家裡所有開支，沒有幾樣是他掙來的。人若是太貪心，什麼都想要，最終只能雞飛蛋打。不管妳說什麼，薛伯父在我們心裡都是頂天立地的英雄，給英雄做老婆肯定不容易，妳改嫁我們理解，畢竟當時妳還年輕，但妳不能詆毀薛伯父。」

薛華善也激動了起來。「娘，您莫要再說了。兒子感謝您養了兒子七年，我爹的是是非非，自有世人定論。」

薛太太想說什麼，又閉上了嘴巴。她知道，今日肯定會有這一遭，既然話已經說清楚，她也不必再開口了。

顧綿綿對薛華善道：「大哥，剩下的就交給我吧，你去看著大嫂，我讓人給你們備些禮，明日你們一起去邱家。」

薛華善點頭，站起身道：「多謝妹妹，我先回去了。」

兄妹倆之間的絕對信任，讓薛太太有些吃驚。「華善，我好歹養了你七年，你當真不管我嗎？」

薛華善看了她一眼。「娘，妹妹做事情，我放心，您只管聽她的就是。」

等薛華善走了之後，顧綿綿看向薛太太。「人和人之間的感情，不一定要看血脈，就像我爹和薛伯父，我和大哥。史太太，妳是大哥的生母，如今既然落魄到無家可歸，他自然不能讓妳流落街頭。如今大哥把妳交給了我，我這裡給妳先定下幾條規矩。」

顧綿綿一聲史太太，讓薛太太咬緊牙關，她為了找兒子，來的時候說自己是薛家婦，現在顧綿綿不肯承認，一下子把她打回原形。

史太太低聲道：「聽憑郡主安排。」

顧綿綿點頭。「第一，往後在京城，妳不可自稱薛太太，須以史太太自居；第二，妳的女兒姓史，和大哥沒有任何關係，往後不許妳打著大哥的旗號給她說親事。如果妳能答應這兩點，我才能繼續說後面的話。」

史太太咬牙再次點頭。「請郡主吩咐。」

史姑娘急了，她還想靠著薛華善和衛家尋一門好親事呢！她見娘不替自己說話，立刻衝了過去抱住顧綿綿的腿。「郡主，求您開恩，別攆我走，我能幹活，洗衣、掃地，要幹麼都行，求您別讓我走。」

顧綿綿還沒開口，旁邊的衛景明一揮手，他連碰都沒碰到史姑娘，端靠著一股內氣便震開了她。

顧綿綿繼續對史太太道：「我在外頭給妳租兩間屋子，給妳們母女居住，每個月給妳們五錢銀子過日子，若是不夠，妳們自己想辦法。說好了，妳們莫要去擾大哥、大嫂清淨，若是不聽勸，妳們沒有京城戶籍，被驅逐出京城，可就別怪我了。」

史太太知道五錢銀子她們母女倆過日子肯定緊巴巴，但好歹有了安身之處，她立刻跪下磕頭。「多謝郡主。」

顧綿綿點頭。「孫嬤嬤，先帶她們回後罩房，過幾日就給她們找房子。」

衛景明忽然加了一句。「這個瘋丫頭，以後不許她再進我家的門。」

史姑娘想說什麼，史太太一把捂住了她的嘴，直接把她拖走了。

過了幾日，孫嬤嬤來報，家裡管事找到了一處小宅子，離這裡比較遠，三間宅子，在外城，宅子有些舊，也比較低矮，但周邊住的都是清白老實人家。

顧綿綿讓人把宅子買了下來，將一應家具備妥，當即讓史家母女搬過去，並送了一些衣服和第一個月的生活費。

等做好了這一切，顧綿綿準備親自去告訴薛華善。她知道薛華善是個心軟的人，雖然嘴上不問，心裡肯定在擔心。

誰知顧綿綿還沒過去，邱氏主動過來了。「妹妹，史太太那邊怎麼樣了？我看她們昨日搬走了。」

顧綿綿讓她坐下。「大嫂別擔心，那邊我都讓人布置好了。宅子很小，只有三間矮屋子，但院牆很高，等閒小賊進不去。院子裡還有口井，京城水井少，大多都是澀水，而她家的水不澀，井裡的水每個月也能賣個一、二百文錢，再加上我給的五錢銀子，想要大富大貴沒有，但過日子足夠了。我怕她們不知足，宅子的房契也沒給她們，只說是租來的。等那史姑娘長大後招個夫婿，咱們就不用管她們了。」

邱氏鬆了口氣。「多謝妹妹，我看妳大哥這幾日總是悶悶不樂，要不是妹妹在中間轉圜，我真不知道要怎麼辦才好。」

顧綿綿勸邱氏。「大嫂別想那麼多，如今都安頓好了，妳讓大哥別擔心。」

邱氏點頭。「還是妹妹有主張。我原來也犯愁，管她吧，總是心裡發堵，不管她吧，畢竟曾養了妳大哥七年，又是生母，要是被御史臺的人抓住了小辮子，難免影響妳大哥的前程。」

顧綿綿笑道：「你們都不好說話，只能我在中間拿主意。這樣既能堵住人家的嘴，也不用日日面對她們。」

夜裡，薛華善聽邱氏說了史太太的現狀，也誇讚顧綿綿這樣做得好，他囑咐邱氏。「往後這五錢銀子，從咱們這裡出，不能讓妹妹破費。」

邱氏道好。

薛華善看著邱氏順從的模樣，頓時又有些不好意思。「我一個月俸祿那麼少，整日靠著妹妹吃喝，讓娘子受委屈了。」

邱氏輕輕搖頭。「沒有的事，我整天吃得好、睡得好，俸祿多一些、少一些又怎麼樣？還不是一樣一日三餐。」

薛華善想到史太太那日對他爹的埋怨，忍不住把邱氏攬進懷裡。「妳要是心裡有什麼話，一定要跟我說。」

邱氏笑道：「別想那麼多，咱們好生過日子就好。」

薛華善摸了摸邱氏的肚子，忍不住笑了起來。

——未完，待續，請看文創風1031《綿裡繡花針》4（完）

2022
過年書展
狗屋

1/18、25出版 愛情悄悄縫紉中，針針藏情……

秋水痕

愛情的最佳風味，
便是那一股傻氣

他查案居然還要到墳頭看屍體？
她可太好奇了，這死了許久的人，
跟剛死不久的人，到底有何差別？

文創風 1028-1031

《綿裡繡花針》全四冊

青城縣顧班頭的女兒顧綿綿，自生下來就是個美人，
無奈這等美貌為她帶來的不是運氣，而是災禍。
她又生來膽大心細，一手針線活更是出名，
有顏、有才，自然引得一群富人家的浮浪子弟心癢。
為了護她，她爹一不做二不休，讓她拜師學習「裁縫」手藝，
那靈巧的針線自此不在布疋上穿梭，而是遊走於亡者的軀體上。
這事雖是行善積德的活兒，卻受人畏懼，狂蜂浪蝶自然遠去。
可流言又傳她有一品誥命的命，竟讓老縣令異想天開想納她為妾?!
這下子做裁縫的招數不靈通了，她爹又無法得罪縣老爺，
全家面對這絕路只能拖著，皆是成日愁雲慘霧，苦惱萬分，
這烏雲未散，縣太爺還不要臉地給他們家添麻煩，
塞了個不知哪來的遠房親戚——衛景明，要她爹照看。
本以為這漂亮少年就是個臥底，是特地來抓她家小辮子的，
可他卻再三保證會幫忙解決這災厄，這人……真的能相信嗎？

動動手，虎福氣來

活動1　+狗屋2022年過年書展問卷調查活動+

抽獎辦法　活動期間內，請至 f 狗屋天地 或是掃描下方QR Code，皆可參加問卷活動。

得獎公佈　3/2(三)於 f 狗屋天地 公佈得獎名單

我是QR Code

獎項
- 3名《月老套路深》全二冊
- 3名《將軍求娶》全一冊

活動2　+ + + + + + +　購書福運多　+ + + + + + +

抽獎辦法　活動期間內，只要在官網購書並成功付款，系統會發e-mail給您，並附上抽獎專用之流水編號，買一本就送一組，買十本就能抽十次，不須拆單，買越多中獎機率越大。

得獎公佈　3/2(三)於狗屋官網公佈得獎名單

獎項
- 3名　紅利金600元
- 3名　紅利金300元
- 4名　文創風1039-1040《大器婉成》全二冊

過年書展 購書注意事項：

(1)請於訂購後三日內完成付款，最後訂購於2022/2/9前完成付款才算有效訂單喔！

(2)寄送時間：若欲在過年前收到書，請於1/25前下訂並完成付款。
1/26後的訂單將會在2/7上班日依序寄出。

(3)購書滿千元(含)以上免郵資。未滿千元部分：
郵資65元(2本以下郵資50元)／超商取貨70元(限7本以內)／宅配100元。

(4)特賣書籍因出書時間較久，雖經擦拭、整理，仍有褪色或整飾痕跡，故難免不如新書亮麗。
除缺頁、倒裝外無法換書，因實在無書可換，但一定會優先提供書況較良好的書給大家。
若有個人原因需要換書，需自付來回郵資。

(5)各書籍庫存不一，若遇缺書情形可選擇換書或退款。

(6)歡迎海外讀者參與(郵資另計)，請上網訂購或是mail至love小姐信箱(love@doghouse.com.tw)詢問相關訊息。

狗屋有權修改優惠活動的實施權益及辦法。

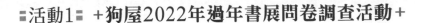

2021年終幸福特別企劃

一個屋簷下 Always with you

【312期：狐狸】 狐狐來我家

新北市／RaeWen

狐狐是一隻令人驚艷的貓咪，與牠相處的每一刻都覺得很開心快樂。牠雖然只有一隻眼睛，視力約只剩50%，但卻常常比眼睛正常的貓咪哥哥還要精準地找出他的最愛。

牠很愛把牠的玩具藏起來，甚至我將逗貓棒纏在某根柱子上，連貓奴們都無法拆開，狐狐卻可以毫無窒礙地拆開纏住的逗貓棒來玩。尤其愛追逐松果，總把松果當足球踢，每天早上會坐在窗臺上看窗外的鳥兒唱歌，也愛與貓奴們玩捉迷藏。

而每當有蟑螂入侵我們家的時候，狐狐便是最佳獵人，總可以讓這些可惡的入侵者死無全屍，雖然我在看見死狀會油然生起一點同情，但還是不由得在心裡對狐狐升起如滔滔江水般的欽慕。另外受惠的還有狐狐的哥哥米茲，也因為狐狐的到來，牠從此高枕無憂，不會再被我們要求去抓這些入侵者，因為米茲的獵捕技巧真的不是很好，明明有兩隻大眼睛，但永遠對不準也抓不著，或許是牠覺得蟑螂很髒而不敢接近吧。

最後很感謝愛貓協會救助了狐狐，並讓我們與狐狐相遇，更感恩智遇動物醫院的蔡醫師──用精湛的手術幫狐狐保留了50%的單眼視力，讓狐狐可以成為我們家的一員、我家御用的對抗蟑螂守護者。

備註

【314期：雖雖和牛牛】 也已成功送養囉！礙於版面有限，謹此簡單告知。

雖雖

牛牛

【316期：童童】 一眼瞬間

新北市／陳KIKI

在收容所裡看見一隻腳穿白襪、狂叫個不停的毛孩，因為感染冠狀病毒連大便都像火山爆發一樣，噴得到處都是，不僅不能摸也不能抱，一碰就會咬人，這樣的孩子會有人想要認養嗎？我認為帶回自家中途好好照顧、教教規矩或許可以為童童找到一個幸福的家。

無奈帶去上課也沒辦法改變童童亂咬、吠叫的問題，直到有天我們在公園遇到一位牽著柴犬的先生，他對於童童的狀況深表同情，所以邀請我帶著童童一起加入公園的柴犬團，除了可以讓童童社會化之外，也能藉由狗狗之間的互動來共同學習成長，就這樣每天兩小時的互動交流產生了極大的變化。

數月後，認識童童的人都訝異牠的改變，對人愛撒嬌也不隨便亂叫，雖然不親狗，但是對貓狗友善，對外面的環境不再驚恐不安，反而激發了牠的好奇心，甚至為了探索環境開始規劃固定的散步路線，每天帶給我不同的驚喜。

然而明顯的改變也沒辦法改變被退三次的命運，縱然退養原因都不是出在童童身上，牠卻要承受一次次的傷害，因此不時用行動來表達牠的不滿——到床上尿尿後再叫我，然後用挑釁的眼神看著我。就是這一眼，讓我毅然簽下了牠的終生幸福，只因我愛牠！

【318期：波妞】 波妞送養紀錄

南投縣／朱小姐（代筆）

波妞在二〇二〇年九月出生，是十胞胎中最後被領養的，看到兄弟姊妹們陸續被領養，一天天長大的波妞身邊逐漸少了玩伴。雖然也曾進入試養階段，但最後被退回，造成波妞心境上的轉變，少了些原先的開朗、多了些憂愁，究竟何時才能有個屬於牠的家呢？

一路兜兜轉轉，終於在今年七月由校內教授領養，領養初期因為轉換生活環境，波妞不敢主動接觸新的人事物，但在教授與家人的細心照料下，以前不好的記憶似乎都丟在腦後，不僅接納了新的家人與狗狗哥哥無敵，還很喜歡主動撒嬌，平時則最喜歡躺在牠專屬的睡墊，玩玩具時投入的樣子也非常可愛！

這樣樂觀開朗的波妞，現在每週都會回暨南大學校內放風玩耍，並與其他師長飼養的狗狗成了感情非常好的玩伴。幸福，就是這麼簡單！

我很可愛，一起手牽手回家吧！

杯麵

果汁

311期：杯麵和果汁

依舊害羞安靜的杯麵和果汁，彼此是個性相仿的好室友，兩隻總是亦步亦趨的窩在一塊兒，雖然不親人，但食物的誘惑會使牠們更想靠近您。適合願意花時間陪伴的主人，您的耐心絕對是牠們進步的好良藥。

（聯絡方式：板橋動物之家志工隊FB）

313期：小不點

小時候活潑可愛又好動，長大後的小不點如今是社團裡的大個兒，乖巧懂事，喜歡與人互動又不會調皮到出亂子。如此開心寶若深獲您的芳心，請記得帶回家後幫牠改名為「大不點」喔！（笑）

（聯絡方式：國立聯合大學動物保護社FB）

317期：貝貝

正值壯年的貝貝，即使親人不親貓，但跟其他貓相處倒也相安無事，成熟穩重到不僅吃藥乖、剪指甲也乖，甚至被人抱上三、四十分鐘都不亂動。這般極品好相處的貓，還快不來獨寵牠一生。

（聯絡方式：張小姐→0939032351 or Line ID：kc1612）

319期：美珍

前段時間因口炎手術仍尚在康復中的美珍，個性穩定、親人、不怕生，長得漂亮又討人喜愛。如果您想跟美珍簽下往後十年的家人合約，請向送養人登記參訪，看看您跟牠是否有緣成為親人嘍！

（聯絡方式：麥擱喵FB）

320期：馬達

年紀小小的馬達兼具了成犬的穩定和幼犬的可愛，已學會等等、坐下、趴下、握手等小才藝的牠，無疑是隻聰明靈敏的可愛萌寵。Let's Go！牠正在等待您的出現，速速與牠締結善緣。

（聯絡方式：王小姐→0908172780 or 高師大愛護動物社FB）

認養資格：

1. 須同意簽認養寵物切結書。
2. 須同意送養人日後之追蹤探訪，對待寵物不離不棄。

來信請說明：

a. 個人基本資料：姓名、性別、年齡、家庭狀況、職業與經濟來源等。
b. 想認養的理由。
c. 過去養寵物的經驗，及簡介一下您的飼養環境。
d. 若未來有結婚、懷孕、出國或搬家等計劃，將如何安置寵物？

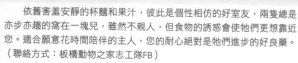

2021年12月出版

短命妻求反轉

文創風 1014～1015

從孤兒奮鬥至今，她好不容易奪下金廚神獎盃，才要享受人生就穿越了?!
而且穿成人人厭惡的農家惡媳婦，接著就從原配變前妻，一命嗚呼……
這她不服！她不僅要活，還要活得舒服，從短命反轉成好命！

原配逆轉求保命，妙手料理新人生／錦玉

奮力生活了三十年、成為全國最年輕的廚神，林悠悠只想過上鹹魚生活，
但怎麼一覺醒來，她不但不是廚神了，還變成古代已婚婦女?!
趕時髦穿越就算了，為何讓她穿成一個惡媳婦，夫妻不睦、家人不喜，
最糟的是她很快要被揭發給丈夫戴綠帽，而此時手中正捏著「證物」……
不，她拒絕就此認命，定要想法子反轉這短命原配的命運！
何況她知道自己的丈夫如今雖然出身農家，但可是未來的狀元郎啊，
而且日後一路高歌猛進，成為一代權臣，這條金大腿還不趕快抱好抱滿?!

能吃是福，好運食足／浮碧

2021年12月出版

米袋福妻

一國公主的回門禮，居然是五百斤大米?!
敢向皇帝開口討糧養家，唯有他媳婦才辦得到吧……

文創風 1016 1

從惜糧如命的末世穿到吃穿不愁的古代，還是可以嚐遍美食的公主?!
楚攸寧樂了，下嫁滿門寡婦的將軍府也不算什麼，供她好吃好喝就行，
既然注定守寡，不如收編沈家婦孺當隊友，關門過囤糧的小日子多好。
孰料她不慎出糗，沒圓房就想替夫君搭靈堂，氣壞負傷歸來的沈無咎，
這且不算，將軍府竟米袋空空，正因她那昏君老爹御下不嚴、剋扣糧餉，
她乾脆扛刀直奔慶國糧倉，一大家子要養，欠她的糧還不快快還來——

文創風 1017 2

解決將軍府的糧食危機，楚攸寧真心覺得沈無咎是萬中選一的好隊友，
能幫她囤糧、幫她保守穿越的秘密，還能研製抵禦外敵越國的火藥。
嗯，她的御用軍師非他莫屬！奈何她的酒品太差，醉了對他上下其手，
又偷溜出門，酒醒發現自己當了劫皇糧的土匪，讓著急的他哭笑不得。
唉，她不喝了，聽聞近日來選妻和親的越國親王囂張，狠打慶國臉面，
還敢在國宴上當著昏君老爹的面調戲她，豈能放過，定要出口鳥氣！

文創風 1018 3

破除鬧鬼傳言後，人跡罕至的鬼山被楚攸寧改造成囤糧藏寶的大本營，
還養出補腦壯陽，咳，是讓人頭好壯壯的放山雞，買家堪比過江之鯽！
天啊，她只是三不五時用異能陪這群雞跳跳舞，效果居然這麼好？
可憐了沈無咎，吃了雞又碰不得枕邊睡得熟透的她，只能練劍到天明。
沒等她好好補償他，越國便以和親團遇劫為由開戰，沈無咎請纓上陣，
身為沈家糧倉的她當然要跟，還要把欠三個嫂嫂的公道討回來——

文創風 1019 4 完

真實身分為越國老皇帝的私生子，難怪昏君老爹不勤政，處境尷尬啊，
這場仗一定要贏，為了百姓著想，乾脆輔佐她爹這假血脈當上真明君吧！
沈無咎也在這次戰役中找回哥哥們，終於打破沈家滿門寡婦的流言，
可兩位兄長完全認不得他這個弟弟，二哥舉止如野人，還同小孩搶食；
三哥更是心性大變，執意效忠越國，對楚攸寧痛下殺手，該如何喚回？
楚攸寧陷入苦思，闔家團圓僅差一步，她要怎麼幫親愛的夫君一把……

文創風
1030

綿裡繡花針 3

國家圖書館出版品預行編目資料

綿裡繡花針 / 秋水痕著. --
初版. -- 臺北市 : 狗屋出版社有限公司, 2022.01
冊 ; 公分. --（文創風 ; 1028-1031）
ISBN 978-986-509-288-7（第3冊 : 平裝）. --

857.7　　110020241

著作者	秋水痕
編輯	林俐君
校對	沈毓萍
發行所	狗屋出版社有限公司
地址	台北市104中山區龍江路71巷15號1樓
電話	02-2776-5889～0
發行字號	局版台業字845號
法律顧問	蕭雄淋律師
總經銷	知遠文化事業有限公司
電話	02-2664-8800
初版	2022年1月
國際書碼	ISBN-13　978-986-509-288-7

本著作物由北京晉江原創網絡科技有限公司授權出版

定價260元
狗屋劃撥帳號：19001626
網址：love.doghouse.com.tw　E-mail：love@doghouse.com.tw